KB184713

빈 배에 달빛만
가득 싣고 돌아오네

빈 배에 달빛만 가득 싣고 돌아오네

★

삶의 지혜를
일깨워주는
고시古詩 140수首

김윤세 편역

편역

김 金
윤 崙
세 世

대한민국 대표 소금 장수이자, 인산가의 최고경영자인 저자는 120세 천수를 누리는 건강사회 실현을 위해 자연치유 의론(自然治癒議論)과 무위자연(無爲自然) 사상을 강조해 왔다. 부처의 인식, 노자의 도리, 공자의 이성 등 자연과 인본, 도의를 중시하는 그의 철학은 활인구세(活人救世)라는 인산가의 기업이념으로 이어지며 우리 사회의 주요 신념으로 자리 잡고 있다.
유의(儒醫) 가문의 전통에 따라 가친(家親) 인산(仁山) 김일훈(金一勳·1909~1992) 선생으로부터 사서삼경(四書三經)을 시작으로 『금강경(金剛經)』『도덕경(道德經)』 등 유불도(儒佛道) 삼가의 제 경전과 민족 전통 의학 교육을 이수하였다. 오늘의 '한국고전번역원'의 전신인 민족문화추진회 국역연수원에서 고전 국역자 양성을 위한 5년의 교육 과정을 수료한 뒤 8년 동안 〈불교신문〉 편집부에서 기자, 차장으로 활동했다.
'불세출(不世出)의 신의(神醫)'로 알려진 아버지 인산의 신의학(新醫學) 이론을 5년 동안 구술받아 정리해 1986년 6월 15일, 『신약(神藥)』이라는 혁신적인 저서 출간을 통해 암, 난치병, 괴질로 신음하던 수많은 환자와 그 가족들에게 대대적인 호응을 얻음으로써 한국의 자연 의학 발전에 한 획을 그은 것으로 평가받고 있다.
1987년 8월 27일, '인산의학'의 산물인 죽염을 세계 최초로 산업화하여 '소금 유해론'의 오류를 바로잡으며 '소금 유익론'의 시대를 열어가고 있다. 1989년부터 아버지 인산의 의론을 국민에게 전하기 위해 발간한 건강 매거진 〈仁山의학-저널〉은 미네랄의 결정체인 죽염의 효율과 가치를 콘텐츠화하며 높은 열독률을 갖고 있다. 1993년 경남 함양 삼봉산에 인산연수원을 설립한 이래 350회 이상의 강연회를 열어 각종 암, 난치병, 괴질로부터 자신과 가족의 생명을 구할 수 있는 '인산의학'의 신약(神藥)과 묘방(妙方)을 세상에 알리는 일에 부단한 노력을 기울이고 있다.

서
문

'삶의 지혜'가 담긴 깨달음의 노래 140수首를 엮으며

문성(文聖) 공자(孔子)는 "아침에 도(道)를 들으면 저녁에 죽어도 괜찮다(朝聞道 夕死 可矣)"라는 말을 할 정도로 도의 절대적 가치에 대해 확고한 신념을 지닌 성자(聖者)이다.
석가모니 부처님의 전생이 그려져 있는 『본생담(本生譚)』에 이런 이야기가 전한다. 설산(雪山)의 한 동자가 해탈의 도(道)를 성취하기 위해 수행하고 있을 때, 어디선가 "모든 것은 무상(無常)하나니 이것이 바로 생멸(生滅)의 법칙이라네(諸行無常 是生滅法)"라는 말이 들려왔다. 동자가 소리 나는 곳을 찾아가니 그곳에는 험악한 모습의 나찰이 있었고, 그 나찰에게 다음 구절을 들려달라고 하자 그 나찰은 배가 몹시 고파서 들려줄 수 없지만 그대가 몸을 던져 내가 먹을 수 있게 해준다고 약속하면 나머지 구절을 들려주겠다고 말했다. 설산동자가 그렇게 하겠다고 약속하니 나찰은 "생멸이 사라진 뒤에는 적멸의 무한한 즐거움을 누리리라(生滅滅已 寂滅爲樂)"라는 구절을 들려주었다. 나찰의 말이 끝나자, 동자는 '이제 죽어도 여한이 없다'라고 생각하고 나찰에게 몸을 던졌는데 그 나찰은 제석천으로 변해 동자를 살리고 미래 세상에 반드시 성불할 것이라고 예언했다. 설산동자는 마침내 불도(佛道)를 이루어 뒤에 석가모니 부처님으로 세상에 등장해 교화를 펼쳤다는 이야기가 본생담의 요지이다. 이 이야기를 통해 '목숨을 던져서라도 도를 터득하고 진리를 깨닫겠다'라는 구도자들의 깊고 굳건한 의지를 엿볼 수 있다.
대부분의 사람들은 '백 년 인생'을 사는 동안 수많은 희로애락을 겪으며 일희일비하다가 그저 그렇게 생을 마감한다. 그러나 해탈의 삶을 살고자 서원(誓願)해 '구도의 여정(旅程)'에 오른 이들도 적지 않다.

그들의 치열한 구도(求道)와 수행의 과정에서 비롯된 도의 경지가 담긴 말 한마디는 '촌철살인(寸鐵殺人)'의 기상을 보이며 그 이야기 자체로 간화선(看話禪)의 화두(話頭)가 되어 많은 선객의 참구(參究) 대상이 되곤 한다. 이들은 도를 향한 맹렬한 의지에 더해 온 힘을 다해 얻어낸 구도의 깨달음을 생각하고 다시 한번 또 생각하여 간명직절(簡明直截)한 언어로 표현하기도 하고 아름다운 시어(詩語)로 빚어내기도 한다.

천상의 선계(仙界)에서 지상의 세계로 유배되어 일생 술에 취해 고독하게 살다가 달을 건지러 동정호로 들어가 다시 선계로 간 이태백을 위시하여 시불(詩佛)로 불리는 왕유(王維), 문수(文殊)의 화현으로 알려진 한산(寒山) 등 탈속한 선현(先賢)들의 시어에는 천언만어(千言萬語)를 함축하고 '백 년 인생'을 압축해 보여주는 '삶의 지혜'가 담겨 있다.

여기 소개하는 140수의 고시(古詩)는 필자가 우리의 '백 년 인생길 여정(旅程)'에서 한 번쯤 읊어보고 향유하면 좋겠다는 생각에 재번역과 해설을 덧붙여 지난 14년 동안 〈인산의학-저널〉에 연재한 깨달음의 노래들이다. 2011년 6월호부터 2024년 12월호까지 긴 세월 동안 권두언 칼럼인 '건강한 삶을 위한 이정표'에 게재되며 옛 선현의 기상과 혜안을 다시금 절감하게 했다. 많은 독자들이 이 시문을 음미하며 현자들이 들려주는 '삶의 지혜'를 인식하고 터득했으면 하는 바람이다.

편역자 

차례

도문道門

양생養生

풍류風流

낙천樂天

선문禪門

오도송悟道頌

열반락涅槃樂

한산도 寒山道

一乾天

☰

도문 道門

세상 명리(名利)를 초월한
탈속한 도인(道人)의 노래

一

아침마다 사슴이 오는 까닭은?

春山無伴獨相求　伐木丁丁山更幽
춘 산 무 반 독 상 구　벌 목 정 정 산 갱 유

澗道餘寒歷氷雪　石門斜日到林丘
간 도 여 한 역 빙 설　석 문 사 일 도 임 구

不貪夜識金銀氣　遠害朝看麋鹿遊
불 탐 야 식 금 은 기　원 해 조 간 미 록 유

乘興杳然迷出處　對君疑是泛虛舟
승 흥 묘 연 미 출 처　대 군 의 시 범 허 주

봄의 산, 홀로 그대를 찾아가는 길에

홀연 들려오는 쩡! 쩡! 나무 찍는 소리에 숲은 더욱 고요여라

계곡 길, 남은 추위에 얼음 눈 밟으며

석문에 해 질 무렵, 숲속 언덕에 다다랐네

마음의 탐욕이 점차 사라지매 어둠 속에서도 금·은의 기운을 보게 되고

해칠 마음 멀리하니 아침마다 사슴 놀러 오네

흥겨움에 돌아갈 길, 까마득히 잊게 만드는

그대는, 무심히 떠다니는 빈 배 같으이

—— 두보 杜甫, 712~770

당나라의 시성(詩聖)이라 불리는 두보(杜甫)의 「은둔의 삶을 사는 장(張)씨를 찾아서(題張氏隱居)」라는 시이다. 물아일여(物我一如)의 분위기가 물씬 풍기는 명시(名詩)인지라 작자가 표현하고자 한 것으로 판단되는 시상(詩想)을 전하기 위해 다른 이들의 뜻풀이를 따르지 않고 나름대로 해석했음을 밝힌다. "마음의 탐욕이 점차 사라지매 … 아침마다 사슴 놀러 오네"라는 구절은 특히 유명하여 역대 고승(高僧)들의 설법(說法)에 자주 등장하고, 우리나라 지리산 칠불사 보설루(普說樓)의 주련(柱聯)에도 걸려 있다.
작자는 이른 봄, 대문을 나서서 먼 산길을 갈 제, 무심히 대자연을 즐기며 숨찬 것도 잊고 걷다가 홀연 '쩡! 쩡!' 들려오는 나무 찍는 소리에 비로소 지금, 이 숲속이 얼마나 고요한 지를 깨닫게 된다. "마음의 탐욕이 점차 사라지매 어둠 속에서도 금·은의 기운을 보게 되고"라는 구절은 전국(戰國) 시절에 전쟁으로 인해 황급하게 피신하던 궁녀들이 금은보화를 우물 안에 숨기고 파묻은 뒤 달아나는 바람에 아무도 그것을 몰랐으나, 마음의 탐욕을 여읜 어느 현자(賢者)에 의해 밤마다 오르는 금은의 기운이 발견되어 세상에 빛을 보게 되었다는 고사에서 유래했다.
천심(天心)으로 살아가는 짐승들은 저를 해치려는 사람 마음속의 살기(殺氣) 또는 해물지심(害物之心)을 본능적으로 느끼게 마련인데, 장씨는 해물지심을 여읜 터라 아침마다 마당에 사슴과 고라니들이 찾아와 나눠주는 먹이를 먹으며 함께 놀다가 가곤 하는 것이 아닌가? 참으로 한 폭의 그림 같은 이런 장면을 두보는 잘 묘사하여 시를 읽는 이로 하여금 잔잔한 감동을 자아내고 있다.

二

오도산悟道山을 오르는 마음

以道名山意欲看
이 도 명 산 의 욕 간

杖藜終日苦躋攀
장 려 종 일 고 제 반

行行忽見山眞面
행 행 홀 견 산 진 면

雲自高飛水自湲
운 자 고 비 수 자 원

'도를 깨달은 산'이라 부르매 보고픈 마음에
온종일 지팡이 짚고 괴롭게, 괴롭게 오르는데
오르다, 오르다가 문득 보이는 산의 참모습
구름은 예서 높이 날고 물은 예서 길이 흐르네

—— 허응 보우 虛應普雨, 1509~1565

조선 중기의 고승 허응당(虛應堂) 보우(普雨)선사의 「오도산에 올라(登悟道山)」라는 시이다. 오도산은 전국 각지에 산재해 있지만, 경남 함양군 함양읍과 휴천면·마천면, 전라북도 남원시 인월면에 걸쳐 자리 잡고 있는 삼봉산(해발 1,187m)의 한 봉우리도 유명한 곳 중 하나다. 이 오도봉과 연이어진 오도재 바로 밑에 하늘에서만 보이는 조그만 동네 '살구쟁이'가 있다. 광복 직후 양·한방 통합의료를 구축해 '국가 의료 백년대계'의 초석을 마련하고자 노심초사(勞心焦思)하던 인산 김일훈 선생(1909~1992)께서 미국인 군정청 수석 고문들의 반대로 뜻을 이루지 못하고, 부인과 필자를 포함한 두 아들(윤우, 윤세)을 데리고 낙향해 1956년부터 1961년까지 은둔생활을 하면서 막노동으로 궁핍한 삶을 영위하던 둔세지(遁世地)이기도 하다. 허응 보우 스님에 대한 세간의 인식은 평시 문정왕후에 의지하여 권세를 부리다가 유신(儒臣)들의 참소로 제주도로 귀양 가서 비극적 삶을 마감한 요승(妖僧) 정도일 것이다. 허응선사의 저술『선게잡저(禪偈雜著)』에 붙인 발문(跋文)을 통해 당대 최고의 고승인 사명당(泗溟堂) 유정(裕靜) 스님은 "대사가 동방의 작은 나라에 태어나서 백세(百世)에 전하지 못하던 법을 얻었는지라 지금의 학자들이 대사로 말미암아 나아갈 바를 얻었고 불도(佛道)가 마침내 끊어지지 않았으나…"라며 추모의 소회를 밝혔다. 시대가 영웅을 만들기도 하지만 또한 타고난 영웅을 매장하기도 한다는 사실을 잘 보여주는 예라 하겠다. 조금 힘들고 괴롭더라도 인내심을 갖고 오도산에 올라 인생길의 방향을 다시 가름해 볼 수 있는 새로운 차원의 '도(道)'를 깨우치시기를 간절히 기원하는 바이다.

三

'허망한 백 년 인생'을 면하려면

讀書當日志經綸　歲暮還甘顔氏貧
독 서 당 일 지 경 륜　세 모 환 감 안 씨 빈

富貴有爭難下手　林泉無禁可安身
부 귀 유 쟁 난 하 수　임 천 무 금 가 안 신

採山釣水堪充腹　詠月吟風足暢神
채 산 조 수 감 충 복　영 월 음 풍 족 창 신

學到不疑知快闊　免敎虛作百年人
학 도 불 의 지 쾌 활　면 교 허 작 백 년 인

큰 뜻을 지니고 글 읽는지라
안씨처럼 가난해도 달게 여기나니
경쟁 심한 부귀는 손대기 어렵지만
임자 없는 산속 자연에 나를 맡긴다
나물 캐고 물고기 잡아 배를 채우고
달 읊고 바람 노래하니 정신 맑아지네
배움으로 의심 풀어 확연히 알게 되니
비로소 '허망한 백 년 인생' 면하게 되었네

—— 서경덕 徐敬德, 1489~1546

조선 중종 때의 유명한 도학자로 알려진 화담(花潭) 서경덕(徐敬德) 선생의 「독서(讀書)」라는 시이다. 선생은 조선 성종 20년(1489), 황해도 개성 화정리에서 종8품 수의부위(修義副尉)를 지낸 서호번의 아들로 태어나 거의 독학으로 공부했다. 어려서부터 탐구심이 많아 한번은 어머니의 심부름으로 들에 나물을 캐러 갔다가 종달새가 하늘로 날아오르는 이치를 생각하느라 밤늦도록 집으로 돌아오지 않았고, 18세 때에는 『대학(大學)』을 읽다가 '격물치지(格物致知)'라는 글귀에 이르러 사물의 이치를 궁극적으로 터득하는 격물이 우선임을 깨달아 침식을 잊을 정도로 그 이치 연구에 몰두한 것으로 전해진다.

과거시험에는 뜻이 없어 어머니의 당부로 사마시(司馬試·생원과 진사를 뽑는 작은 규모의 과거)에 응시하여 합격했을 뿐, 벼슬 생활은 하지 않았다. 당시 유명한 기생 황진이가 평생 존경하고 흠모하면서 살았다는 일화가 전하며, 박연폭포·황진이와 더불어 송도삼절(松都三絕)로 불렸다. 조선 명종 1년(1546), 58세의 나이로 별세했으며, 개성의 숭양서원과 화곡서원에 제향(祭享)되었다. 문집으로는 『화담집(花潭集)』이 전해진다.

세속적인 부귀영화에 연연하지 않고 자연 속에 동화되어 오로지 도(道)를 추구하며 순리적 삶을 영위하면서 새로운 정신세계에 들어 '허망한 백 년 인생'을 면한 탈속한 대도인의 면모를 여실하게 보여주는 시이다.

四

나방을 위해
등불을 켜지 않는다

爲鼠常留飯　憐蛾不點燈
위 서 상 류 반　연 아 부 점 등

古人此等念頭　是吾人一點生生之機
고 인 차 등 염 두　시 오 인 일 점 생 생 지 기

無此　便所謂土木形骸而已
무 차　편 소 위 토 목 형 해 이 이

배고플 쥐를 위해 언제나 밥을 남겨두고

나방을 불쌍히 여겨 등불을 아니 켜네

옛사람들의 이런 생각은

우리 인간이 모든 생명을 대하는 기본 자세리니

만약 이런 마음가짐이 없다면

형체만 사람일 뿐 흙이나 나무와 다를 바 없는 존재라네

—— **홍자성** 洪自誠, 생몰년 미상

'동양인의 지혜 샘'이라 불리는 『채근담』 전집 173장의 글이다. 중국 명나라 학자로 알려진 『채근담』의 저자 홍자성(洪自誠)은 중국 북송 시대의 시인이자 예술가·정치가로 이름을 드날린 소동파(蘇東坡)의 「정혜사 흠장로의 시에 화답한다(次韻定慧欽長老見寄)」는 시구 중 일부를 인용해 미물들에게조차 소홀함 없는 따뜻한 마음을 그려 보여주고 있다. 소동파는 그 시에서 "주렴을 걷어 올려 젖 주는 제비 기다리고(鉤簾待乳燕) / 문 종이 구멍 뚫어 어리석은 파리 내보내네(穴紙出癡蠅) / 배고플 쥐를 위해 언제나 밥을 남겨두고(爲鼠常留飯) / 나방을 불쌍히 여겨 등불을 아니 켜네(憐蛾不點燈)"라고 읊은 바 있다.

짐승이나 다른 미물들은 물론이요, 심지어 인류 또는 제 민족과 가족 친지들에게조차 독성을 머금은 잔인한 마음으로 몹쓸 짓을 하는 부류들이 적지 않은 현실을 감안해 볼 때 제도교육과 가정교육에서만이라도 마음을 따뜻하게 해주는 이런 시어들을 인성교육의 소재로 활용했으면 하는 바람 간절하다. 신종 바이러스나 조류 인플루엔자 등 여러 가지 이름으로 붙여진 온갖 동물들의 질병 역시 그 동물을 사육하는 사람들의 마음에 동물에 대한 최소한의 사랑이 결여되었음은 물론이고 기본적 도리(道理)조차 외면한 데서 비롯한, 당연한 결과라 할 것이다.

비록 짐승이나 미물이라 해도 소동파의 시에서 언급한 것처럼 제발 그들을 불쌍히 여기고 위하는 마음을 갖고 대해주었으면 하는 바람이다. 선(善)한 마음으로 행한 일의 결과가 좋은 열매를 맺을 것이라는 것은 불문가지(不問可知) 아니겠는가?

五

소옥을
자주 부르는 까닭은

一段風光畵不成
일 단 풍 광 화 불 성

洞房深處說愁情
동 방 심 처 설 수 정

頻呼小玉元無事
빈 호 소 옥 원 무 사

只要檀郎認得聲
지 요 단 랑 인 득 성

한 조각 아름다운 풍광을 그릴 수 없어서
골방 깊은 곳에서 그리운 마음만 전하네
자주 소옥을 부르는 건 다른 일이 아니라
낭군에게 목소리 들려주려는 것일 뿐…

—— 작자 미상 作者未詳

지은이가 알려지지 않은 이 시는 당나라 현종(玄宗)의 애첩 양귀비(楊貴妃)와 그 정부(情夫) 안록산(安祿山)의 사랑을 읊은 「소염시(小艶詩)」이다. '언어의 밖에 다른 뜻이 있다'는 의미를 설명하기 위해 선가(禪家)에서는 매우 빈번하게 인용하는 대표적인 시이다. '소염(小艶)'은 처음 피려 할 때의 작고 예쁜 꽃송이를 뜻하는데 여기서는 양귀비를 지칭하고 있다. 양귀비는 서시(西施), 왕소군(王昭君), 초선(貂蟬)과 더불어 중국의 4대 미인으로 꼽힌다. 당나라 현종의 지극한 총애를 받았으나 안록산과 연정이 깊어져 남몰래 밀회를 하였으며, 그 비밀스러운 만남을 위해 안록산을 부르는 신호로 자신의 몸종인 소옥(小玉)의 이름을 불렀다. 낭군의 정이 그립지만 낭군을 바로 불러올 형편은 아니기 때문에 일 없는 몸종 소옥이를 부름으로써 낭군에게 자기 목소리를 들려주어 자신의 심정을 알아채도록 한다는 것이 시의 주된 내용이다. 그러면 안록산은 밖에서 그 소리를 듣고 비밀 통로의 문이 열려 있음을 알고 몰래 들어와서 양귀비를 만나 회포를 풀곤 하였다

이 시는 누군가의 말을 듣고서 그 말의 의미, 관념을 따라가지 않고, 현상으로서의 그 말이 생겨난 근원적 의미를 파악해야 붓다의 언어 너머에 있는 가르침의 핵심을 이해할 수 있다는 점을 상징적으로 보여주고 있다.

六

옥을 돌이라 여기는 세상에서

抱玉入楚國　見疑古所聞　良寶終見棄
포 옥 입 초 국　견 의 고 소 문　양 보 종 견 기

徒勞三獻君　直木忌先伐　芳蘭哀自焚
도 로 삼 헌 군　직 목 기 선 벌　방 란 애 자 분

盈滿天所損　沉冥道爲群　東海汎碧水
영 만 천 소 손　침 명 도 위 군　동 해 범 벽 수

西關乘紫雲　魯連及柱史　可以躡淸芬
서 관 승 자 운　노 련 급 주 사　가 이 섭 청 분

옥을 안고 초나라에 들어가 임금께 바쳤으나 / 의심받았다는 이야기 예부터 들었나니 / 좋은 보배라도 끝내 버림을 받게 되니 / 세 임금께 바친 것 모두가 헛수고였네 / 곧은 나무는 먼저 베일 것을 염려하게 되고 / 향기로운 난초는 자신이 탈 것을 슬퍼하나니 / 가득 차게 되면 하늘이 덜어주는 게 이치요 / 세속을 떠나 숨어 살면 자연스레 도를 벗하리라 / 동해 푸른 물에 배를 띄워 떠난 노중련 / 서편 함곡관으로 붉은 구름에 싸여 속세를 떠난 노자 / 그 옛날 노중련과 노자는 그렇게 함으로써 / 만인이 우러르는 고결한 경지에 오를 수 있었으리

—— 이백 李白, 706~762

『한비자(韓非子)』에 화씨지벽(和氏之璧) 이야기가 나온다.

"초나라 사람 화씨가 초산(楚山)에서 옥 덩어리를 얻어 여왕(厲王)에게 바쳤다. 옥장이가 그것을 돌이라고 감정하니 여왕이 노하여 화씨의 왼발 뒤꿈치를 잘랐다. 여왕이 죽고 무왕(武王)이 즉위하자 화씨가 또 그 옥 덩어리를 무왕에게 바치고 옥장이가 그것을 또 돌이라고 감정하니 무왕이 노하여 화씨의 오른발 뒤꿈치를 잘랐다. 무왕이 죽고 문왕(文王)이 즉위하였다. 그러자 화씨가 초산 아래서 사흘 밤낮을 우니 왕이 사람을 시켜 알아보았는데, 보옥을 돌이라 하고 곧은 선비를 사기꾼이라 하니 슬퍼한다는 것이었다. 왕이 명하여 옥장이가 그 옥 덩어리를 다듬어 보옥(寶玉)을 얻으니 바로 중국 역사상 가장 유명한 보물 중 하나인 화씨지벽이다."

당나라 때 이태백은 큰 뜻을 품고 당 현종의 조정에 들어갔으나 끝내 고력사와 양국충의 음모로 쫓겨나게 되어 뜻을 이루지 못하고 주유천하(周遊天下)하고 주유천하(酒遊天下)하다가 한 많은 떠돌이로 생애를 마감하게 된다. 이태백은 언젠가 자신의 처지가 화씨와 비슷하다고 여겨 자신의 소회를 화씨에 빗대어 시 한 수를 읊었는데 그것이 바로 이 시이다.

七

부귀영화는
허망한 물거품이라

妻子眷屬森加竹 金銀玉帛積似邱
처 자 권 속 삼 가 죽 금 은 옥 백 적 사 구

臨終獨自孤魂逝 思量也是虛浮漚
임 종 독 자 고 혼 서 사 량 야 시 허 부 구

朝朝役役紅塵路 爵位纔高已白頭
조 조 역 역 홍 진 로 작 위 재 고 이 백 두

閻王不怕佩金魚 思量也是虛浮漚
염 왕 불 파 패 금 어 사 량 야 시 허 부 구

처자와 권속들이 대숲처럼 빽빽하게 많고
금은보화와 비단이 산더미같이 쌓였어도
죽음에 다다르니 외로운 영혼, 홀로 가는구나
생각하면 생각할수록 허망한 물거품일세
매일매일을 풍진 세상에서 힘겹게 살다가
벼슬이 조금 높아지니 머리는 이미 백발이네
염라대왕은 벼슬아치 관복을 두려워하지 않나니
생각하면 생각할수록 허망한 물거품일세

—— **부설** 浮雪, 생몰년 미상

부설거사(浮雪居士)가 쓴 「허망한 네 가지의 물거품에 관한 노래(四虛浮漚偈)」라는 제목의 시에서 일부를 소개한다. 부설거사의 성은 진씨(陳氏)이고 이름은 광세(光世)이며 자는 의상(宜祥)으로 경상도 경주 출신이다. 신라 선덕여왕 때 태어났으며, 어려서 출가하여 경주 불국사에서 원정(圓淨)의 제자가 되었다.
도반인 영희(靈熙)·영조(靈照) 등과 함께 지리산과 천관산(天冠山), 능가산(楞伽山)을 돌며 수년 동안 수도하다가 문수도량(文殊道場)을 순례하기 위해 오대산으로 가던 중 전라도 김제 구무원(仇無寃)의 여식 묘화(妙花)와 혼인하여 망해사에서 수행을 이어갔다. 후일 영희·영조가 찾아왔을 때 거사는 이미 부인과 함께 도를 이루었고, 아들 등운(登雲)은 공주 계룡산 등운암, 딸 월명(月明)은 부안 변산 월명암에 각각 출가하여 불자의 삶을 살고 있었다. 부설은 '참된 법신(法身)에 생사(生死)가 없다'는 것을 밝히는 설법을 하고 임종게(臨終偈)를 남긴 후 단정히 앉아서 입적(入寂)했다. 영희와 영조가 다비(茶毘)하여 사리를 변산 묘적봉(妙寂峰) 남쪽에 안치하였다.
부설거사의 전기는 조선 후기에 편찬한 『영허대사집(暎虛大師集)』 속에 수록되기도 했다. 흔히 인도의 유마거사(維摩居士), 중국의 방거사(龐居士)와 함께 대표적인 선사(禪師)로 불린다. 17세기에 필사된 한문소설 『부설전(浮雪傳)』이 전북 유형문화재 140호로 지정되었으며, 이 책에 세 도반이 주고받은 게송이 실려 있고 부록으로 「팔죽시(八竹詩)」 등이 수록돼 있다.

八

산속 초가에서 즐기는 도道

中歲頗好道　晩家南山陲
중 세 파 호 도　만 가 남 산 수

興來每獨往　勝事空自知
흥 래 매 독 왕　승 사 공 자 지

行到水窮處　坐看雲起時
행 도 수 궁 처　좌 간 운 기 시

偶然值林叟　談笑無還期
우 연 치 임 수　담 소 무 환 기

중년 이후에는 도를 더욱 좋아하여
만년에 종남산 기슭에 별장을 마련했네
흥이 나면 홀로 그곳으로 찾아가나니
얼마나 좋은지는 오로지 나만이 알 뿐이라
걷고 또 걸어 물길 시작되는 곳에 이르러
가만히 앉아서 피어오르는 구름을 본다
우연히 산속에서 산골 노인을 만나
담소를 나누다가 돌아가는 걸 잊었다네

—— 왕유 王維, 701~761

이 시는 당나라 때 시인 왕유(王維)의 「종남별업(終南別業)」이란 제목의 시로 왕유를 '전원(田園)시인'으로 불리게 한 시 중 하나이다. 종남은 그의 별장이 있는 종남산(終南山)을 가리키고, 별업이란 별장(別莊)을 지칭한 말이다.

왕유는 중국 시인 가운데 '시의 신선(詩仙)'으로 칭송받은 이백(李白), '시의 성인(詩聖)'으로 불린 두보(杜甫)와 함께 '시의 부처(詩佛)'로 일컬어졌던 걸출한 시인이다. 당나라 때 고급관료를 지낸 인물로 박학다식한 데다 시는 물론 음악, 글씨, 그림에도 조예가 깊었으며 전원생활을 즐기고 예찬했다.

그의 시는 불교적 색채가 농후한데 아마도 독실한 불교 신자였던 모친의 영향이 아닌가 여겨진다. 이름의 유(維)자와 자의 마힐(摩詰)은 『유마경(維摩經)』의 주인공 유마힐(維摩詰)에서 유래한 것으로 유추된다.

왕유는 부모에 효도하고 형제와 우애가 깊었으며 게다가 아내와의 사랑도 각별하여 30세에 부인이 죽자 나머지 30년은 혼자 살았다. 아내가 죽은 뒤 장안 동남쪽 종남산 기슭의 망천(輞川)이란 곳에 망천장(輞川莊)이란 별장을 짓고 들어가 전원생활을 하였다.

九

큰 고생 뒤 큰 즐거움 얻는 산행山行

登山如進學　大苦必大樂
등 산 여 진 학　대 고 필 대 락

惟天不可升　餘皆得着脚
유 천 불 가 승　여 개 득 착 각

산에 오름은 학문이 진전되는 것과 같아서
큰 고생 뒤엔 반드시 큰 즐거움이라
오직 하늘만을 오르지 못할 뿐이요
다른 모든 곳은 내 발로 오르리라

—— 이용휴 李用休, 1708~1782

18세기 조선의 실학자인 이용휴(李用休) 선생이 등산을 예찬하며 읊은 시이다. 깊고 너른 학문의 세계로 나아가는 일은 비록 심신(心身)을 고달프게 하지만 한편으로는 앎에 대한 기쁨과 학문의 성취가 가져다주는 즐거움을 경험하게 한다. 높은 산, 깊은 계곡을 향해 한 걸음, 한 걸음 오르는 일은 숨을 가쁘게 만들지만 몸을 단련하고 마음의 크기를 넓히는 묘법(妙法)이기도 하다.

한 해에 100회쯤 산을 오르는 필자로서는 이용휴 선생의 표현처럼 등산은 학문의 세계로 다가가는 길과 같아서 큰 고생 뒤엔 반드시 큰 즐거움이 따른다는 시문에 깊이 공감하곤 한다. 부지런히 산을 오르는 사람은 우뚝 솟은 산의, 만고불변의 기개를 닮게 돼 종내에는 산의 드높은 기상을 몸소 체득하게 된다는 게 필자의 생각이다.

이용휴는 조선 후기의 문인으로서 본관은 여주(驪州), 자는 경명(景命), 호는 혜환재(惠寰齋)이다. 문장의 명성이 높아 박지원과 함께 영정조 시대를 대표하는 문인으로 평가된다. 실학을 계승하였으며, 그의 시 또한 사실적인 경향을 지녔다. 이용휴는 노비와 걸인 등 하층민의 시각에서 여러 이야기를 쓴 것으로도 유명하다. 한문 소설『해서개자(海西丐者)』에서는 거지와 묻고 답하는 내용을 통해 그 거지가 순진하고 거짓 없는 마음씨를 가졌다고 했으며, 거친 들판과 먼 산협에 숨은 선비나 농촌의 범부(凡夫) 가운데 참된 이들이 많다고 했다. 이렇듯 하층민에 관심을 드러내며 새롭고 폭넓은 문학세계를 선보였다.

十

닭장 속 닭과
들녘의 두루미는…

貪名求利滿世間
탐 명 구 리 만 세 간

不如破衲閑道人
불 여 파 납 한 도 인

籠鷄有食湯鍋近
농 계 유 식 탕 과 근

野鶴無糧天地寬
야 학 무 량 천 지 관

명예를 탐내고 이익을 좇는 사람들 세간에 넘쳐나지만
누더기 해진 옷에, 일 없이 편안한 도인보다 못하다네
닭장 속 닭에게는 먹이가 많지만 끓는 솥이 가깝고
들녘의 두루미는 먹을 게 적지만 천지간에 자유롭네

—— 금릉 보지 金陵寶誌, 418~514

중국 남북조 시대의 금릉 보지(金陵寶誌)대사가 쓴 자연의 거칠 것 없는 소탈함은 삶을 어떤 태도로 대하고 살아야 할지를 극명하게 보여주곤 한다. 대사의 법호는 보지(保誌)로도 표기되며 기행과 예언을 일삼던 인물로 후대는 평하고 있다. 그는 송 태시 연간에 홀연 세상에 나타나, 일정한 거처 없이 아무 때나 먹고 마시며 머리카락을 길게 길렀다. 가는 곳마다 가위와 칼, 거울을 건 석장을 들고 다녀 이목을 집중시키곤 했다. 건원 연간에는 며칠을 먹지 않고도 주린 기색이 없었으며 도참 같은 시를 읊어 사람들의 탄복과 존경을 얻게 됐다.

이 시의 "농계유식…" 이하 두 구절은 너무도 유명해서 중국 황제의 출가 시에 이용되기도 하고 여러 문인의 저작에도 앞뒤로 글귀를 덧붙여 응용돼 원저자를 가려내기가 쉽지 않을 정도다.

과학자들은 야생 토끼의 경우 15년을 살지만 집토끼의 수명은 4~5년에 불과하다고 얘기한다. 야생에서 지내는 코끼리 역시 200년의 긴 수명을 자랑하지만 유원지에 갇혀 지내는 녀석들은 80년을 넘기지 못한다고 한다. 히말라야산맥 부근의 훈자 마을과 남미 안데스산맥에 있는 빌카밤바 등 세계의 장수촌에는 100세 이상의 노인이 많은 것으로 유명한데, 이들은 엄청난 고령에도 산과 들에 나가 젊은이들 틈에서 일하는 것으로 알려져 있다. 자연을 벗 삼아 산과 하늘과 일체가 되는 생활, 몸을 움직여 일하고 땀 흘리는 일상, 그런 심신의 단련이 노쇠와 질병에서 우리를 지켜내는 게 아닐까.

十一

북풍한설에 피어나는 고혹의 매화를 대하는 기쁨

墻角數枝梅　凌寒獨自開
장 각 수 지 매　능 한 독 자 개

遙知不是雪　爲有暗香來
요 지 불 시 설　위 유 암 향 래

담장 위로 솟은 몇 가지 매화
추위를 이겨내고 홀로 피었네
멀리서도 눈이 아님을 아는 것은
그윽한 향기가 다가오기 때문이네

—— **왕안석** 王安石, 1021~1086

입춘절과 함께 생기의 계절이 도래함을 알리는 봄의 전령사로서 매화의 생은 시작된다. 매화는 북풍한설과 온갖 고난을 헤치고 가장 먼저 고결한 자태를 보이며 짙은 향내를 몰고 세상에 등장한다. 아직은 동장군(冬將軍)의 기세가 곳곳에 남아 만물이 마음 놓고 기지개조차 켜지 못하는 즈음에 서릿발 같은 추위에도 아랑곳하지 않고 당당하게 모습을 드러내는 절개와 지조의 상징이라 하겠다. 세상에는 매화를 닮은 이들이 남녀노소를 막론하고 적지 않다는 것을 역사는 보여주고 있다. 일생을 가난 속에 살면서도 지조와 절개를 굽히지 않는 선비를 비유해 "매화는 평생을 가난하게 살면서도 결코 향기를 파는 일이 없구나(梅一生寒不賣香)"라고 읊는가 하면, 진리를 깨닫는 오도(悟道)의 순간을 마음의 꽃이 활짝 피어나는 것에 비유한 시구에도 적지 않게 회자하는 특별한 꽃이 매화이다.

이 시는 당송팔대가의 한 사람으로서 당대에 문명을 드날리던 왕안석(王安石)의 「매화(梅花)」이다. 담장 위로 솟은 매화나무의 몇 개 가지에서 눈처럼 자태가 고결한 매화가 짙은 향내를 흩날리면서 피어나자 왕안석은 자신의 성품을 닮은 매화를 보면서 감회에 젖는다. 멀리서도 눈이 아님을 알 수 있는 것은 매화의 향기 때문이라는 설명을 통해, 세상의 여느 사람과는 판이하게 다른 향내를 뿜는, 자신의 고고한 심성(心性)을 담담한 어조로 이야기하고 있다.

十二

봄은 갔건만
꽃은 피어 있네

春去花猶在　天晴谷自陰
춘 거 화 유 재　천 청 곡 자 음

杜鵑啼白晝　始覺卜居深
두 견 제 백 주　시 각 복 거 심

봄은 갔건만 꽃은 아직도 곳곳에 피어 있고

하늘은 맑게 개었어도 골짜기는 늘 그늘이라

밝은 대낮에도 두견새 우는 소리 들리나니

비로소 깊은 산속에 산다는 걸 깨달았네

—— 이인로 李仁老, 1152~1220

이인로(李仁老)의 「산거(山居)」는 자연에 대한 예찬과 통찰력이 빛나는 시다. 아름다운 시구는 당나라 시인 왕유(王維)의 "바람은 그쳤는데 꽃은 여전히 뚝뚝 떨어지고(風定花猶落) / 새가 지저귐에 숲은 더욱 고요하나니(鳥鳴山更幽)"라는 구절을 연상케 한다.

이인로는 고려 시대 중·후기의 문신으로서 학자이자 시인이다. 처음 이름은 득옥(得玉)이고, 아호는 쌍명재(雙明齋), 본관은 인주(仁州)이며 현재 한국에서 전하는 가장 오래된 시화집인 『파한집(破閑集)』의 저자이기도 하다. 문벌귀족 가문 출신이나, 일찍이 부모를 여의고 가세도 몰락하여 화엄승통(華嚴僧統) 요일(寥一) 스님에 의해 양육되었다. 19세 되던 해인 고려 의종 24년(1170), 정중부의 난이 일어나자 어지러운 세상을 피해 불문(佛門)에 귀의했다가 뒷날 환속했다. 29세 되던 해인 명종 10년(1180) 문과에 급제, 직사관이 된 후 14년간 사국(史局)과 한림원에 재직했으며 신종 때 예부원외랑, 고종 초에는 비서감 우간의 대부를 지냈다. 어려서부터 총명하여 문장과 글씨에 능하였으나, 성미가 급하여 크게 쓰이지 못하였다고 한다.

관직에 있는 동안에도 현실에 싫증을 느끼고, 오세재(吳世才)·조통(趙通)·이담(李湛) 등과 망년우(忘年友)를 맺어 시와 술을 즐기며, 중국의 죽림칠현을 본받아 강좌칠현(江左七賢) 또는 해좌칠현(海左七賢)이라고 자처하며 산수(山水) 간에서 유유자적한 삶을 영위하다가 고려 고종 7년(1220), 69세로 세상을 떠났다.

十三

달은 이지러짐도 둥글어짐도 없으니

雲斂千峯靜 江空夜氣淸
운 렴 천 봉 정 강 공 야 기 청

孤懸惟一照 悵望却多情
고 현 유 일 조 창 망 각 다 정

天上無圓缺 人間有晦明
천 상 무 원 결 인 간 유 회 명

寧從高樹隱 莫許衆星爭
영 종 고 수 은 막 허 중 성 쟁

구름 걷히니 일천 봉우리 드러나고
텅 빈 강 위에 어리는 밤기운이 맑구나
외로이 떠 있는 달, 한결같이 비추는데
비참한 심정으로 바라보니 문득 다정하여라
달은 이지러지거나 둥글어짐이 없지만
인간 세상에선 그믐달과 보름달로 보이나니
차라리 높은 나무 너머로 자취를 감출망정
뭇별들과 밝음을 다투지는 아니하리

—— 송익필 宋翼弼, 1534~1599

조선 중기의 유학자이자 도학의 태두인 구봉(龜峯) 송익필(宋翼弼)의 「달을 바라보며 읊다(對月吟)」라는 제목의 시를 읊조리며 가을을 음미해 본다. "달아 달아 밝은 달아, 이태백이 놀던 달아…"라는 노래가 말해주듯 세상의 수많은 시인묵객이 달을 노래했으나 송익필처럼 탁월한 혜안과 깊은 통찰력으로 달에 대해 읊은 이는 찾아보기 어렵다.

마치 우주에서 달을 관조하듯 자신을 밝은 달에 빗대 뭇별과 다름을 강조한 뒤 "하늘에서는 이지러지거나 둥글어짐이 없지만 인간세상에선 그믐달과 보름달로 보이나니"라는 시문을 통해 범부(凡夫)의 일반적인 안목을 아득히 초월해 삼세시방(三世十方)을 달관한 경지를 보인다.

송익필은 시와 문장에 모두 뛰어나 이산해(李山海)·최경창(崔慶昌)·백광훈(白光勳)·최립(崔岦)·이순인(李純仁)·윤탁연(尹卓然)·하응림(河應臨) 등과 함께 선조 대에 팔문장의 일원으로 문명을 날렸다. 하지만 서얼 출신인 데다 아버지 사련(祀連)의 죄로 출세길이 막히게 되자 경기도 고양(高陽) 구봉산 밑에서 학문을 닦으며 후진을 가르쳤다. 스승이 없는 상황에서도 학문 연구에 뜻을 두어 성리학에 통달하였는데 율곡은 "성리학을 논할 만한 자는 오직 송익필 형제뿐"이라고 할 정도였다. 이이, 성혼도 모두 존경하는 친구로 여겨 서얼의 임용을 허가하자고 주장했다. 송익필의 학문세계와 이를 소중히 여기는 율곡의 마음은 달빛만큼이나 깊고 은은하다.

十四

국화 따다 말고 남산南山을 바라본다

結廬在人境　而無車馬喧
결려재인경　이무거마훤

問君何能爾　心遠地自偏
문군하능이　심원지자편

採菊東籬下　悠然見南山
채국동리하　유연견남산

山氣日夕佳　飛鳥相與還
산기일석가　비조상여환

此間有眞意　欲辨已忘言
차간유진의　욕변이망언

사람 사는 동네에 초막을 지었으나 / 수레와 말의 시끄러운 소리 들리지 않네 / 묻나니 어찌 그럴 수가 있겠는가 / 마음이 세속과 멀어지니 사는 곳, 절로 궁벽하다네 / 동쪽 울타리 아래 국화를 따다 말고 / 하염없이 남산을 바라본다 / 산 기운은 아침저녁으로 늘 아름답고 / 나는 새는 서로들 함께 돌아오네 / 이런 삶 속에 깃든 참뜻이 있건마는 / 말하고자 하나 그만 할 말을 잊었네

—— 도연명 陶淵明, 365~427

중국 동진(東晋) 말기의 문인(文人)으로 정절(靖節) 선생으로 널리 알려진 연명(淵明) 도잠(陶潛)의 시이다. 동진 말기에 팽택(彭澤) 현령(縣令)이 되었다가 감독·관리의 부당한 처사에 실망해 80일 만에 벼슬을 버리고 향리로 돌아가며 읊은 「귀거래사(歸去來辭)」(『고문진보(古文眞寶)』 전집 제2권에 수록)가 특히 유명하다. 그는 유유(劉裕)가 진나라를 찬탈하자 마침내 벼슬의 뜻을 버리고 은둔하여 시와 술을 즐기며 일생을 마쳤다.

도잠은 전원시파(田園詩派)를 개창하여 왕유(王維), 맹호연(孟浩然) 등 후세의 시인들에게 지대한 영향을 미쳤다. "동쪽 울타리 아래 국화를 따다 말고 / 하염없이 남산을 바라본다"는 의미의 "採菊東籬下 悠然見南山"이라는 구절은 인구(人口)에 널리 회자(膾炙)하는 명구(名句)이다. 벼슬에 대한 집착을 버리고 향리로 돌아가 흙냄새를 맡으며 소박하게 전원생활을 즐기는 작자의 초연한 모습이 잘 나타나 있다.

十五

가을밤에 홀로 앉아

獨坐悲雙鬢　空堂欲二更
독 좌 비 쌍 빈　공 당 욕 이 경

雨中山果落　燈下草虫鳴
우 중 산 과 락　등 하 초 충 명

白髮終難變　黃金不可成
백 발 종 난 변　황 금 불 가 성

欲知除老病　唯有學無生
욕 지 제 노 병　유 유 학 무 생

가을밤 홀로 앉아 가는 세월 슬퍼할 제
밤은 깊어가고 빈방에 흐르는 것은 적막뿐…
추적추적 내리는 비에 산과일 떨어지고
등불 아래 풀벌레 소리 쓸쓸하다
무슨 수로 백발을 검게 하랴
쇠를 가지고 황금을 만들 수 없나니
진정 늙고 병드는 걸 해결하고 싶거든
나고 죽음 초월하는 무생도리 배우시라

—— 왕유 王維, 701~761

당나라의 대표적 자연주의 시인인 왕유(王維)의 「가을밤에 홀로 앉아(秋夜獨坐)」라는 시이다. 더 이상 설명이 필요 없을 정도로 시 스스로 품격과 수준을 그대로 보여주는 명시라 하겠다. 그는 조숙한 천재 문인이자 음악에 조예가 깊고 산수화에도 능한 화가로, 9세 무렵부터 글을 짓기 시작해 16세에 「낙양여아행(洛陽女兒行)」이란 시를 썼고 19세에 인구(人口)에 널리 회자(膾炙)하는 「도원행(桃源行)」이라는 시를 지어 당대의 문인들을 놀라게 하였다.

벼슬길에서 떠난 뒤로는 자연에 동화되어 산을 즐기고 달을 노래하며 자연을 관조(觀照)하고 자연의 법칙에 순응하면서 물 흐르듯 자연스러운 삶을 영위했던 자연주의자이자 풍류 시인으로서 마치 한 폭의 산수화를 연상케 하는 수많은 명작 시를 남겼다.

예부터 선가(仙家)에는 쇠로 황금을 만들 수 있다는 연금술에 관한 전설이 내려오는데 불변의 황금처럼 사람 몸을 영원히 변치 않게 만들어 병 없이 오래오래 살게 할 수 있다고 믿는 이들이 적지 않았다. 그러나 그것은 결과로 증명되었듯이 이룰 수 없는 꿈일 뿐이라는 작자의 생각이 이 시에 스며들어 있다.

무생(無生)이란 무생법인(無生法忍)의 줄임말로서 끝없이 태어나고 죽고 하는 생사윤회(生死輪廻)의 고통에서 벗어나 영원한 안락(安樂)을 누릴 수 있는 경지에 듦을 말한다. 다시 태어나지도 않고 따라서 죽지도 않는 불생불멸의 목표 지점으로 갈 수 있는 길은 분명하게 있는 법이지만 목적지로 갈 수 있는 바른길을 선택하여 초지일관 정진(精進)해야 고통의 바다를 건너 저편 언덕으로 건너갈 수 있다는 작자의 생각을 엿볼 수 있는 시요, 법문이라 하겠다.

十六

산중山中의 도사道士를 생각하며

今朝郡齋冷　忽念山中客
금 조 군 재 냉　홀 념 산 중 객

澗底束荊薪　歸來煮白石
간 저 속 형 신　귀 래 자 백 석

欲持一瓢酒　遠慰風雨夕
욕 지 일 표 주　원 위 풍 우 석

落葉滿空山　何處尋行跡
낙 엽 만 공 산　하 처 심 행 적

오늘 아침, 날씨가 쌀쌀해지니
홀연 산중의 나그네 생각이 나네
골짝에 내려가 섶나무 주워다가
돌아와 흰 돌을 삶고 있을 텐데…
술 한 표주박 들고 찾아가서
비바람 부는 이 저녁 위로하고 싶건만
텅 빈 산, 낙엽으로 뒤덮였을 텐데
어디로 갔는지, 어디에 있을지 그 사람 발자취를 찾을 수 있을런가

―― 위응물 韋應物, 737~791

당나라 저주(滁州)의 전초(全椒) 고을 깊은 산중 동굴에 기거하는 수도자에게 저주 자사(刺史) 위응물(韋應物)이 보낸 「기전초산중도사(寄全椒山中道士)」라는 제목의 글이다. 작자는 저주의 방백(方伯)으로서 그 지방의 최고 행정 책임자이자 당대의 문장가로 명성을 드날린 인물이다. 그가 남긴 많은 주옥같은 시들 중에서도 이 시는 후세 사람들로부터 신행시(神行詩)라는 격찬을 들었던 명시다. 신묘하게 느껴지는 문학적 표현의 이면에는 저자의 따뜻한 마음이 보이고 산중 도사의 탈속한 모습이 그림처럼 떠오른다. 한 사람은 산중 선계(仙界)를 관장하는 수도자이고 또 한 사람은 인간 세상을 다스리는 그 고을 행정 책임자지만 두 사람의 우정은 더없이 각별하게 보인다.

『포박자(抱樸子)』라는 저서로 유명한 진나라 갈홍(葛洪)의 『신선전(神仙傳)』 제2권 백석 선생 편에 등장하는 주인공 백석 선생은 백석산에 머물면서 흰 돌을 삶아 먹고 살았던 관계로 그렇게 불린 인물이다. 위응물은 아마도 그 도사가 쌀쌀한 날씨에 불 잘 타는 싸리나무를 해다가 불을 때서 솥 안의 흰 돌을 삶아 먹으며 수도에 전념하고 있으리라 여기며 비바람 몹시 불어대는 이 저녁에 술 한 표주박 들고 가서 위로하고 싶건만, 그 너른 빈 산에 낙엽만 가득 뒹굴 텐데 그를 어디에서 찾을 수 있을지 고민스러움을 토로한다.

늦가을 쌀쌀한 날씨에 인생길의 도반을 생각하며 술 한 병 들고 찾아가 춥고 외로운 그를 위로하고 싶은 마음 간절하지만 본디 거리낌 없이 돌아다니는 도사의 행적을 찾기란 그리 쉬운 게 아니라는 생각이 발걸음을 잡는다. 아무튼 이 시는 마흔 개의 글자로 그려낸 '신선도(神仙圖)'라고 하겠다.

十七

눈 위에 남긴 기러기 발자국

人生到處知何似　應似飛鴻踏雪泥
인 생 도 처 지 하 사　응 사 비 홍 답 설 니

泥上偶然留指爪　鴻飛那復計東西
니 상 우 연 유 지 조　홍 비 나 부 계 동 서

老僧已死成新塔　壞壁無由見舊題
노 승 이 사 성 신 탑　괴 벽 무 유 견 구 제

往日崎嶇還記否　路長人困蹇驢嘶
왕 일 기 구 환 기 부　노 장 인 곤 건 려 시

인간의 평생 삶이 무엇과 같은지 아는가
녹은 눈 위를 밟은 기러기 발자국 같다네
눈 녹은 진흙 위에 우연히 발자국을 남기지만
날아간 기러기 어디로 갔는지 어찌 알겠나
노승은 이미 죽어 새로운 사리탑 세워지고
무너진 벽에는 예전에 쓴 시가 보이지 않네
지난날의 험준한 길 아직도 기억하는가
먼 길에 사람 지치고 나귀 절뚝거리며 울어댔지…

—— **소동파** 蘇東坡, 1037~1101

이 시는 당송팔대가의 한 사람인 소동파(蘇東坡)가 지은 「아우인 자유와 함께 과거 길에 지나갔던 민지의 옛일을 회고하며(和子由·池懷舊)」라는 시로서 『소동파 시집(蘇東坡詩集)』 권 3에 수록되었다.
소동파는 아우인 자유(子由·蘇轍)와 함께 과거시험을 보러 가던 중에 옛날 진(秦)나라와 조(趙)나라가 회맹(會盟)했던 하남성의 민지라는 지방을 지나면서 한 절에 머문 적이 있었다. 그때 그 절에 주석하던 봉한(奉閑) 노스님으로부터 정성껏 대접받은 일이 있었는데, 그러고 5년쯤 지나 소동파가 다시 이 지역을 지나면서 들르게 되었다. 그러나 절은 예전의 절이 아니며 봉한 노스님은 이미 입적한 후였다. 그 스님의 사리탑을 보며 인생무상(人生無常)을 통감(痛感)하고 지은 시이다. 뒷날 이 시는 '눈 녹은 진흙땅 위에 남긴 기러기 발자국'이란 뜻의 「설니홍조(雪泥鴻爪)」라는 제목으로 널리 알려졌다.

十八

산중山中 은자隱者가 하는 일

洗耳人間事不聞
세 이 인 간 사 불 문

青松爲友鹿爲群
청 송 위 우 녹 위 군

莫言隱者無功業
막 언 은 자 무 공 업

早晩山中管白雲
조 만 산 중 관 백 운

귀를 씻고는 세상일을 듣지 않는다
푸른 솔, 사슴 무리와 벗 삼아 지낼 뿐
'은둔자들은 하는 일이 없다' 말하지 마라
산속에서 아침저녁으로 흰 구름을 관리하나니

—— 진일제 陳一齊, 생몰년 미상

당나라의 문인 진일제(陳一齊)의 「산속에 숨어 사는 사람(隱者)」이라는 시로, 세상의 명리(名利)를 뒤로하고 깊은 산, 그윽한 골짜기에 초막을 짓고 은둔해 사는 사람의 마음을 잘 표현했다. 하는 일 없이 다른 사람들의 노고에 기대어 소일한다며 수심(修心), 수도(修道), 음풍영월(吟風咏月)하는 이들에 대해 부정적인 시선을 내보이는 경우가 있다. 물론 그런 사람도 더러 있겠지만 도연명(陶淵明)을 비롯해 이태백(李太白), 두보(杜甫), 왕유(王維) 등 세상의 불의(不義)와 타협하지 않고 미련 없이 귀거래사(歸去來辭)를 읊으며 초야에 묻혀 야인(野人)으로 지내는 이들에게 그런 평가는 적합하지 않다.
인인군자(仁人君子)요, 시인묵객(詩人墨客)들은 스스로 조용히 물러날 뿐, 비열하고 사악한 자들과 멱살 잡는 이전투구(泥田鬪狗)식의 추태를 연출할 리 만무한데도 그런 저간의 사정을 이해하지 못하는 소견이 안타까울 뿐이다.
진일제의 이 시는 세상 사람들의 오해와 짧은 식견에 대해 구구하게 해명을 늘어놓기보다는 빙그레 웃으면서 '은둔자가 아무 일도 않고 허송세월하는 것은 아니다'라는 절묘한 표현 하나로 자신의 의중을 전하고 있다. 은둔자들은 하늘에 떠가는 흰 구름을, 초점 잃은 눈으로 멍하니 보고만 있는 게 아니다. 높은 산봉우리 위에 걸린 흰 구름이 연출하는 순간의 아름다운 광경을 포착해 멋스러운 시문과 한 폭의 산수화 등 영원을 담은 불멸의 작품을 통해 삶의 이치와 진리, 이상향을 전하지 않는가.

二兌澤

☱

양생 養生

생명력을 길러 만병(萬病) 예방하는
상의(上醫)들의 '건강 좌우명'

十九

만병萬病의 원인은 '기력氣力 약화'

怒甚偏傷氣　思多太損神
노 심 편 상 기　사 다 태 손 신

神疲心易役　氣弱病相因
신 피 심 이 역　기 약 병 상 인

勿使悲歡極　當令飮食均
물 사 비 환 극　당 령 음 식 균

再三防夜醉　第一戒愼嗔
재 삼 방 야 취　제 일 계 신 진

성냄은 기력을 잃게 하고
많은 생각은 정신에 해로우이
정신이 피곤하면 마음은 쉽게 흔들리고
기력이 쇠약해지면 온갖 병 생기는 법
기쁨도 슬픔도 지나친 건 금물
음식은 골고루 섭취해야 하리
재삼 당부하오니 밤중에 취하지 말고
제일 주의할 점은 새벽에 성내는 것이라

—— 손사막 孫思邈, 581~682

중학생일 때, 아버지(仁山 金一勳·1909~1992)께 종종 "석가모니 부처님처럼 '아뇩다라삼먁삼보리(阿耨多羅三藐三菩提)', 즉 무상정등정각(無上正等正覺)을 성취하려면 수많은 불교 경전 가운데 어느 경전부터 공부하는 게 좋을까요? 아니면 어느 절, 어느 선사를 찾아가 가르침을 받는 게 좋을는지요?"라고 여쭙곤 했다. 아버지는 대답 대신 그저 빙그레 웃기만 하다가 "너하고는 거리가 먼 이야기이니 너 하던 공부나 하려무나…"라고 대화를 마무리하였다. 그 뒤에도 질문을 계속하자 아버지는 "그렇게도 도(道)를 공부하고 싶다면 기초부터 차근차근 단계를 밟아가는 것이 바른길이니 먼저 사서삼경(四書三經)부터 정독한 뒤 제자백가와 노자의 『도덕경』, 불교의 『금강경』 등의 순서로 공부하는 게 좋겠구나!"라고 알려주셨다. 그리고 첫 번째 교재로 『명심보감(明心寶鑑)』을 읽은 뒤, 『효경』을 읽고, 이어 『시경』 『서경』 『대학』 『논어』 『맹자』 『중용』 『역경』의 순서로 읽도록 길을 제시해 주셨다. 『명심보감』을 읽다가 마주친 한 글귀에 귀가 번쩍 뜨였는데, 아버지께서 '만병의 원인은 원기 약화'라는 손사막(孫思邈)의 논리는 보통 의료인들과 차원이 다른 탁견이라고 말씀하셨다. 이 시는 손사막이 자신의 '양생의학' 이론을 압축한 글로서 『명심보감』에 「양생명(養生銘)」으로 등재되어 있다. 손사막은 당(唐) 경조(京兆) 화원(華原) 사람으로 훗날 약왕(藥王)으로 추존(推尊)된다. 수당(隋唐) 양대(兩代)에 걸쳐 해박한 지식과 뛰어난 의술을 갖춘 의사로 이름을 떨쳤으나 명예와 이익에는 관심이 없었고, 평생 의업(醫業)에 종사하면서 민간에서 의술을 행했다. 저서로는 『비급천금요방(備急千金要方)』 『천금익방(千金翼方)』 『복수론(福壽論)』 등이 있다.

二十

관음이 말없이 한 말

白衣觀音無說說
백 의 관 음 무 설 설

南巡童子不聞聞
남 순 동 자 불 문 문

甁上綠楊三際夏
병 상 녹 양 삼 제 하

巖前翠竹十方春
암 전 취 죽 시 방 춘

흰옷의 관음은 말없이 말을 하고
뒤따르는 남순동자, 들음 없이 듣네
꽃병의 초록 버들은 언제나 여름이요
바위 앞 푸른 대에 온 세상 봄이로세

—— 작자 미상 作者未詳

일천 개의 손과 일천 개의 눈으로 세상의 모든 중생을 살펴 온갖 질고재액(疾苦災厄)을 해결해 주는 이로 알려진 흰옷의 관음은 여섯 관세음보살 중 한 분으로 성관음이라고도 한다.
관음은 성스러운 모습으로 바다의 외딴섬에서 지내며 말없이 말하는 설법을 하고, 관음을 따르는 남순동자는 관음의 들리지 않는 법문을 들음 없이 듣고 있다. 관음의 오른편에는 꽃병이 있는데 항상 초록빛의 버들가지가 꽂혀 있어 언제나 여름이요, 왼편의 기암괴석 앞에는 대숲이 비췻빛으로 늘 푸르러 온 세상이 봄이다.
구고구난(救苦救難)의 성자(聖者)로 알려진 관음은 뭇 중생들이 내는 고통의 신음(呻吟)을, 일천 개의 혜안(慧眼)으로 파악하여 일천 개의 손을 활용해 인술(仁術)을 펼쳐 널리 창생을 구제하느라 여념이 없다. 인도에서 '아발로키테슈바라(Avalokiteśvara)'라고 불리는 관음은 구세(救世)의 신묘한 의방(醫方)으로, 많은 사람을 병마의 고통으로부터 구제하는 것으로 알려졌는데, 그가 기사회생(起死回生)의 묘약으로 제시하는 방약의 핵심은 '암리타(Amrita)'라고 불리는 감로(甘露)이고 그 감로를 늘 호로병에 담아 지니고 다닌다.
세상 사람들이 말하고 듣는 언어로 표현할 길이 없는지라 관음은 말 없는 말을 하게 되고, 남순동자는 그 말 없는 말을 들음 없이 듣고 관음의 말 너머의 말과 뜻을 그저 묵묵히 세상에 전할 뿐이다.

二十一

묘약妙藥으로 원한의 병病 고칠 수 있나

妙藥難醫寃債病 橫財不富命窮人
묘 약 난 의 원 채 병 횡 재 불 부 명 궁 인

虧心折盡平生福 幸短天教一世貧
휴 심 절 진 평 생 복 행 단 천 교 일 세 빈

生事事生君莫怨 害人人害汝休嗔
생 사 사 생 군 막 원 해 인 인 해 여 휴 진

天地自然皆有報 遠在兒孫近在身
천 지 자 연 개 유 보 원 재 아 손 근 재 신

신묘한 약이라도 원한에 의한 병을 고칠 수는 없는 법
뜻밖의 재물로 궁핍한 운명을 부자 만들지 못하나니
각박한 마음은 평생의 복을 없앨 뿐이요
복이 달아난 사람에게는 일생 가난이 따르네
일을 만들어 일이 생기는 것, 누구를 원망하랴
남을 해치려다 제가 그 해를 받는 것, 성내지 말지니
하늘과 땅과 자연은 반드시 대가를 치르게 하는 법
멀리는 재앙이 자손에 미치고 가까이로는 제가 받으리

—— 재동제군 梓潼帝君

재동제군(梓潼帝君)이 후세에 전하는 수훈(垂訓)의 글로서 『명심보감(明心寶鑑)』 성심 편에 수록되어 있다. 재동제군이란 본래 도가(道家)에서 문창부의 일과 인간의 녹적(祿籍)의 일을 관장하는 신(神)을 지칭하는데, 일설에는 진(晉)나라에서 벼슬을 살다가 전사(戰死)한 장아자(張兒子)가 죽어서 되었다고도 한다. 중국 사천성 재동현에 있는 재동묘(梓潼廟)는 재동제군의 사당이라고 전해져 온다.
아무리 신묘한 약이라 한들 원한에 의해 생긴 병을 치료할 수 있겠는가? 정당하게 땀을 흘려서 번 돈이 아니라 도박이나 뜻밖의 횡재(橫財)를 통해 획득한 재산으로 부자 되어 잘사는 사람은 없는 법이다. 원만하지 못하고 이지러진 마음의 소유자에게는 복이 들어올 수 없고 복 없는 사람은 일생 가난을 면하지 못한다는 사실을 깨닫기는 어렵지 않을 것이다.
늘 스스로 일을 만들면서 항시 이리 뛰고 저리 뛰며 동분서주하는 사람을 누가 말릴 수 있겠는가? 자신은 남을 해치며 반성조차 하지 않으면서 남이 자기에게 해를 끼친다고 성내는 것 역시 잘못된 처신이라 하겠다. 천지자연의 이치란 절대로 원인 없는 결과는 없는 것이요, 좋은 행위든 좋지 못한 행위든 반드시 인과(因果)의 법칙에 따라 대가를 받되, 멀게는 자손에게까지 미치게 되고 가까이로는 자신의 당대에 받게 되리라. 세상사 돌아가는 이치를 56자에 담아 표현한 이 글의 깊고 깊은 뜻을 되새겨 자기 삶에서 허망한 욕심과 순리(順理)를 벗어난 무리(無理)를 제거하고, 자연의 법칙과 생명 원리에 부합하는 순리적 삶으로의 회귀(回歸)를 도모하는 계기로 삼을 필요가 있겠다.

몸 따스해야 오래 산다

陽精若壯千年壽
양 정 약 장 천 년 수

陰氣如强必斃傷
음 기 여 강 필 폐 상

陰氣未消終是死
음 기 미 소 종 시 사

陽精若在必長生
양 정 약 재 필 장 생

따뜻한 정기가 강하면 천년을 장수하고
찬 기운 드세면 반드시 병들게 되리라
찬 기운 못 없애면 끝내 죽을 것이고
따뜻한 정기 남아 있으면 오래 살리라

—— 두재 竇材, 생몰년 미상

송나라 때의 명의이자 의학자(醫學者) 두재(竇材)는 남송의 소흥(紹興) 16년(1146)에 모두 세 권으로 편찬한 자신의 저서 『편작심서(扁鵲心書)』를 통해 "병이 없는 사람이라도 관원혈과 명문혈, 기해혈, 중완혈에 오랫동안 쑥뜸을 뜨면 비록 천년만년 살지는 못하더라도 적어도 백 년간의 생명력을 건강하게 유지할 수는 있으리라(人於無病時 長灸關元穴,命門穴,氣海穴,中脘穴… 雖未得長生 亦可保百年命矣)"라고 설명한 바 있다. 다시 말해 '관원혈과 명문혈, 기해혈, 중완혈의 네 혈자리에 오랫동안 쑥뜸을 뜨면 비장(脾臟)과 콩팥의 온도를 올려주고(溫補脾腎) 몸에 필요한 기운을 북돋워 줌으로써(扶養正氣) 백 년의 삶을 건강하게 살 수 있다'는 이야기이다. 관원혈(關元穴)은 원기(元氣)가 출입하는 관문(關門)이고 기해혈(氣海穴)은 음중지양(陰中之陽)으로서 원기의 바다이다. 명문혈(命門穴)의 명문(命門)은 글자 그대로 인체(人體)의 '생명(生命)의 문(門)'이라는 뜻을 나타내는데 그곳에 쑥뜸을 뜨면 오장육부(五臟六腑)의 양기(陽氣)를 북돋워 주는 것으로 알려져 있다.

이 시는 인산(仁山) 김일훈(金一勳) 선생께서 체온의 중요성이나 쑥뜸의 효용성을 설명할 때 자주 인용했다. 몸에 찬 기운이 많으면 면역력 손상으로 온갖 병마(病魔)를 초래하겠지만 체온을 올려주는 양기(陽氣)를 북돋우면 몸 스스로 자연치유 능력을 정상적으로 회복해 만병(萬病)을 물리치고 건강하게 장수(長壽)할 수 있을 것이라는 점을 강조한 대표적 명시(名詩)로 손꼽힌다.

二十三

'행복한 쑥뜸'의 노래

一年辛苦惟三百
일 년 신 고 유 삼 백

灸取關元功力多
구 취 관 원 공 력 다

健體輕身無病患
건 체 경 신 무 병 환

彭錢壽算更如何
팽 전 수 산 갱 여 하

일 년에 오직 삼백 번만 고생하시라
관원 뜸의 공력은 상상을 초월한다네
몸 가볍고 건강해지며 질병 없어지니
팔백 살 팽조보다 더 오래 살으리라

—— 두재 竇材, 생몰년 미상

건강 상태가 '예전 같지 않음'을 느껴 '링 뜸'을 뜨며 회복에 나섰다. 탈이 났던 속 여기저기가 아물고 기운도 웬만큼은 차릴 수 있게 됐지만 좀 더 완벽한 심신을 만들기 위해 관원혈(關元穴)을 중심으로 단전(丹田) 부위에 직접 뜸을 놓기 시작했다. 배 위에 놓인 쑥불이 빨갛게 타들어 가는 모습을 바라보고 있노라니 서른한 살 되던 해인 1985년 가을의 일이 떠올랐다. 백척간두(百尺竿頭)의 위급한 상태에 놓인 나를 쑥뜸으로 기사회생시킨 아버지 인산(仁山)의 '참의료' 이론과 묘방에 깨달음을 얻게 된 이후 내 삶은 크게 달라졌다. 중완(中脘)과 관원에 300여 장의 쑥뜸을 뜨며 사선에서 벗어난 나는 내 운명을 송두리째 바꾼 그 경험을 토대로 '신의학'이요, '참의료'인 '인산의학'을 세상에 알리는 데 일생을 바치기로 했다.

1986년 6월 15일, 불멸의 의서인 『신약(神藥)』을 펴낸 데 이어, 세계 최초로 죽염 산업화에 도전했으며, 인산가의 코스닥 상장에 이르기까지 이립(而立)에 세운 목표를 37년이 지나 종심(從心), 칠순에 이른 지금까지 실행해 나가고 있다. 매일 밤 단전 부위에 직접 뜸쑥을 올려놓고 2~3시간에 걸쳐 23~35장씩 뜨는 일은 이루 말할 수 없는 고통을 가져다주지만 그 이면엔 성인의 가르침을 되새기며 '내 마음의 어둠'을 밝히는 기쁨도 있다. 그래서 적지 않은 고통을 수반하는 쑥뜸 뜨는 시간이, '새로운 나'로 거듭나는 '기쁨의 시간'이 되곤 한다.

이 시는 송나라 태의(太醫) 두재(竇材)의 『편작심서(扁鵲心書)』에 담긴 쑥뜸 예찬가다. 쑥뜸을 견디게 하는 지혜와 용기가 사뿐히 담겨 있다.

二十四

매도사梅道士 산방에서 선주仙酒를 마시네

林臥愁春盡　開軒覽物華
임 와 수 춘 진　개 헌 남 물 화

忽逢靑鳥使　邀入赤松家
홀 봉 청 조 사　요 입 적 송 가

丹竈初開火　仙桃正發花
단 조 초 개 화　선 도 정 발 화

童顔若可駐　何惜醉流霞
동 안 약 가 주　하 석 취 류 하

숲속에 누워 가는 봄을 아쉬워하나니
휘장 걷고 만물이 빛나는 봄 경치 바라본다
홀연 어디선가 파랑새 사자 날아와
적송자 선가로 맞아들이나니
아궁이에 처음으로 불이 지펴지고
선계 복숭아꽃은 활짝 피었네
동안을 그대로 붙잡아둘 수만 있다면
유하 신선주에 취한들 무에 애석하랴

—— 맹호연 孟浩然, 689~740

성당(盛唐)의 자연파 시인 맹호연(孟浩然)의 「매도사 산방에서의 연회(宴梅道士山房)」라는 제목의 서정시이다. 지은이는 벼슬에 뜻이 없어 녹문산(鹿門山)에 은거하다가 나이 마흔에 경사(京師)로 나아가 과거를 보았으나 낙방하고 일생을 처사(處士)로 지내면서 불우한 삶의 심정을 시로 읊곤 했다. 한동안 벼슬에 대한 미련을 떨치지 못했으나 마음을 정리한 뒤에는 속정(俗情)을 떠난 한적한 정취를 노래하며 자연을 벗 삼아 살다가 생애를 마감한 대표적 자연파 시인의 한 사람이다.

세속의 모든 인연을 내려놓고 자연과 동화되어 사는 맹호연에게 어느 날 곤륜산에 머무는 서왕모(西王母)의 사자 청조사(青鳥使)가 날아와 해동 신선 적송자(赤松子)의 선가(仙家)로 인도하기에 따라가 보니 그곳에는 매도사라 불리는 도인이 머물고 있었다. 찬 기운이 채 가시지 않은 깊은 산속 초막의 따뜻한 방에서 맹호연은 매도사의 도담(道談)과 그가 권하는 유하주(流霞酒), 문밖으로 펼쳐지는 곤륜산, 봉래산에나 있다는 천도복숭아 꽃이 만개하여 빛을 발하는 눈부신 광경에 세상의 온갖 시름을 잊게 된다.

선계에 들어 도담을 나누며 불로(不老)의 감로(甘露)가 함유된 신선주를 마시니 세속의 부귀영화도 부럽지 않고 고관대작의 벼슬을 못 한 것 역시 더 이상 아쉬울 게 없는데 무에 더 바랄 것이 있으랴. 시간과 공간을 초월하여 무위자연의 삶으로 돌아가니 내가 자연이고 자연이 곧 나인 '물아일여(物我一如)'의 경지에 들어 여여(如如)한 세계에 머무는 기쁨을 누릴 뿐이다.

二十五

사는 곳에 대나무가 없다면…

可使食無肉　不可居無竹
가 사 식 무 육　불 가 거 무 죽

無肉令人瘦　無竹令人俗
무 육 영 인 수　무 죽 영 인 속

人瘦尚可肥　士俗不可醫
인 수 상 가 비　사 속 불 가 의

傍人笑此語　似高還似痴
방 인 소 차 어　사 고 환 사 치

若對此君仍大嚼　世間那有揚州鶴
약 대 차 군 잉 대 작　세 간 나 유 양 주 학

밥상에 고기가 없어도 되지만 / 사는 곳에 대나무가 없으면 안 되리 / 고기 없으면 수척해질 뿐이지만 / 대나무 없으면 사람이 속되게 되나니 / 수척해진 사람은 살찌우면 되지만 / 선비가 속되면 고칠 수가 없다네 / 이 말을 듣고 옆 사람이 / '고상한 듯하나 도리어 어리석다' 비웃었지만 / 대나무를 보면서 고기도 먹는다면 / 세간에 어찌 양주학 이야기가 있겠는가

—— 소동파 蘇東坡, 1036~1101

북송(北宋)의 시인이자 학자, 정치가인 소동파(蘇東坡)가 어잠의 녹균헌(綠筠軒)에 시찰을 나갔다가 지은 「어잠 스님의 녹균헌(於潛僧綠筠軒)」이란 시이다. 어잠은 절강성(浙江省) 항주부(抗州府)에 있던 현(縣) 이름이고, 녹균헌은 그 고장 스님의 거처를 말하는데 '푸른 대나무가 있는 소실(小室)'이란 뜻이다.

대나무는 땅에서 돋아난 이후 눈에 띌 정도로 쑥쑥 자라서 태어난 그해에 키가 다 자란다. 하지만 이후 마디마디가 절도 있게 성장하고, 속을 비워가며 날이 갈수록 단단해지는 특성을 지녔다. 대나무가 자라는 것을 보면 거듭되는 수행에 의해 깨달음을 성취하는 도인(道人)의 모습이 연상된다.

많은 사람은 모든 것을 소유하기를 원하여 '고기도 먹고 또 대나무도 심고 수행도 하면 되지 굳이 하나만 선택할 필요가 있겠느냐'고 말하며 한 가지만 선택하는 사람을 비웃는다.

어느 날, 세 사람이 모여 서로가 가장 원하는 것을 이야기했는데 한 사람은 "중국 9주 가운데 가장 인기 있는 양주 자사가 되고 싶다"고 했다. 다른 한 사람은 "학(鶴-신선)이 되어 천년만년 살고 싶다"고 했으며, 나머지 한 사람은 "천하의 부(富)를 다 갖고 싶다"고 했다. 그러자 옆에 있던 다른 사람이 "나는 모든 부를 다 소유하고, 양주 자사가 되어, 학을 타고 하늘을 날고 싶다"고 했다. 이처럼 '양주학'이란 이루지 못할 꿈을 꾸는 사람을 빗댄 이야기이다.

二十六

바람 부는 대로
물결치는 대로

此竹彼竹化去竹 風打之竹浪打竹
차 죽 피 죽 화 거 죽 풍 타 지 죽 랑 타 죽

飯飯粥粥生此竹 是是非非付彼竹
반 반 죽 죽 생 차 죽 시 시 비 비 부 피 죽

賓客接待家勢竹 市井賣買歲月竹
빈 객 접 대 가 세 죽 시 정 매 매 세 월 죽

萬事不如吾心竹 然然然世過然竹
만 사 불 여 오 심 죽 연 연 연 세 과 연 죽

이대로 저대로 되어가는 대로
바람 부는 대로 물결치는 대로
밥이면 밥, 죽이면 죽 이대로 살아가고
옳은 것은 옳다, 그른 것은 그르다 제대로 붙이세
손님 접대는 집안 형편대로
시장에서 사고파는 것은 시세대로 하세
세상만사를 내 마음대로 못 하니
그렇고 그런 세상 그러한 대로 지나가세

—— 김병연 金炳淵, 1807~1863

'김삿갓'이라는 별칭으로 더 알려진 김병연(金炳淵)의 시「대로(竹)」이다. 김삿갓은 조선 후기 대표적 천재 시인으로, 수많은 일화를 남겼고, 살아서 전설이 된 특이한 이력의 소유자이다. 조선 순조 시대, '나라를 위해 죽은 정가산(鄭嘉山)의 충절을 기리고 홍경래(洪景來)에게 항복한 김익순(金益淳)을 규탄한다'는 글제로 20세 되던 해에 과거에 급제했으나, 이후 자신이 김익순의 손자임을 알고는 벼슬을 버리고 '더 이상 하늘을 우러러볼 면목이 없다'며 삿갓을 쓰고 집을 나가 평생을 떠돌며 살았다고 한다.

그는 특별한 재능을 한껏 발휘하여 기발하면서도 기기묘묘한 수많은 시를 남겼다. 특히 한글과 한문을 섞어서 지은 시는 그 누구도 따라올 수 없는 독보적 경지에 올라 입에서 나오는 대로 말하고 붓 가는 대로 쓰는 그 자체로 주옥같은 시로 빚어져 보는 이들의 탄복을 자아내곤 하였다. '대 죽(竹)' 자를 우리말 '대로'로 풀이해 읽으면 『도덕경』을 통해 무위자연(無爲自然)의 도를 설파한 노자의 "자연을 손상하지 말고 자연 그대로 살아야 한다"는 사상을 잘 함축하여 보여주는 절묘한 시임을 이내 알 수 있게 된다. 시가 제시하는 바를 받아들여 자신의 삶을 소박하고 자연스러운 삶으로 바꾼다면 이 시는 인생길의 훌륭한 이정표가 될 수 있으리라.

二十七

속세를 떠난 지 오래인데…

積雨空林煙火遲　蒸藜炊黍餉東菑
적 우 공 림 연 화 지　증 려 취 서 향 동 치

漠漠水田飛白鷺　陰陰夏木囀黃鸝
막 막 수 전 비 백 로　음 음 하 목 전 황 리

山中習靜觀朝槿　松下淸齋折露葵
산 중 습 정 관 조 근　송 하 청 재 절 로 규

野老與人爭席罷　海鷗何事更相疑
야 로 여 인 쟁 석 파　해 구 하 사 경 상 의

장마철, 빈 숲에서 밥 짓는 연기 피어오르는데
명아주 찌고 기장밥 지어 동쪽 밭으로 내간다
드넓은 물가 논에서는 백로가 날아오르고
녹음 우거진 여름 숲에선 꾀꼬리 지저귄다
고요한 산속의 아침, 무궁화를 관조하고
소나무 아래 조촐한 식사를 위해 아욱을 뜯는다
은퇴한 시골 노인, 자리싸움 안 한 지 오랜데
갈매기는 어이하여 아직도 날 의심하나

—— 왕유 王維, 701~761

중국 당나라의 시인 왕유(王維)가 지은 「장마철 망천의 별장에서 짓다(積雨輞川莊作)」라는 시로, 자신의 삶을 그린 것이다. 망천의 별장, 즉 망천장은 바로 왕유가 말년에 기거하던 시골집 이름이다.
한여름 며칠간 이어지는 장맛비 속에 밥 짓는 연기가 느릿느릿 피어오르는데 농가에서는 밥과 음식을 장만하여 동쪽에 있는 밭으로 보낸다. 물가 논에서는 백로가 날아오르고 녹음 우거진 숲속에선 꾀꼬리가 지저귄다. 고요한 산속에 앉아 아침에는 무궁화를 보면서 인생의 영고성쇠(榮枯盛衰)의 인과(因果)를 성찰하고, 소나무가 있는 집에서의 소식(素食)을 위해 아욱을 뜯는다. 이 시골 노인은 이미 벼슬을 그만두고 물러나 앉아 다시는 사람들과 자리를 다툴 일이 없는데도 세상 사람들 대다수가 여전히 의심의 눈길을 보낸다.
한적한 시골 마을로 내려와 세속의 명리를 떠나 좌선(坐禪)과 명상의 생활을 이어가며 조용하게 살고자 하는 저자의 심경을 잘 표현하고 있다. 왕유는 당나라의 전성기에 고위 관직을 지내고 문명(文名)을 날리는 등 이른바 부귀공명을 누렸으나, 말년에는 속세에 염증을 느끼고 종남산(終南山) 기슭에서 한거(閑居)하며 주옥같은 시와 그림을 다수 남겼다.

버들 푸르고
꽃이 만발한 마을

莫笑農家臘酒渾 豊年留客足鷄豚
막 소 농 가 납 주 혼 풍 년 유 객 족 계 돈

山重水複疑無路 柳暗花明又一村
산 중 수 복 의 무 로 유 암 화 명 우 일 촌

簫鼓追隨春社近 衣冠簡樸古風存
소 고 추 수 춘 사 근 의 관 간 박 고 풍 존

從今若許閒乘月 拄杖無時夜叩門
종 금 약 허 한 승 월 주 장 무 시 야 고 문

농가의 섣달 술이 걸쭉해졌다고 웃을 일이 아니요
풍년이라 푸짐한 닭고기 돼지고기로 손님 머물게 하네
첩첩산중에 여러 갈래 물줄기라 더는 길이 없나 했더니
버들 푸르고 꽃이 만발한 곳에 또 하나의 마을이 있네
피리 소리, 북소리 따라가노라니 봄 제사 축제 현장이요
의상과 갓은 간단하고, 소박한 것이 옛 풍속 그대로여라
앞으로 시간이 허락될 때 한가로이 달빛에 의지하여
지팡이 짚고 어느 때라도 밤에 찾아와 대문을 두드리리

—— 육유 陸遊, 1125~1209

중국 남송(南宋) 시대 문장가 육유(陸遊)의 「유산서촌(遊山西村)」이라는 시이다. 저자의 자(字)는 무관(務觀)이고 호(號)는 방옹(放翁)이며, 지금의 절강성(浙江省) 소흥시(紹興市)인 월주(越州) 산음현(山陰縣)에서 태어났다. 남송 조정이 중원(中原) 지역을 금(金)에 내어주고 굴욕스러운 화친책을 통해 겨우 명맥을 유지하자 일생토록 금에 대한 항전과 실지(失地) 회복을 주장했던 시인이다. 주화파에 밀린 육유는 벼슬을 버리고 초목 우거진 고향으로 내려와 여생을 보냈다.
어느 봄날, 육유는 집 근처를 산책하던 중 멀리서 장구와 퉁소 소리가 은은히 들려오기에 그 소리에 이끌려 서산(西山)을 향해 산길을 오르게 되었는데 길이 점점 험해지고 물길도 많아지며 갈수록 첩첩산중이었다. 길을 잃고 헤매다가 어느 산모퉁이를 돌자 갑자기 시야가 열리면서 십여 가구의 마을이 무릉도원처럼 나타났다. 기쁜 마음으로 마을에 들어서니 순박한 마을 사람들이 술과 음식으로 그를 환대하였다. 집에 돌아온 육유는 마치 꿈을 꾼 듯한, 이 잊을 수 없는 체험과 느낌을 시로 지어 세상에 알렸다.
훗날 사람들은 "산중수복…우일촌" 구절을, "수궁산진의무로(水窮山盡疑無路) 유록화홍우일촌(柳綠花紅又一村)", 즉 "물길도 끝나고 산길도 사라져 더는 길이 없을 것으로 여겼더니, 버들은 푸르고 붉은 꽃이 만발한 곳에 또 하나의 마을이 있었네"라고 바꾸어 '어떤 절망스러운 상황에서도 길 찾는 노력을 통해 이상향으로 갈 수 있다'는 희망의 메시지를 전한다.

二十九

가을밤,
산속에 머물다

幽居正想餐霞客
유 거 정 상 찬 하 객

夜久月寒珠露滴
야 구 월 한 주 로 적

千年獨鶴兩三聲
천 년 독 학 양 삼 성

飛下巖前一枝栢
비 하 암 전 일 지 백

고요한 곳에 머무니 안개 마시는 찬하객이라
밤은 깊고 달빛은 찬데 이슬방울 떨어진다
천년 외로운 학, 울음소리 두세 번 들리더니
바위 앞 잣나무 가지에 날아와 내려앉는다

—— 시견오 施肩吾, 780~861

중당(中唐) 시대 시인이자 도가(道家)에 조예가 깊은 인물인 시견오(施肩吾)의 「추야산거(秋夜山居)」, 즉 「가을밤, 산속에 머물다」라는 제목의 시이다. 안개 자욱한 깊은 산속에서 이슬을 마시며 생명력을 기르는 선인(仙人)의 유유자적한 삶의 모습이, 고고한 학의 모습으로 은은하게 드러나는 한 폭의 산수화다.

작자의 자는 희성(希聖)이고 호는 동재(東齋)·서진자(棲眞子)이며, 목주(睦州) 분수현(分水縣), 지금의 절강성(浙江省) 항주(杭州)가 고향이다. 집안이 가난해 어린 시절 오운산(五雲山) 화상사(和尙寺)에서 불학(佛學)에 입문했고, 동향의 서응(徐凝)과 함께 안은사(安隱寺)에서 사서(四書) 등의 유가 경전을 공부했다. 원화(元和) 15년(820년) 마흔이 넘어서야 참가한 전시(殿試)에서 장원을 차지하며 진사가 되었으나 관직을 사양하고 고향으로 돌아갔다. 그때 장적(張籍)이 「시견오동귀(施肩吾東歸)」, 즉 「고향으로 돌아가는 시견오를 전송하며」라는 제목의 시를 지어준 것으로 유명하다. 시견오는 시로 이름을 얻었는데 장적은 산수를 좋아하는 그를 연하객(烟霞客)이라고 불렀다. 장경(長慶·821~824·당 목종의 연호) 시대엔 도학(道學)에 심취했고, 만년에는 집안 식구들을 데리고 팽호(澎湖)로 옮겨가 살다가 그곳에서 세상을 떠났다.

저서로 『양생변의결(養生辨疑訣)』 『진선전도집(眞仙傳道集·2권)』 『서산군선회진기(西山群仙會眞記·5권)』 『화양진인비결(華陽眞人秘訣)』 『황제음부경해(黃帝陰符經解)』 『종려전도집(鐘呂傳道集)』 등이 있고, 시집으로 『서산집(西山集·10권)』이 전한다.

三十

산중의 가을밤

去雁聲遙人語絶
거 안 성 요 인 어 절

誰家素機織新雪
수 가 소 기 직 신 설

秋山野客醉醒時
추 산 야 객 취 성 시

百尺老松銜半月
백 척 노 송 함 반 월

기러기 소리 멀어지고 인적은 끊겼는데

뉘 집 베틀에서 눈처럼 흰 비단을 짜나

가을 산에 취한 나그네, 취기가 가실 무렵

백 척 노송은 가지 끝에 반달을 머금었네

—— 시견오 施肩吾, 780~861

당나라 시인이자 도가의 중추세력인 시견오(施肩吾)의 풍류시 「추야산거(秋夜山居)」가 절로 떠오르는 밤이다. 「어느 가을밤, 산속에 머물며 읊은 노래」라는 제목의 이 시는 아름다운 언어로 빚어낸 한 폭의 동양화다.

당나라 중흥기는 중국 역사에서 가장 화려한 문화예술이 형성된 시기로, 수도 장안은 당시 세계에서 가장 번성한 도시로 손꼽힌다. 당말 오대(五代)의 변혁기에 접어들면서 무병장수(無病長壽)와 장생불사(長生不死)를 추구하는 도가의 인물들이 대거 등장했는데, 이 가운데 당대의 대표적 신선으로 알려진 종리권(鍾離權)과 여동빈(呂洞賓)은 내단(內丹) 수련의 체계적 이론과 방법을 체계화해 '종려금단도(鍾呂金丹道)'를 확립하며 큰 영향을 미치게 된다. 이 무렵 활동하던 대표적 내단 수련가는 최희범(崔希範)과 진박(陳朴) 등으로 이 시의 작자인 시견오 또한 당대의 도가를 이끌던 인물이다.

깊은 산중의 가을은 형형색색의 아름다운 단풍으로 수를 놓은 듯하고 높은 하늘엔 흰 구름이 유유히 흐르는데 이따금 청량한 바람이 불어오니 그야말로 선경(仙境)이요, 그곳이 바로 선계(仙界)다. 멀어져 가는 기러기 소리를 따라 사람 소리 또한 멀어져 그 어떤 소리도 들리지 않는 곳에서 가을 단풍에 취하고 맑고 향기로운 술에 취하여 시간 가는 줄 모르다가 문득 고개를 들어보니 높이 솟은 소나무 가지 끝에 반달이 걸려 있는 게 아닌가? 가을은 향기로운 술을 빚어내 시인의 마음을, 단풍으로 붉게 물들인다.

三離火

☲

풍류風流

요산요수(樂山樂水)… 풍류(風流)를 즐기고
서정(抒情)을 노래하다

三十一

천산千山의 새들 날음질이 끊어지고

千山鳥飛絶　萬逕人踪滅
천 산 조 비 절　만 경 인 종 멸

孤舟蓑笠翁　獨釣寒江雪
고 주 사 립 옹　독 조 한 강 설

온 산에는 새들의 날음질이 끊어지고
길은 모두 눈에 뒤덮여 사람 발자취 사라졌네
외로운 배에는 도롱이에 삿갓 쓴 노인
눈 내리는 강에서 홀로 낚시하고 있네

—— 유종원 柳宗元, 773~819

오늘 이곳 함양 고을 삼봉산 기슭에는 이른 새벽부터 하염없이 눈이 내려 세상을 온통 하얗게 뒤덮고 있다. 마치 영화 〈나니아 연대기〉 속의 설국(雪國)을 연상케 할 정도로 많이 내린 눈으로 인해 새들의 날아다니는 모습이 뚝 끊어지고 길이란 모든 길은 눈으로 뒤덮여 사람의 발자취를 흔적조차 없이 사라지게 했다. 한파가 몰려와 천상(天上)의 빗방울로 빚은 하얀 눈이 온 산과 들을 한 폭의 진경산수화(眞景山水畵)로 만든 것이다.

백색(白色)의 고결한 빛이 눈을 통해 들어와 마음에 쌓인 여러 가지 근심 걱정을 모두 덮어버려 문득 삼매(三昧) 속에 들게 함으로써 비록 일시적으로나마 번뇌로 들끓는 세상을 고요하고 평화로운 세상으로 바꾸어놓는다. 세상의 모든 허물이 덮이고 깨끗한 세상으로 거듭나는 아름다운 정경(情景)을 바라보며, 세상과 나를 다 같이 정화(淨化)시켜 오탁(汚濁)의 악세(惡世)는 극락(極樂)의 별천지를 이루고, 사람들은 모두 탈속(脫俗)의 진인(眞人)으로 거듭날 수 있기를 간절히 염원(念願)해 본다.

이 시는 당송팔대가(唐宋八大家)의 한 사람인 당나라 때의 대문호 유종원(柳宗元)의 「강에 내리는 눈(江雪)」이다. 스무 글자로 그린 한 폭의 그림이라 할 수 있을 정도의 아름다운 시로서, 실제로 많은 화가의 그림으로 그려진 대표적인 시 가운데 하나다. 우주자연(宇宙自然)과 내가 혼연일체로 하나가 되는 물아일여(物我一如)의 경지를 간결한 글귀로 잘 그려낸 그림으로서, 시공(時空)을 넘어 지금까지도 이 시를 읽는 많은 이에게 깊은 울림을 주고 있다.

봄눈에 온 세상은 매화 천지

春雪滿空來　觸處似花開
춘 설 만 공 래　촉 처 사 화 개

不知園裏樹　若箇是眞梅
부 지 원 리 수　약 개 시 진 매

봄눈 내려와 온 세상을 덮나니
곳곳에서 하얀 꽃 피어나네
뜰 안의 나뭇가지마다 핀 눈꽃으로
어느 꽃이 진짜 매화인지 알 수 없네

—— 동방규 東方虯, 생몰년 미상

이 시를 쓴 동방규(東方虯)는 당나라 측천무후(則天武后·624~705) 때 사람으로 좌사(左史) 벼슬을 지냈으며 시를 빨리 짓고 또한 잘 짓는 것으로 유명했다. 그는 양귀비(楊貴妃), 서시(西施), 초선(貂蟬)과 더불어 중국 4대 미인 중의 하나로 손꼽히는 전한(前漢) 원제의 후궁 왕소군을 소재로 한 「소군원(昭君怨)」이란 시로 더욱 세상에 알려진 인물이다.

초봄에 오는 눈은 허공 가득 메우며 내려와 온 세상을 덮을지라도 그리 오래가지 않는 법이다. 봄눈 속에서 향기를 풍기며 꽃망울을 터뜨리는 매화는 기나긴 혹한을 견뎌온 모든 이에게 인고(忍苦)의 결실이자 천지의 따뜻한 마음을 전하는 미소이기도 하다.

하얀 눈이 온 세상을 덮을 때마다 이곳 함양 고을을 에워싸고 있는 지리산과 덕유산의 주 능선에는 상고대가 피어나 천지 사방에 흰 꽃들의 향연이 펼쳐진다. 봄눈이 빚어내는 꽃은 향내는 없지만 온 세상을 하얗게 덮어 꽃향기, 풀 향기 가득한 아름다운 금수강산의 원동력을 제공하는 고결한 마음의 상징이다. 눈꽃으로 가득한 숲의 고요가 처연한 왕소군의 모습을 떠올리게 한다.

三十三

매화…
눈 속에 어떻게 왔는가?

白玉堂中樹　開花近客杯
백 옥 당 중 수　개 화 근 객 배

滿天風雪裏　何處得夫來
만 천 풍 설 리　하 처 득 부 래

백옥당 안에서 어느 날 문득 피어난 매화여
벗님과의 술자리에서 고결한 미소를 짓누나
온천지에 눈 내리고 찬바람 휘몰아치는데
그대, 짙은 향내를 풍기며 어디메서 왔는가

—— 임영 林泳, 1649~1696

아직 눈 내리고 찬바람 이따금 불어대는 이른 봄, 예쁜 화분에 심은 매화가 짙은 향내를 풍기며 수줍은 듯 피어나 고결하고 아름다운 자태를 드러낸다. 자연을 사랑하고 차와 술을 즐기는 풍류객들이라면 너 나 할 것 없이 정겨운 벗님들을 초대해 아무 말 없이 마치 한 폭의 동양화처럼 미소 짓는 매화 옆에서 서로 어울려 한 잔, 한 잔, 또 한 잔 기울이며 만사 시름을 잊은 채 담소(談笑)를 나누고자 할 것이다.

조선조 인조 임금, 숙종 임금 시절의 문신(文臣) 임영(林泳)의 「분매(盆梅)」는 벗과의 술자리를 더욱 고아하게 빛내주는 시이다. '분매'란 도자기나 질그릇으로 만든 화분에 심은 매화를 지칭한다. 백옥처럼 흰 도자기 화분에 수형(樹形)이 아름다운 매화를 심어 집 안에 두었는데 어느 날, 코끝을 스치는 짙은 향내와 동시에 매화의 아름다운 미소가 눈 안 가득 들어온다.

따뜻한 훈풍이 남녘으로부터 불어오는 봄철이면 복숭아꽃, 살구꽃 등을 위시해 형형색색의 꽃들이 등장하여 세상을 잔치 분위기로 만든다는 것은 익히 아는 사실이지만 아직은 북풍한설(北風寒雪)이 채 가시기도 전인데 저 매화는 도대체 어디에서 어떻게 왔을까? 시의 작자는 그런 매화를 보면서 삭풍(朔風) 같은 정치풍토와 모진 눈보라 같은 세파(世波)에 시달리면서도 지조(志操)를 잃지 않고 고결하게 살아가는 선비들의 삶을 떠올렸으리라.

三十四

들녘 매화 향에 넋을 잃었네

細雨迷歸路　蹇驢十里風

세 우 미 귀 로　건 려 십 리 풍

野梅隨處發　魂斷暗香中

야 매 수 처 발　혼 단 암 향 중

보슬비 내리고 물안개 자욱해 길을 잃고 헤매느라
지친 나귀, 십 리 바람 속을 절뚝거리며 걸어가네
온 들녘 여기저기 매화꽃이 안개 속에서 드러나매
그윽하고 또 그윽한 그 향기에 그만 넋을 잃었네

—— 이후백 李後白, 1520-1578

나귀를 타고 외출했다가 돌아오던 지은이는 바람결을 타고 흩날리는 짙은 향내에 그만 마음을 빼앗긴다. 사방을 둘러보니 보슬비 내리고 안개 자욱하건만, 들녘 여기저기에서 고결한 자태의 연분홍빛 매화꽃이 모습을 드러내며 환하게 웃고 있는 게 아닌가?

조선 중기, 중종 조의 유학자 이후백(李後白)은 눈앞에 펼쳐진 한 폭의 수채화 같은 풍경과 후각을 자극하는 짙은 매화 향기에 이내 넋을 잃었고 할 말을 잊었다. 그저 멍하니 바라보다가 한참의 시간이 흐른 뒤에서야 정신을 차리고 아름답기 그지없는 그곳의 광경을 시로써 그리기 시작한다. 평생 한 번 만나기도 어려울 것 같은 이러한 광경을 그냥 지나치기에는 발길이 떨어지지 않는 법인지라 그는 나귀 등에서 눈앞의 광경을 정리하여 「우음(偶吟)」이라는 제목의 시로 완성하였다.

보슬비 내리는 데다 안개가 온 세상을 휘감는 바람에 길을 잃고 헤매느라 사람도 지치고 나귀도 절뚝거리는 상황에 부닥친 이후백은 힘겨운 걸음을 옮기던 중 문득 바람결에 실려 오는 짙은 매화 향기를 맡는다. 놀라 사방을 두리번거리다가 안개 속에 드러나는 아름다운 광경을 보고 더욱더 놀라 감탄하면서 시를 읊는 지은이의 모습이 눈에 선하다.

문장의 풍모가 당나라 때의 이태백 시풍을 닮은 것으로 보여서인지 '후대에 등장한 이태백(李太白)'이라는 뜻으로 후백(後白)이라 이름 지은 것이 아닌가 여겨진다. 그것이 자의(自意)에 의한 것이든, 타의(他意)에 의한 것이든 간에….

三十五

봄철 시냇가에
산새들 지저귀는 소리

人閒桂花落　夜靜春山空
인 한 계 화 락　야 정 춘 산 공

月出驚山鳥　時鳴春澗中
월 출 경 산 조　시 명 춘 간 중

사람들은 한가로이 유유자적하고

계수나무 꽃은 뚝뚝 떨어지네

고요한 밤, 봄 산은 텅 비었어라

두둥실 떠오르는 달빛에 산새들 놀라

봄철 시냇가에서 간간이 지저귀네

—— 왕유 王維, 701~761

그 누가 계수나무를 잡아 흔든다고 꽃이 떨어지겠는가. 모두들 자연을 즐기며 유유자적 노닐고 있지만 계수나무 꽃잎은 스스로 뚝뚝 떨어지고 있나니…. 밤 깊어 고요하매 봄 산은 잔치 분위기가 아니라 텅 빈 것처럼 오로지 고요할 뿐이다. 이렇듯 텅 빈 산에 밝은 달이 두둥실 떠오르매 막 잠들려던 산새들이 달빛 속에서 지저귀는 소리는 자연의 오케스트라요, 세상 사람들의 번뇌를 씻어주는 청량한 법문(法門) 그 자체라 하겠다.

자연을 노래한 당나라의 대표적 풍류 시인 왕유(王維)의 「새 우는 산골 시내(鳥鳴澗)」라는 제목의 시이다. 그는 벼슬이 상서우승(尙書右丞)에 이르러 후세에 '왕우승'으로 불렸다 한다. 한적한 생활을 좋아하여 30세 무렵 상처하고도 다시 장가들지 않고 일생을 독신으로 지내면서 장안 종남산에 별장을 짓고 자연의 산수미(山水美)를 탐닉하며 주옥같은 시문을 남겼다.

다른 꽃들은 벌써 다 떨어진 터에 계수나무 꽃마저 떨어지니 봄 산은 더 이상 꽃들의 잔치가 벌어지지 않는 텅 빈 산, 정적(靜寂)만이 감도는 고요한 산으로 느껴지지만 비록 비었으되 충만한 분위기를 만들어주는 것들 또한 적지 않음을 시는 깨닫게 한다. 밝은 달빛에 놀란 새들은 도대체 뭐라고 읊고 또한 시냇물은 무슨 이야기를 하는 것인가? 작자가 문자로 표현하지는 않았지만 행간의 의미를 곰곰이 새겨보니 이런 이야기를 하고 싶지 않았나 싶다. '새들은 자연을 벗 삼아 밝은 달을 노래하고 시냇물은 밝은 달빛을 머금고 흐르며 새들의 노래에 상응하는 물의 법문을 들려준다. 이처럼 물 흐르듯 사는 삶이 진정 훌륭한 삶이 아니겠는가.'

봄꽃이 진다 한들
아쉬워할 것 있으랴

日日人空老　年年春更歸
일 일 인 공 로　연 년 춘 갱 귀

相歡有樽酒　不用惜花飛
상 환 유 준 주　불 용 석 화 비

날마다 사람은 부질없이 늙는데
해마다 봄은 다시 돌아오누나
기쁨을 함께 나눌 술, 항아리에 있나니
봄꽃이 진다 한들 아쉬워할 것 있으랴

—— 왕유 王維, 701~761

자연을 노래한 당나라의 대표적 풍류 시인 왕유(王維)의 「봄을 송별하는 노래(送春詞)」라는 제목의 서정시이다. 긴 겨울이 끝난 뒤, 콧등을 스치는 짙은 매화 향내와 함께 찾아온 봄은 반갑기 그지없지만 해후(邂逅)의 기쁨을 만끽할 충분한 시간적 여유를 주지 않고 흩날리는 꽃잎과 함께 표표히 우리 곁을 떠나간다. 오랜 설렘 속의 기다림이라 만남의 기쁨을 더 향유하고 싶건만 부드러운 봄바람에 흩날리는 꽃비를 온 세상에 뿌리며 서서히 멀어져 간다.

그러나 봄과의 이별을 아쉬워만 할 게 아니라 봄의 그윽한 정취를 담아 빚어놓은 항아리의 술을 정겨운 벗들과 함께 잔 가득 담아 봄을 마시다 보면 비록 떠나는 봄을 보내는 아쉬움이 크지만 내 안에 남는 봄이 있어서 그나마 어느 정도 위안을 삼을 수 있게 된다.

왕유는 시선(詩仙)이라 불리는 이백(李白 · 701~762), 시성(詩聖)이라 불리는 두보(杜甫 · 712~770)와 함께 중국의 서정시 형식을 완성한 3대 시인으로 꼽힌다. 그는 그림에도 뛰어나 정건(鄭虔), 오도자(吳道子) 등과 함께 중국 남종화(南宗畵)의 개조(開祖)로 여겨지고 있으며, 문인화(文人畵)의 발달에도 큰 영향을 끼쳤다. 인물이나 꽃, 대나무, 산수(山水)의 정경 등 다양한 소재를 그림으로 표현했는데, 특히 수묵산수화(水墨山水畵)로 이름을 떨쳤다. 자연을 소재(素材)로 한 오언율시(五言律詩)와 절구(絕句)에 뛰어난 성취를 보여 육조(六朝) 시대부터 내려온 자연시(自然詩)를 완성했다는 평가를 받는다.

三十七

달빛 흐르는
개울을 걷는다

對酒不覺暝　落花盈我衣
대 주 불 각 명　낙 화 영 아 의

醉起步溪月　鳥還人亦稀
취 기 보 계 월　조 환 인 역 희

술을 한 잔, 또 한 잔 마시다 보니

어느새 날은 어두워지고

떨어지는 꽃잎이 옷에 가득하구나

취하긴 좀 취한 건가

자리에서 일어나 달빛 흐르는 개울을 걷는다

숲속의 새들도 돌아가 둥지에 깃들고

사람들 소리 또한 들리지 않는데

홀로 취하여 자연의 고요 속에 든다

—— 이백 李白, 706~762

스스로 호를 붙이기를 '술 취한 신선(醉仙翁)'이라고 했듯이 세상에 등장한 이래 이백(李白)은 평생 술에 취해 있는 시간이 훨씬 더 많았을 것으로 추정된다. 이백의 조부는 감숙성(甘肅省) 사람인데 죄에 연루되어 서역(西域), 지금의 인도로 가서 살았으며 그때 이백이 태어났으므로 그의 모친은 아마도 인도 여성이었을 것이다.

당나라 현종 때 궁정시인으로 활동하였으나 천성이 얽매이는 것을 극도로 싫어하는 호방한 성품으로 주유천하(周遊天下)하면서 유유자적(悠悠自適)하다가 쉰일곱 살 때 당도(當塗) 지방 채석강 강가에서 술에 취하여 달을 잡으러 물속에 뛰어들어 그 길로 본래 살던 선계(仙界)로 돌아갔다. 당대의 유명 시인이었던 하지장(賀知章)은 이백을 적선인(謫仙人), 즉 '하늘에서 이 세상으로 귀양살이하러 온 신선'이라 일컫기도 하였다.

또 다른 이름은 태백(太白)인데 그의 시에 가장 많이 등장하는 주제가 술을 중심으로 달과 꽃, 구름, 새, 개울 등 자연이어서 심지어 가요 〈달타령〉 가사에도 "달아 달아 밝은 달아, 이태백이 놀던 달아"라는 대목이 나올 정도이고, 술을 지나치게 먹고 주정을 부리는 이들을 '주태백(酒太白)'으로 부르기도 한다.

그러나 필자가 이백의 시에서 감지하는 것은 늘 술에 취하여 달과 꽃을 노래하는 음풍영월(吟諷詠月)의 문학적 표현보다 천하의 기재(奇才)임에도 제대로 쓰일 곳에 쓰이지 못하는 울분의 심정을 술로 달래 마침내 아름다운 불멸의 시어(詩語)로 빚어냈다는 점이다. 반려자는 달밖에 없을 정도로 고독한 그의 영혼이 빚어낸 아름다운 시어들은 시공을 넘어 이 시대에도 여전히 빛을 발하고 있다.

三十八

산사의 봄은 복사꽃으로 피어난다

人間四月芳菲盡
인 간 사 월 방 비 진

山寺桃花始盛開
산 사 도 화 시 성 개

長恨春歸無覓處
장 한 춘 귀 무 멱 처

不知轉入此中來
부 지 전 입 차 중 래

인간 세상 사월에는 꽃들이 지는데
산사의 봄은 복사꽃으로 피어난다
자취 없이 떠나버린 봄 찾을 길 없더니
이곳에 와 있을 줄 그 누가 알았으랴

—— 백거이 白居易, 772~846

당나라 백거이(白居易)가 중국 강서성 여산의 향로봉 정상에 있는 대림사(大林寺)를 유람하고 지은 「대림사의 복사꽃(大林寺桃花)」이라는 시이다.
4월이 되면 형형색색의 꽃들이 하나둘 사라지기 시작해 '봄은 그새 어디로 갔을까?'라는 아쉬운 마음을 갖게 된다. 그런데 어느 날 높은 산, 절 마당에 발을 들여놓는 순간 눈앞에서 나뭇가지마다 가득 피어나 화사하게 웃고 있는 복사꽃을 만나면 '아하! 바로 이곳에 와 있었구나!'라고 문득 깨닫게 된다.
작자 백거이의 자(字)는 낙천(樂天)이고, 호(號)는 취음선생(醉吟先生), 향산거사(香山居士) 등이다. 당나라 때 낙양(洛陽) 부근 신정(新鄭)의 가난한 학자 집안에서 태어나 29세에 진사(進士)에 급제했고, 32세에 황제 친시(親試)에 합격했다. 그 무렵 지은 당 현종과 양귀비의 사랑을 노래한 장편 서사시 「장한가(長恨歌)」는 특히 유명하였으며, 45세 때 지은 「비파행(琵琶行)」은 그를 널리 알리는 계기가 되었다.
두보(杜甫)·이태백(李太白)보다 조금 후대의 인물로 그의 시는 대부분 짧은 문장으로 구성되어 쉽게 읽을 수 있다는 것이 특징이다. '시선(詩仙)'이라 일컬어지는 이백은 시를 쓸 때 한 잔 술에 막힘없이 한 번에 써 내려갔다고 하며, '시성(詩聖)'이라 불리는 두보는 열 번의 손질을 했다고 한다. 반면 백거이는 시를 지을 때마다 글을 모르는 노인에게 읽어주면서, 노인이 이해하지 못하는 부분이 있으면 좀 더 평이한 표현으로 바꿨다고 한다. 이런 연유로 그의 시는 사대부뿐 아니라 기녀(妓女), 목동처럼 신분이 낮은 사람도 애창하게 되었으리라.

三十九

복사꽃 곱고
버들은 푸르네

桃紅復含宿雨　柳綠更帶朝煙
도 홍 부 함 숙 우　유 록 갱 대 조 연

花落家童未掃　鶯啼山客猶眠
화 락 가 동 미 소　앵 제 산 객 유 면

붉은 복사꽃은 간밤 비 머금어 더 곱고

버들은 새벽안개 속에 더욱 푸르나니

꽃잎 떨어지는데 아이는 쓸 생각을 않고

꾀꼬리 우는데도 손님은 그저 잠만 자네

—— 왕유 王維, 701~761

시는 물론이고 그림에도 조예가 깊었던 당나라 왕유(王維)의 「전원에 사는 즐거움(田園樂)」이란 제목의 연작시 7수 중 여섯 번째 작품이다. 일반적으로 시를 지을 때 보통 오언(五言), 칠언(七言)이라 하여 시의 한 구절이 다섯 자나 일곱 자로 되어 있는데, 왕유의 이 시는 그러한 형식을 따르지 않고 독특하게도 육언 절구(六言絕句)로 표현했다. 왕유 자신도 오랜 전통에서 과감하게 벗어난 새로운 형식을 제시하면서 읽는 이들의 이해를 돕기 위해 스스로 '붓을 휘둘러 육언 시를 짓다(六言走筆成)'라는 부제를 붙였다.

이 시는 왕유가 살았던 고을의 봄날 풍경과 전원생활의 한가로운 정경을 한 폭의 아름다운 수채화로 그려 보여주는 듯하다. 아침에 기상하여 방문을 활짝 열어젖히니 연분홍빛 복사꽃은 간밤에 내린 빗물을 머금어 곱디고운 자태를 한껏 드러내고, 초록빛 버들가지는 피어오르는 새벽안개 속에서 더욱더 푸른, 신비한 모습을 연출한다. 일렁이는 훈풍에 하나둘 꽃잎이 떨어지는데 떨어진 꽃잎들이 마당에 즐비해도 아이는 그것을 비질할 생각을 하지 않고, 적막을 깨는 꾀꼬리 지저귐 소리가 간간이 들려오는데도 산속 나그네는 아랑곳없이 그저 잠만 잘 뿐이다.

뒷날 소동파가 왕유의 이 시에 대해 "시 속에 그림이 있고 그림 속에 시가 있다"고 평가했는데 누구에게나 공감을 자아낼 수 있는 절묘한 표현이다. 복사꽃 붉고 버들은 푸른, 봄날은 어느덧 우리 눈앞에 성큼 다가와 더없이 정겹고 아름다운 세상을 펼쳐 보여주고 있다.

四十

산에는
진달래꽃 만발했겠지?

問爾窓前鳥　何山宿早來
문 이 창 전 조　하 산 숙 조 래

應識山中事　杜鵑花發耶
응 식 산 중 사　두 견 화 발 야

창문 앞에 와서 지저귀는 새야

어느 산에서 자고 날아왔느냐

산중의 소식을 너는 잘 알리라…

산에는 지금 진달래꽃이 만발했겠지

—— 김병연 金炳淵, 1807~1863

방랑 시인 김병연(金炳淵)의 「진달래꽃 소식을 묻다(問杜鵑花消息)」라는 제목의 시이다. 지은이의 본관은 안동(安東)이고 자는 성심(性深)이며, 별호는 난고(蘭皐)이고 호는 김립(金笠) 또는 김삿갓이다.

6세 때에 선천부사(宣川府使)였던 할아버지 익순(益淳)이 평안도 농민전쟁에서 홍경래에게 투항한 죄로 집안이 멸족을 당하였다. 노복 김성수(金聖洙)의 구원으로 형 병하(炳河)와 함께 황해도 곡산(谷山)으로 피신해 숨어 살다가 후일 멸족에서 폐족으로 사면되어 형제는 부친에게 돌아갔으나 아버지 안근(安根)은 화병으로 세상을 떠났다. 그러자 어머니는 자식들이 폐족의 자식으로 멸시받는 것이 싫어 강원도 영월로 옮겨 숨어 살았다. 이 사실을 모르는 그는 「논정가산충절사, 탄김익순죄통우천(論鄭嘉山忠節死 嘆金益淳罪通于天)」이라는, 할아버지 익순의 죄를 규탄하는 과시(科詩)로 향시(鄕試)에서 장원하게 되었다. 그때, 어머니로부터 집안의 내력을 듣고 조상을 욕보인 죄인이라는 자책과 폐족의 자식이라는 세상의 멸시를 견디지 못해 처자식을 두고 집을 떠나 방랑길에 오른다.

자신은 푸른 하늘을 볼 수 없는 죄인이라면서 삿갓을 쓰고 방랑했으며, 철종 14년(1863), 57세의 나이로 한 많은 생애를 마쳤다. 뒤에 아들 김익균이 아버지의 유해를 강원도 영월군 의풍면 태백산 기슭에 묻었다. 1978년 김병연의 후손들이 중심이 되어 광주 무등산 기슭에 시비(詩碑)를 세웠고 그 뒤 1987년 '전국시가비건립동호회(全國詩歌碑建立同好會)'에서 영월에 시비를 세웠다. 그의 시를 묶은 『김립시집(金笠詩集)』이 있다.

四十一

봄이 왔건만
봄 같지 않네

漢道初全盛　朝廷足武臣　何須薄命妾
한 도 초 전 성　조 정 족 무 신　하 수 박 명 첩

辛苦遠和親　掩涕辭丹鳳　銜悲向白龍
신 고 원 화 친　엄 체 사 단 봉　함 비 향 백 룡

單于浪驚喜　無復舊時容　胡地無花草
선 우 랑 경 희　무 복 구 시 용　호 지 무 화 초

春來不似春　自然衣帶緩　非是爲腰身
춘 래 불 사 춘　자 연 의 대 완　비 시 위 요 신

한나라 비로소 전성기를 맞아 / 조정에는 무신들이 넘쳐났건만
어찌 박명한 아녀자에게 / 먼 곳까지 화친하러 가게 했던가
흐르는 눈물 삼키며 단봉성을 떠나
슬픔을 머금은 채 백룡대로 향하네
선우는 크게 놀라 마냥 기뻐했지만
예전의 그 얼굴 다시 볼 수 없었네
오랑캐 땅에는 꽃이 없으니 / 봄이 왔건만 봄 같지 않네
허리띠가 저절로 느슨해진 것은
날씬한 허리를 원해서가 아니라네

—— 동방규 東方虯, 생몰년 미상

왕소군(王昭君)의 슬픈 사연을 노래한 당나라 시인 동방규(東方虯)의 「소군원(昭君怨)」, 즉 「왕소군의 슬픔」이란 시이다. 시 중에 "호지무화초(胡地無花草) 춘래불사춘(春來不似春)", 즉 "오랑캐 땅에는 꽃이 없으니 / 봄이 왔건만 봄 같지 않네"라는 구절이 있는데 시인묵객이나 정치가들이 나라 현실이나 자신의 불우한 처지를 빗대어 자주 인용하곤 한다.

한 원제(元帝)는 경녕(竟寧) 원년(BC 33), 흉노와 화친을 원했고 이에 대한 뜻으로 궁녀를 보내려 했다. 원제는 궁녀 중 제일 못생긴 여인을 골라 보내기 위해 화공인 모연수에게 궁녀들의 초상을 그려 올리라고 했다. 그런데 다른 후궁들은 화공에게 뇌물을 바쳤으나 왕소군은 바치지 않아 화공이 얼굴을 추하게 그려 올렸고, 그로 인해 왕소군이 흉노의 추장 선우(單于)에게 시집을 가게 되었다. 이별을 앞두고 직접 왕소군의 얼굴을 본 원제는 그가 너무도 아름다운 것을 알고 떠나기 전에 왕소군을 불러 정을 나눈다. 왕소군을 보낸 후 원제는 모연수를 국문하여 사실이 드러나자 참형에 처했다.

궁녀 왕소군은 흉노 왕 선우에게 시집을 가서 아들을 낳았으며 선우가 죽자 흉노의 풍습에 따라 왕위를 이은 그의 아들 복주루(復株累)와 재혼하여 두 명의 딸을 낳았다. 11년 후에 복주루가 사망했을 때 그의 나이는 35세였다고 전한다.

동방규와 같은 시대의 시선(詩仙) 이백(李白) 역시 이날의 정경을 "소군이 옥 안장에 옷자락을 스치며(昭君拂玉鞍) / 말에 올라 붉은 뺨 위로 눈물 흘리네(上馬啼紅頰) / 오늘은 한나라 궁녀이지만(今日漢宮人) / 내일 아침엔 오랑캐 땅의 첩이라네(明朝胡地妾)"라고 읊었다.

四十二

새소리에 잠 깬 봄날 새벽

春眠不覺曉　處處聞啼鳥
춘 면 부 각 효　처 처 문 제 조

夜來風雨聲　花落知多少
야 래 풍 우 성　화 락 지 다 소

봄날 새벽, 날 밝는 줄 모르고 자다가 깨니
여기저기서 새들 지저귀는 소리 들려오네
간밤에 봄비 촉촉이 내리고 바람 불었는데
그 고운 꽃잎은 얼마나 떨어졌을까

—— 맹호연 孟浩然, 689~740

비 온 뒤 더 향긋해지는 봄날의 운치를 멋스럽게 표현하며 새로운 계절의 정경(情景)을 아름다운 수채화처럼 그려낸 이 시문은 거장 맹호연의 작품이다. 맹호연(孟浩然)은 중국 당대의 대표적인 자연 시인으로 도연명(陶淵明)과 사영운(謝靈運)의 영향을 받았으며 왕유(王維)와 쌍벽을 이룬 대가다. 이름은 호(浩)이고 자(字)는 호연(浩然)이며, 호(號)는 녹문거사(鹿門居士)이다.
양양(襄陽) 사람답게 그는 절개와 의리를 존중하였다. 한때 녹문산(鹿門山)에 숨어 살면서 시를 짓는 호젓함에 빠져 지냈다. 정치(精緻)하고 서정적인 표현으로 산수의 아름다움을 읊어 왕유와 함께 '산수 시인의 대표자'로 불린다.
40세 때 장안에 나가 왕유, 장구령(張九齡) 등과 교류하며 그 재능을 인정받았으나 과거에 급제하지 못하고 낙향하였다. 뒷날 형주(荊州)의 수령을 지내던 장구령의 청으로 그의 막료가 되지만 얼마 지나지 않아 사임했으며 그 후로 더욱 외로운 일생을 보내게 된다.
그의 시는 왕유의 시풍과 유사하며, 도연명의 영향을 받아 오언(五言)시에 탁월한 솜씨를 보인다. 왕유와 함께 '왕맹(王孟)'이라 불렸는데 왕유가 자연의 정적인 면을 노래한 데 비하여 그는 인간과 친화된 자연을 표현했다. 맹양양(孟襄陽)으로도 불리며 저서로 『맹호연집』 4권이 있다.

四十三

청명절清明節에 비 내리니…

清明時節雨紛紛
청 명 시 절 우 분 분

路上行人欲斷魂
노 상 행 인 욕 단 혼

借問酒家何處在
차 문 주 가 하 처 재

牧童遙指杏花村
목 동 요 지 행 화 촌

하늘이 높고 맑은 청명절에 분분하게 비 내리니
길 가던 나그네, 어찌할 줄 몰라 허둥대네
'주막이 어디메 있느뇨' 물었더니
목동은 멀리 살구꽃 핀 마을을 가리키네

—— 두목 杜牧, 803~852

중국 당나라 후기의 시인 두목(杜牧)의 시문 「청명(清明)」을 나직이 읊어본다. 저자 두목은 경조부(京兆府) 만년현(萬年縣·지금의 산시성) 서안시 출생으로 자는 목지(牧之), 호는 번천(樊川)이다. 중당(中唐) 시대의 시인 두보(杜甫)와 구별하기 위해 두보를 노두(老杜)라 부르고 두목을 소두(小杜)라 부르며, 동시대의 시인 이상은(李商隱)과 함께 '만당의 이·두(李杜)'로 통칭된다.

덕종(德宗) 정원(貞元) 19년 명문가 경조 두씨(京兆杜氏) 가문에서 태어나 유복하게 자란 그는 가문에 대한 애정과 자부심이 특별했다. 조카에게 보내는 시문에서도 "우리 집안은 상공의 집안 / 칼 차고 그 기세가 대단했지(我家公相家 劍佩嘗丁當)"라고 읊으며 명문가의 전통을 이어줄 것을 당부했다. 대화(大和) 7년 31세 때 양주의 회남절도사(淮南節度使) 우승유(牛僧孺)의 서기(書記)로 활동하던 3년 동안에는 밤만 되면 기루를 드나들며 풍류를 즐기기도 했다.

그 후론 일족을 부양하기 위해 중앙에서의 출세를 단념하고 지방관 부임을 지망하여 황주(黃州)·지주(池州)·목주(睦州)·호주(湖州)의 자사(刺史)를 역임하였으며, 852년에 중앙으로 돌아와 중서사인(中書舍人)이 되었다. 두목을 가리키는 두자미(杜紫微)라는 이름도 중서성의 다른 이름이었던 자미성(紫微省)에서 비롯된 것이다.

낭만적이고 풍류 가득한 두목의 일생과 그것을 바탕으로 쓰인 시들은 그가 생활에서 겪은 갈등과 고민에 운치와 기지를 더해 쓴 것으로 해석된다. 그는 죽기 전 작품 대부분을 불태워 버렸지만 「청명(清明)」을 비롯해 「아방궁부」 「박진회(泊秦淮)」 「강남춘절구(江南春絕句)」 등의 시가 오롯이 남아 그 명망을 지켜내고 있다.

四十四

사시사철 봄날인 꽃에서 느끼는 감흥

只道花無十日紅　此花無日不春風
지 도 화 무 십 일 홍　차 화 무 일 불 춘 풍

一尖已剝胭脂筆　四破猶包翡翠茸
일 첨 이 박 연 지 필　사 파 유 포 비 취 용

別有香超桃李外　更同梅頭雪霜中
별 유 향 초 도 리 외　갱 동 매 두 설 상 중

折來喜作新年看　忘却今晨是季冬
절 래 희 작 신 년 간　망 각 금 신 시 계 동

열흘 넘기는 꽃이 없다고 말하지만
이 꽃은 사시사철 봄날 아닌 날이 없다네
꽃받침 위로 붓 모양 꽃잎이 벗겨지더니
활짝 피어나 비췻빛 푸른 꽃술을 감싸네
복사꽃, 오얏꽃보다 더 진한 특별한 향기를 지녔으며
흰 눈을 헤치며 피어나는 매화 같구나
새해에 꽃을 꺾어 꽂아두고 기쁘게 보노라니
오늘이 겨울 끝자락임을 까마득히 잊고 마네

—— 양만리 楊萬里, 1127~1206

남송(南宋) 시대의 시인 양만리(楊萬里)의 「섣달 월계화 앞에서(臘前月季)」란 시로 시샘달의 꽃내음을 전해본다. 월계화는 야생 장미의 일종으로 중국 남방에서는 사철 내내 탐스러움을 자아내며 섣달에도 꽃이 핀다. 이 꽃은 5월이면 홍자색과 연분홍빛을 띠며 만발하는데 겹꽃이 있어 더 특별하다. 진한 향기와 둥글고 붉은 열매 또한 꽃만큼이나 진한 매력을 발산한다. 그러나 겨울 끝 무렵에 피는 2월의 꽃송이를 필자는 더 좋아한다. 찬바람 속에 피는 꽃의 싱그러움이 커다란 감흥을 가져다주기 때문이다. 한 그루의 나무에서 달마다 꽃이 피고(月月紅) 계절마다 꽃이 피기에(四季花) 여느 장미와는 확연히 구별된다. 더욱이 꽃과 뿌리, 잎이 모두 약재로도 쓰인다. 모든 계절에 잎이 열리고 꽃을 피우니 그 기운이 얼마나 힘차고 유연할지 짐작이 가리라. '꽃은 열흘을 넘기기 어렵고 권세는 10년을 넘기지 못한다(花無十日紅 權不十年)'라는 세간의 이야기를 무색하게 하는 특별한 꽃이다.

저자 양만리의 자는 정수(廷秀), 호는 성재(誠齋)이며 강서성(江西省) 길수(吉水) 출신이다. 육유(陸游)·범성대(范成大)·우무(尤袤)와 함께 '남송사대가'라고 불린다. 다작 시인으로, 평생 2만 수나 되는 시를 지었으나 지금은 4,200여 수만 전한다. 그의 시는 변화가 다채롭고 구성 또한 기발하다. 다양한 심상과 필체로 대자연을 본보기로 삼는 '성재체'라는 독특한 문체를 완성했는데, 생기 있고 자연스러운 시어와 참신하고 정교한 비유가 특징이다. 주요 작품집으로는 『천려책(千慮策)』『오계부(浯溪賦)』『성재집(誠齋集)』 등이 있다.

四十五

꽃이 피자 술도 익으니…

花發酒初熟　滿甔清若空
화 발 주 초 숙　만 담 청 약 공

傾來未入口　先憶嘉聲翁
경 래 미 입 구　선 억 가 성 옹

夫物芸芸者　都驅入此空
부 물 운 운 자　도 구 입 차 공

南山泉釀酒　分與北山翁
남 산 천 양 주　분 여 북 산 옹

꽃이 피자 술도 따라 익으니
항아리에 가득 맑은 술 고였네
술동이 기울여 맛보기도 전에
먼저 목소리 좋은 술친구 생각이 나네
번뇌 일으키는 만사만물을
텅 빈 공의 세계로 몰아넣으리
남산 샘물로 술을 빚어
북산 늙은이와 나눠 마시네

—— 신위 申緯, 1769~1845

조선 후기의 문신·화가·서예가로 이름난 경수당(警修堂) 신위(申緯)가 술을 담가 술이 익을 무렵 이 시를 지어 술벗 두실(斗室) 심상규(沈象奎)에게 보여주었다. 술은 다른 먹을거리에 비해 특히 더 친근한 벗들과 나누고 싶은 음식이다. 그래서 작자는 남산의 샘물로 맛있게 술을 빚어놓고 북산에 기거하는 목소리 좋은 술벗 두실을 초대하여 한잔 들이켜기 전에 술맛을 돋우고 분위기를 띄울 시 한 수를 지어 낭랑한 목소리로 읊었던 것이다.

신위의 본관은 평산(平山) 신(申)씨로 또 다른 호는 자하(紫霞)이다. 순조 12년(1812) 진주 겸 주청사(陳奏兼奏請使)의 서장관(書狀官)으로 청나라에 갔는데, 이때 중국의 학문과 문학을 실지로 확인하면서 중국의 학자·문인과 교유를 돈독히 하였으며, 특히 당대의 대학자 옹방강(翁方綱)과의 교유는 그의 문학세계에 많은 영향을 미친 것으로 전해진다. 그 뒤 이조참판·병조참판 등을 역임하였다.

그는 글씨, 그림 및 시 분야에 많은 업적을 남겼다. 시에 있어 한국적인 특징을 찾으려고 노력하였는데, 이러한 그의 시를 가리켜 김택영(金澤榮)은 시사적(詩史的)인 위치로 볼 때 500년 이래의 대가라고 칭송하였다. 또한 그림은 산수화와 함께 묵죽(墨竹)에 능하였다. 이정(李霆)·유덕장(柳德章)과 함께 조선 시대 3대 묵죽화가로 손꼽히며, 남종화(南宗畵)의 기법을 이어받아 조선 후기 남종화의 꽃을 피웠다. 대표적 작품으로 〈방대도(訪戴圖)〉와 〈묵죽도〉가 전한다. 저서로는 『경수당전고(警修堂全藁)』와 김택영이 600여 수를 정선한 『자하시집(紫霞詩集)』이 있다.

꽃향기에 취하고
술에 취하고…

尋芳不覺醉流霞
심 방 불 각 취 류 하

依樹沈眠日已斜
의 수 침 면 일 이 사

客散酒醒深夜後
객 산 주 성 심 야 후

更持紅燭賞殘花
갱 지 홍 촉 상 잔 화

꽃을 구경하다가 나도 모르게 유하주에 취하여
나무에 기대어 잠든 새 그만 날이 저물었네
술에서 깨어보니 사람들 흩어지고 밤이 깊어
다시금 붉은 촛불 밝혀 시드는 꽃을 감상하노라

—— 이상은 李商隱, 812~858

당나라 시인 이상은(李商隱)의 「꽃 아래에서 술에 취하다(花下醉)」라는 신선들의 술에 관한 시다. 이상은은 변려문의 대가이자 당대 말기를 대표하는 시인으로서 두목(杜牧·803~852)과 함께 '만당의 이·두(李杜)'로 불리며, 온정균(溫庭筠)과 더불어 '온·이(溫李)'로도 병칭된다. 그의 시가 '서곤(西崑)'으로 불리게 된 것은 북송의 양억(楊億·974~1020) 등이 열심히 이상은을 모방하여 '서곤체'라는 시체(詩體)가 풍미한 데서 비롯되었다.

이상은의 자는 의산(義山)으로 회주(懷州)의 하내(河內), 지금의 하남성(河南省) 심양현(沁陽縣) 출신이다. 어린 시절 아버지를 여의고, 829년(太和 3) 18세 무렵 천평군절도사(天平軍節度使) 영호초(令狐楚·766~837)에게 문제(文才)를 인정받아 그의 막료가 되었다. 이상은은 영호초가 당대 변려문의 대가였던 까닭에, 곧 그의 작문법을 배우게 됐고 후일 온정균·단성식(段成式)과 함께 변려문으로 이름을 날리게 되었다.

영호초와의 만남으로 인해 문학이 꽃을 피우고 문관으로서 명망을 얻게 되지만 한편으론 불운이 시작되기도 했다. 858년(大中 12)에는 지병으로 불우한 일생을 마쳐야 했다. 그의 시 문체는 100가지 보석으로 만든 방과 1,000가지 실로 짠 그물 같으며(百寶流蘇 千絲鐵網), '옷 아래에는 화려하고 풍요로운' 퇴폐와 권태의 분위기가 흐르고 있다는 평이 이어졌다. 저작으로는 『번남문집(樊南文集)』 8권과 『옥계생시(玉谿生詩)』 3권이 전하며, 청대(淸代) 소납언(少納言)의 『침초자(枕草子)』에 영향을 준 『의산잡찬(義山雜纂)』도 그의 저작으로 알려져 있다.

술酒, 천고의 시름을 씻어내는 묘약妙藥

滌蕩千古愁 留連百壺飮
척 탕 천 고 수 유 연 백 호 음

良宵宜且談 晧月未能寢
양 소 의 차 담 호 월 미 능 침

醉來臥空山 天地卽衾枕
취 래 와 공 산 천 지 즉 금 침

천고의 시름 깨끗이 씻어낼
백 병의 술을 연달아 마시나니
담소 나누기에 더없이 좋은 밤
밝은 달빛 쏟아지는데 어이 잠들거나
이윽고 취하여 텅 빈 산에 누워
땅 베고 하늘 이불 덮고 잠드노라

—— 이백 李白, 701~762

좋은 벗을 만나 밝은 달 아래 함께 술을 마시고 담소(談笑)를 나누며 세상의 온갖 시름을 씻어내는 광경을 한 폭의 그림으로 보여주는 당나라 이백(李白)의 시다.
옛사람의 시름까지 이어받아 제 것으로 하여 백 년도 못 사는 인생을 영위하며 천고(千古)의 시름을 마음속에 갖고 사는 이가 어찌 이태백뿐이겠는가? 천상(天上)의 선계(仙界)에서 지상(地上)의 인간세계로 귀양살이 와서 살았던 많은 이가 천고의 시름을 달래고 마음의 병을 다스리며 살 수 있도록 하는 데 가장 크게 기여한 대표적 선약(仙藥)이 바로 잘 빚은 질 좋은 술이라는 사실을 제대로 아는 이는 극소수다.
질적으로 좋지 못한 술이야 사람의 심성(心性)을 황폐화하고 오장육부를 손상해 폐인(廢人)으로 만드는 독약(毒藥)이자 광약(狂藥)이라 하겠지만 질 좋은 재료로 정성스레 제대로 빚어서 잘 숙성시킨 술이라면 이태백 선생의 표현대로 천고의 시름을 씻어내기에 더없이 훌륭한 선약이요, 묘약(妙藥)이라 할 것이다.
아무리 몸에 좋은 묘약 양약(良藥)이라 하더라도 마음의 병까지 다스리지 못하는 데 반하여 정성 들여 빚은 질 좋은 술은 시름과 번민, 우울증 등 마음의 병을 다스릴 뿐 아니라 나아가 가라앉은 기분을 한껏 좋게 만드는 효능까지 발휘한다. 다만 그런 미명(美名) 아래 자기 절제를 제대로 하지 못하고 과음(過飮)하여 몸과 마음이 다 같이 손상되게 하는 우(愚)를 범하지는 말아야 하겠지만….

四十八

달빛 아래
홀로 술을 마신다

花間一壺酒　獨酌無相親　擧杯邀明月
화 간 일 호 주　독 작 무 상 친　거 배 요 명 월

對影成三人　月旣不解飮　影徒隨我身
대 영 성 삼 인　월 기 부 해 음　영 도 수 아 신

暫伴月將影　行樂須及春　我歌月徘徊
잠 반 월 장 영　행 락 수 급 춘　아 가 월 배 회

我舞影凌亂　醒時同交歡　醉後各分散
아 무 영 능 난　성 시 동 교 환　취 후 각 분 산

永結無情遊　相期邈雲漢
영 결 무 정 유　상 기 막 운 한

꽃나무들 사이에서 술을 마신다 / 달빛 아래 홀로 술잔을 기울인다
잔 들어 밝은 달을 맞이하니 / 그림자와 달과 내가 셋이 되었네
달은 술 마실 줄을 모르고 / 그림자는 다만 나를 따라 움직인다
잠시나마 달과 그림자와 짝을 이루어 / 다 같이 어울려 봄날을 즐기나니
내가 노래하매 달은 배회하고 / 내가 춤을 추니 그림자도 춤춘다
함께 어울려 술자리를 즐기다가 / 흠뻑 취하니 각자 흩어져 사라지네
영원히 변치 않을 교분을 맺어 / 저 하늘 은하에서 다시 만나기를…

—— 이백 李白, 706~762

당나라 때, 시선(詩仙)으로 불리며 스스로 취선옹(醉仙翁)이라 자처한 이백(李白)의 「달빛 아래 홀로 술을 마신다(月下獨酌)」라는 제목의 연작 시 중 한 편이다.
다른 설명이 필요하지 않을 정도로 격식에 구애받음 없이 호탕한 어조로 존재의 고독을 읊고 있다. 꽃이 만개한 숲속에서 홀로 술잔을 기울이며 달과 그림자와 짝을 이루어 고요와 고독을 즐기는 모습은 그야말로 한 폭의 동양화이다. 이백에게 술은 고독한 영혼의 아픔을 치유해 주는, 더없이 훌륭한 감로(甘露)의 영약(靈藥)이었으리라.

四十九

봄옷 저당 잡혀 흠뻑 취해본다

朝回日日典春衣　每日江頭盡醉歸
조 회 일 일 전 춘 의　매 일 강 두 진 취 귀

酒債尋常行處有　人生七十古來稀
주 채 심 상 항 처 유　인 생 칠 십 고 래 희

穿花蛺蝶深深見　點水蜻蜓款款飛
천 화 협 접 심 심 견　점 수 청 정 관 관 비

傳語風光共流轉　暫時相賞莫相違
전 어 풍 광 공 류 전　잠 시 상 상 막 상 위

조정에서 돌아오면 봄옷을 저당 잡혀
날마다 강가로 나가 흠뻑 취해 돌아온다
가는 곳마다 외상 술값 있어도 개의치 않네
인생 칠십 사는 것도 예부터 드문 일이니
꿀을 따는 호랑나비 꽃들 사이로 보이고
물을 차는 잠자리는 사뿐사뿐 나는구나
바람과 햇빛에 말하노니 우리 함께 노닐며
잠시나마 서로 즐기면서 헤어지지 말자꾸나

― 두보 杜甫, 712~770

중국 당나라 시인 두보(杜甫)의 「곡강(曲江)」이라는 두 편의 시 중에서 후편의 시문은 유독 서정적이다. 두보는 당나라 시대의 뛰어난 시인일 뿐 아니라 같은 시대의 이백과 더불어 중국 역사상 가장 위대한 시인으로 손꼽힌다. 세인들이 이백을 시선(詩仙), 두보를 시성(詩聖)이라고 하는데 시로써 후세에 끼친 영향으로 말한다면 그는 이백보다 앞선다는 평가를 듣는다.

당나라의 수도 장안(長安), 그 동남쪽 끝에 곡강(曲江)이란 연못이 있다. 연못 남쪽에는 부용원(芙蓉苑)이란 궁원(宮苑)도 있어 경치가 아름다워 봄에는 꽃을 관상하는 장안 시민들로 붐빈다.

이 곡강 변에서 두보가 몇 수의 시(詩)를 남기고 있다. 두보 나이 47세 때의 일이다. 두보는 이 무렵 좌습유(左拾遺)의 벼슬을 얻어 궁중에서 일하고 있었다. 그런데 그 1년도 못 되는 세월이 그가 중앙에서 일을 본 최초이고 또 최후의 나날이었다.

두보는 날마다 조정에서 돌아오면 봄옷을 저당 잡혀 곡강 근처에서 만취하여 돌아온다. 외상 술값이야 으레 있는 것이지만 인생은 그리 길지 않아, 예부터 70세까지 사는 사람이 드물 정도이다. 무얼 그리 연연할 것인가.

나이 70세를 뜻하는 '고희(古稀)'라는 표현은 이 시에서 유래되었다. 두보는 고희를 맞지 못하고 59세에 생애를 마쳤다.

五十

그녀는 어디 가고 복사꽃만 웃고 있나

去年今日此門中
거 년 금 일 차 문 중

人面桃花相映紅
인 면 도 화 상 영 홍

人面不知何處去
인 면 부 지 하 처 거

桃花依舊笑春風
도 화 의 구 소 춘 풍

작년 이맘때 이 집 뜨락에는

복사꽃보다 더 고운 여인이 있었지

곱디고운 얼굴의 그녀는 어디로 갔나

복사꽃만 여전히 봄바람에 웃고 있네…

—— 최호 崔護, 772~846

성당(盛唐) 시절의 서정 시인 최호(崔護)가 쓴 「도성 밖 남쪽 별장에 쓰다(題都城南莊)」에는 그의 '극적인 사랑 이야기'가 담겨 있다.

최호는 과거에 여러 차례 응시했으나 번번이 낙방했다. 그해 봄에도 과거에 실패해 허망한 마음을 가눌 데 없어 말을 몰아 도성 밖으로 나섰다. 외딴집 문 앞, 흐드러진 복사꽃 나무에 말을 매어놓고 물 한 잔을 청하니, 문을 열고 나타난 사람은 복사꽃보다 고운 처녀였다. 최호는 물을 얻어 마시고 집에 돌아와서도 그 복숭아꽃이 만개한 풍경과 아름다운 여인을 잊을 수 없었다. 그는 이듬해 과거에 합격했고 마침 청명절이 돌아오자 그리움을 누를 수 없어 1년 전에 갔던 그곳을 다시 찾아갔으나 만개한 꽃은 옛날과 같은데 그 여인은 보이지 않았다. 실망감에 한참을 망연히 있다가 그 집 대문 위에 시를 한 수 써놓고 돌아왔다.

외출했던 여인이 집에 돌아와 보니 대문 위에 시 한 수가 있는 게 아닌가. 최호를 본 후 사모의 정을 품었던 여인은 시를 적은 이가 최호라는 것을 확신하며 기쁨에 잠겼으나 그리움은 병이 되어 결국 앓아눕게 됐다. 이를 모르는 최호는 며칠 후 장안을 다녀오다 다시 그곳을 찾았는데, 집 안에서 통곡 소리가 들리기에 문을 두드리니 한 노인이 나와서 "그대가 최호인가? 작년 이래 내 딸이 그대 때문에 병이 들었다. 최근 대문 위에 써놓은 시를 보고 병세가 더욱 깊어져 이제 숨이 끊어지려고 한다"라고 했다. 그 말에 달려 들어가 여인을 끌어안고 내가 왔다고 흐느껴 우니 죽어가던 처녀가 소생했다. 그 후 둘은 결혼해 행복하게 살았다고 전해진다. 이 화사한 봄에 우리에게도 이와 같은 사랑의 해피엔딩이 이뤄지길 소망해 본다.

五十一

그대에게 가는 길

渡水復渡水　看花還看花
도 수 부 도 수　간 화 환 간 화

春風江上路　不覺到君家
춘 풍 강 상 로　불 각 도 군 가

물을 건너고 또 물을 건너고

꽃을 보고 또다시 꽃을 보면서

봄바람 일렁이는 강둑길을 걷다 보니

어느새 문득, 그대 집에 다다랐네

—— 고계 高啓, 1336~1374

어느 봄날, 온갖 꽃으로 수놓은 강둑길을 걸어 은둔해 사는 친구를 찾아가는 모습을 한 폭의 수채화처럼 그려낸 이 시는 명조(明朝)의 시인 청구 고계(青丘高啓)의 「심호은군(尋胡隱君)」, 즉 「그대를 찾아가다」라는 제목의 시이다.

온 산과 들에 형형색색의 꽃들이 만개한 봄날, 아름다운 자연에 한껏 심취해 무아지경(無我之境)이 된 채로 강둑길을 걸어 벗의 집에 도착하는 광경이 눈에 선하다. 저자 고계의 자는 계적(季迪), 호는 청구자(青邱子)이다. 조상은 발해 출신으로 지금의 개봉으로 내려와 살다가 북송(北宋)이 멸망하자 항주(杭州)를 거쳐 오군(吳郡)으로 옮겨가 살았다.

원나라 말엽의 혼란기에 태어나 명나라가 건국될 때 태조 주원장(朱元璋)의 부름을 받아 원사(元史) 집필에 참여했지만 요직이 주어지자 그 자리를 고사(固辭)하고 고향인 소주(蘇州)로 돌아갔다.

뒷날 소주의 장관인 위관(魏觀)이 모반(謀反) 혐의를 받게 되었는데 그 또한 연루되어 39세의 젊은 나이에 죽임을 당했고 그의 작품은 모두 불태워졌다. 지금 전해지는 1,700여 수의 시는 그가 죽은 지 70여 년 뒤에 후세 사람들에 의해 수집·간행된 것으로, 『대전집(大全集)』 18권에 수록되어 있다.

그는 명나라 초기의 새로운 시풍(詩風)을 연 천재 문인으로, 원나라부터 명나라에 걸쳐 400여 년 동안 배출된 시인 가운데 최고로 평가받고 있다.

五十二

임을 만날 날,
그 언제인가

別後雲山隔渺茫　夢中歡笑在君傍
별 후 운 산 격 묘 망　몽 중 환 소 재 군 방

覺來半枕虛無影　側向殘燈冷落光
각 래 반 침 허 무 영　측 향 잔 등 냉 낙 광

何日喜逢千里面　此時空斷九回腸
하 일 희 봉 천 리 면　차 시 공 단 구 회 장

窓前更有梧桐雨　添得相思淚幾行
창 전 갱 유 오 동 우　첨 득 상 사 누 기 행

이별한 뒤로는 소식 아득하여
꿈속에서나 임의 품에 안겨 웃어본다네
자다가 깨어보니 베개에는 허무한 그림자뿐
돌아누우니 등잔불 불빛이 차갑구나
천리 먼 곳, 임을 만날 날 그 언제인가
그저 애간장 끊어지는 아픔이어라
보슬비 내려 창밖의 오동잎을 적시는데
그리움은 날로 더해가고 눈물만 흐르네

—— **계향** 桂香, 생몰년 미상

연대가 분명치 않은 조선조의 기녀(妓女) 계향(桂香)이 지은 「먼 곳의 임에게 보낸다(寄遠)」라는 제목의 시(詩)이다. 푸른 산은 천년만년 그 자리에 우뚝 서서 좀처럼 깨어나지 않을 것 같은 선정(禪定)에 들어 있는데 흰 구름은 어디선가 홀연 나타나 한동안 머물다가 바람 따라 유유히 흐르며 어디론가 떠나가 버린다.

어느 시대, 어느 사회를 막론하고 남녀가 만나면 사랑이 싹트고 그 사랑은 오래오래 함께하기 어려운 속성을 지닌 것이어서 언젠가는 헤어져 서로 그리워하면서 안타까움 속에 살아가게 된다. 사랑의 시간은 순간에 지나가고 서로를 그리워하는 마음은 죽을 때까지 영원히 이어지는 것이라 임을 생각하며 시를 읊기도 하고 애잔한 그리움의 마음을 노래로 부르기도 한다.

이별 뒤에 앓아야 하는 사랑의 아픔을 짐작하여 '결코 누군가를 사랑하는 어리석음을 범하지 않으리라…' 마음을 단단히 먹어보지만 눈 안을 가득 채우는, 환한 빛으로 다가오는 임을 사랑하지 않을 방도는 없는지라 사랑의 불길은 온 세상을 태우고, 이별의 아픔과 영원한 그리움만 그 허허로운 벌판을 맴돌 뿐이다.

계향의 자유로운 영혼은 마침내 사랑할 임을 만나 후회 없는 사랑을 나누고 그 대가를 달게 받아들여, 바람 따라 흘러가는 구름처럼 떠나가 버린 임을 평생 그리워하며 늘 여여(如如)한 저 푸른 산처럼 천고(千古)의 그리움을 간직한 채 어쩌면 영원히 깨어나지 않을지도 모르는 깊은 선정에 든다.

五十三

단풍잎이
이월 꽃보다 붉네

遠上寒山石徑斜
원 상 한 산 석 경 사

白雲生處有人家
백 운 생 처 유 인 가

停車坐愛楓林晩
정 거 좌 애 풍 림 만

霜葉紅於二月花
상 엽 홍 어 이 월 화

멀리 가을 산, 비탈진 바윗길 오르나니

흰 구름 이는 곳에 인가가 보이네

수레 멈추고 늦가을 단풍을 즐기노라니

붉게 물든 단풍 이월 꽃보다 더 붉네

—— 두목 杜牧, 803~852

중국 당나라 말기의 낭만 시인 두목(杜牧)이 가을 산의 정경을 읊은 「산행(山行)」이라는 제목의 시다. 두목은 스무 살에 수도 장안에 나와 학문을 익혔는데, 당시 태학박사 오무릉(吳武陵)에게 인정받아 그의 제자가 되었다. 이 무렵 지은 「아방궁부(阿房宮賦)」라는 시는 그의 대표작 중 하나로 청년 시절에 썼다고는 믿기지 않을 만큼 수사가 화려하고 리듬이 유장하다. 그의 고시(古詩)는 두보(杜甫)와 한유(韓愈)의 영향을 받아 사회·정치에 관한 내용이 많은 편이다.
이 외에 장편 시 「감회시(感懷詩)」와 「군재독작(郡齋獨酌)」 등은 필력이 웅장하고 장법(章法)이 엄정해 그 감개가 깊다. 근체시(近體詩)는 서정적이며 풍경을 읊은 것이 많은데 격조가 청신(淸新)하고 감정이 완곡하고도 간명하다. 문집으로는 『번천문집(樊川文集)』이 있다.
이 시는 가을 산의 청량한 분위기를 잘 드러내고 있는 한 폭의 동양화 그 자체라 하겠다. 시인의 심미안(審美眼)으로 보니 인가에서 피어오르는 연기는 유유히 흐르는 푸른 하늘의 흰 구름이요, 서리 맞은 단풍잎은 2월의 꽃보다 더 붉은 아름다움을 지녔다.

五十四

단풍나무 숲속 산길을 간다

丹楓千樹又萬樹
단 풍 천 수 우 만 수

我行悠悠水石間
아 행 유 유 수 석 간

不知天中白雲起
부 지 천 중 백 운 기

却疑山上更有山
각 의 산 상 갱 유 산

붉은 단풍나무 천 그루, 만 그루 숲을 이룬 곳
돌과 물 사이로 난 산길을 나는 유유히 간다
저 푸른 하늘에 솟아오른 흰 구름을 보고는
산 위에 또 다른 산이 있는 줄로 착각하였네

—— 조관빈 趙觀彬, 1691~1757

조선 후기의 문신 조관빈(趙觀彬)의 「입산(入山)」이라는 제목의 시다. 가을 산을 오르는데 단풍나무는 천 그루, 만 그루 숲을 이루고, 계곡 옆으로 난 산길을 따라 산을 오르니 숨은 턱에 차고 땀이 비 오듯 흐른다. 고개를 오르고 능선길을 가다가 또 하나의 봉우리에 올랐는데 저 멀리 더 높은 봉우리가 보이니 그만 맥이 탁 풀린다. 아득하게 높이 솟은 저 봉우리가 산의 정상인가 본데 저 봉우리를 어떻게 오를 수 있겠나 걱정하다가 다시 자세히 보니 그것은 산 정상이 아니라 흰 구름이라는 사실을 깨닫는다.

조관빈의 본관은 양주이고 자는 국보(國甫)이며 호는 회헌(悔軒)으로, 아버지는 우의정 태채(泰采)이다. 숙종 40년(1714) 증광문과에 급제한 후, 검열·수찬·전적 등을 역임했다. 대간의 탄핵으로 한때 파직되었다가 다시 기용되어 승지·이조참의 등을 지냈다. 경종 3년(1723) 신임사화(辛壬士禍)로 사사된 아버지에 연좌되어 흥양현(興陽縣)으로 귀양 갔다가 영조 1년(1725) 풀려나 호조참의·대사성·동지의금부사·홍문관제학 등을 두루 거쳤다. 수어사로 있을 때에는 남한산성에 군량을 저장할 것을 청했다고 하며, 저서로 『회헌집』이 있다.

四震雷

☳

낙천 樂天

세상의 현자(賢者)들이 들려주는
자연법칙과 인간의 도리(道理)

五十五

한가한 구름만
아침저녁으로 찾아오네

山館長寂寂　閒雲朝夕來
산 관 장 적 적　한 운 조 석 래

空庭復何有　落日照青苔
공 정 부 하 유　낙 일 조 청 태

산속의 집이라 언제나 고요하나니

한가한 구름만 조석으로 찾아오네

빈 뜨락에는 무엇이 있겠는가

저물어가는 햇빛이 푸른 이끼 비추네

—— 황보염 皇甫冉, 723~767

당나라 시인 황보염(皇甫冉)이 산속 집의 정취를 노래한 「산관(山館)」이라는 시이다. 그는 10세 때 시문(詩文)을 지어 주위 사람들을 놀라게 한 신동(神童)으로 훗날 진사과에 급제하여 벼슬이 우보궐(右補闕)에 이르렀다. 그의 시는 문장이 매우 수려하면서도 표현에 군더더기 하나 없는 깔끔한 이미지를 물씬 풍긴다.

창밖의 오봉산 능선 위에 흰 구름이 찾아와 머무는 정경을 보면서 황보염의 시를 읊조리다 보니 그가 그려 보여준 산속의 집에 들어온 듯하다.

회사 일로 전국 각지를 출장 다니는 일이 예전보다 줄어들기는 했지만 그래도 학교수업이나 외부 강의차 이곳 산속의 집무실을 나서 국도, 고속도로를 타고 업무를 본 뒤 다시 깊은 산중으로 돌아오는 일이 종종 있다. 오가는 길에 뒤의 삼봉산과 앞의 오봉산을 감싸며 시시각각 달라지는 햇빛의 세기와 다양한 모양을 띤 구름, 늘 빛깔이 바뀌는 산색(山色)을 한 폭의 동양화 감상하듯 보고 있노라면 잠시나마 번잡스러운 세상사를 잊게 된다.

회사도 집도 깊은 산중에 있다 보니 자연의 품 안에서 물소리, 바람 소리, 새소리 들으며 계절별로 피어나는 온갖 꽃과 나무의 고고한 자태를 보면서 자연과 호흡하며 보내는 시간에 늘 즐거움을 느낀다. 훌쩍 문을 나서 주변에 잘 닦인 산책로를 걷다 보면 가슴이 탁 트이고 복잡한 머릿속 생각도 정돈된다. 독자 여러분도 창으로 바라보는 것으로만 그치지 말고 산책로와 숲속에서 계절의 향기를 마음 깊이 느껴보기 바란다.

五十六

산중에 무엇이 있느냐고요?

山中何所有　嶺上多白雲
산 중 하 소 유　영 상 다 백 운

只可自怡悅　不堪持贈君
지 가 자 이 열　불 감 지 증 군

산중에 무엇이 있느냐고요

산마루에 흰 구름이 많답니다

다만 나 홀로 즐길 뿐이요,

임에게 갖다 드릴 수는 없답니다

—— 도홍경 陶弘景, 456～536

중국 남북조 시대의 본초학자 도홍경(陶弘景)이 지은 「시를 지어 대답한다」라는 제목의 오언절구(五言絕句)다. "조문산중하소유부시이답(詔問山中何所有賦詩以答)", 즉 "산중에 무엇이 있길래 조정에 들어오지 않는 것인가?"라는 양 무제(武帝)의 조서에 대한 화답이다.

『신농본초경(神農本草經)』 등의 저서로 유명한 도홍경은 건강이 좋지 않아 관직을 사양하고, 구곡산에 은거하면서 스스로 호를 '은거(隱居)'로 지었다. 그는 도교에 조예가 깊은 데다 유불선(儒佛仙)에 정통해 양 무제가 직접 처소를 찾아 자문을 구한 바 있어 '산중재상(山中宰相)'이라고도 불린 인물이다.

양나라 무제 소연(蕭衍)은 젊은 시절부터 도홍경의 재주가 출중하다는 것을 알고 있었는데 뒤에 황제가 된 후 여러 차례 화양동에서 은거하는 도홍경에게 조정으로 나올 것을 명하였으나 그는 끝내 응하지 않았다.

양 무제가 일찍이 조서를 내려 도홍경에게 "산중에 도대체 무슨 물건이 있길래, 산에서 나와 벼슬하는 것을 마다하는 것인가?(山中有何物 以至于不愿出山为官)"라고 물었는데 그는 "이 산중에는 오직 흰 구름만이 있을 뿐이고 나는 그 흰 구름을 가지고 있습니다만 그것은 오직 산중에 있어야 가질 수 있고 또한 즐길 수 있는 것이므로 그것을 가져다 드릴 수는 없습니다"라는 내용의 시를 지어 양 무제의 질문에 대답하는 한편, 자신이 지향하는 바를 밝혔다.

五十七

전원田園으로 돌아와 사는 즐거움

種豆南山下　草盛豆苗稀
종 두 남 산 하　초 성 두 묘 희

侵晨理荒穢　帶月荷鋤歸
침 신 리 황 예　대 월 하 서 귀

道狹草木長　夕露沾我衣
도 협 초 목 장　석 로 점 아 의

衣沾不足惜　但使願無違
의 점 부 족 석　단 사 원 무 위

남산 아래 콩을 심으니
풀은 무성하고 콩싹은 드무네
새벽이 찾아들면 잡초 우거진 밭, 김을 매고
밝은 달빛 아래 호미 메고 돌아오네
초목이 자라 더욱 좁아진 길을 걸으니
저녁 이슬이 옷을 적시네
옷 젖는 거야 애석할 게 없지만
농작물 수확에 차질 없기만을 바랄 뿐

—— 도연명 陶淵明, 365~427

은퇴와 실직으로 도시에서의 생활이 마땅치 않을 때 사람들은 "농사나 지어야겠다"는 말을 쉽게 내뱉는다. '농사나'라는 말이 농사의 철학적 의미와 가치에 대한 기본 인식은 차치하고라도 사람이 먹고사는 데 있어 가장 기초적이고 기본적인 생계수단으로서 농사의 중요성마저 간과한 매우 경솔한 표현임을 깨닫기까지는 어느 정도 경험과 시간이 필요할 것이다.
이 시는 동진(東晉) 말기의 은둔 처사로서 오류(五柳) 선생, 또는 정절(靖節) 선생으로 널리 알려진 연명(淵明) 도잠(陶潛)의 『도정절집(陶靖節集)』 2권에 실려 있는 「귀전원거(歸田園居)」 시 6수 중 제3수에 해당한다. 도연명은 한때 팽택령(彭澤令)을 제수받아 벼슬살이를 하다가 어떤 계기로 80일 만에 벼슬을 버리고 향리로 낙향하면서 그 유명한 「귀거래사(歸去來辭)」를 읊은 주인공이다. 시의 첫 구절인 "귀거래혜 전원장무호불귀"는 1,700년이라는 시간과 수만 리에 달하는 공간적 제약을 넘어 많은 이가 지금까지 즐겨 따라 읊고 있는 명구이다. 필자 또한 1989년 지리산 인근 함양 고을로 낙향할 때 "전원에 풀이 무성한데 어찌 돌아가지 않고 머뭇거리랴(田園將蕪胡不歸)"로 시작되는 도연명의 「귀거래사」를 읊으며 서울을 떠났다.
도연명의 이 시는 부연이 필요 없을 만큼 자연스럽고 소박한 전원생활을 한 폭의 그림처럼 보여주고 있어서 더 이상의 설명은 사족이 될 듯싶다. 다만 침신(侵晨)이라는 말은 본래 글자대로 풀면 몹시 고단하게 잠들어 있는 이에게 '새벽이 쳐들어온다'는 의미를 지닌 것이어서 '새벽이 되면'으로 풀이해도 되겠지만 작자의 의도를 좀 더 반영해 '찾아들면'으로 풀이했음을 밝힌다.

五十八

새벽은
두 번 오지 않는다

人生無根蔕　飄如陌上塵　分散逐風轉
인 생 무 근 체　표 여 맥 상 진　분 산 축 풍 전

此已非常身　落地爲兄弟　何必骨肉親
차 이 비 상 신　낙 지 위 형 제　하 필 골 육 친

得歡當作樂　斗酒聚比隣　盛年不重來
득 환 당 작 락　두 주 취 비 린　성 년 부 중 래

一日難再晨　及時當勉勵　歲月不待人
일 일 난 재 신　급 시 당 면 려　세 월 부 대 인

인생은 뿌리도 꼭지도 없는지라 / 길 위의 먼지처럼 / 흩날린다네
바람 따라 이리저리 굴러다니는 / 이 몸, 영원한 존재가 아니라네
땅으로 내려와 형제가 되지만 / 하필 골육만을 가까이하겠는가
기쁜 일 다 같이 즐겨야 하나니 / 말술로 벗과 이웃 사람 모은다오
젊은 시절 어이 거듭 오겠나 / 새벽은 두 번 오지 않는 것을
할 일은 그때그때 해야 한다네 / 세월은 사람을 기다려주지 않나니

—— 도연명 陶淵明, 365~427

중국 역사에서 당나라 시기는 특히 시문학이 화려한 꽃을 피워 전성기를 누린 시기이다. 당대 문학의 꽃을 피운 기라성 같은 문장가들이 마음으로 흠모하며 시대를 초월해 본받고자 했던 대상 중 가장 크게 비중을 차지했던 이가 바로 동진(東晋) 시대에 문명을 드날린 도연명(陶淵明) 선생이다. 그는 동진 말기에 팽택(彭澤) 지방의 고을 수령이 되었다가 상급관리의 부당한 명을 거부하고 80일 만에 벼슬을 버리고 고향으로 돌아오면서 「귀거래사(歸去來辭)」를 읊었다. 그의 대표작 중 하나인 「귀거래사」는 시공을 초월해 수많은 이에게 회자(膾炙)된 시구로서 특히 벼슬이나 직장을 그만두고 귀향길에 오르는 이들이 즐겨 읊으면서 마음을 위로했다. 그만큼 그의 시는 읊는 이나 듣는 이에게 두고두고 진한 감동을 주었고 문학사에 길이 빛나는 명작(名作)으로 손꼽힌다.
그는 이 시를 통해 전원에서의 소박한 삶을 담백한 어조로 그려 보여줌으로써 보는 이들로 하여금 잔잔한 감동을 불러일으킨다. 탈도시의 낭만적 삶이 아니라 풀밭 매고 고되게 농사를 지으며 틈틈이 독서하고 이웃들과 말술로 어울리기도 하면서 자연과 더불어 인간답게 사는 것을 추구한 은둔의 현자(賢者)라 하겠다. 한번 흘러간 시간은 다시 되돌릴 수 없는 것인 만큼 시간을 더욱 가치 있게 활용하라고 충고하고 있다.

五十九

동짓날,
매화를 읊다

井底潛陽七日回　一元消息透寒梅
정 저 잠 양 칠 일 회　일 원 소 식 투 한 매

天心昭灼盈枝動　春信丰茸滿意開
천 심 소 작 영 지 동　춘 신 봉 용 만 의 개

香影微微侵棐几　精神故故蘸金杯
향 영 미 미 침 비 궤　정 신 고 고 잠 금 배

從玆細翫生生理　只恨曾無演易才
종 자 세 완 생 생 리　지 한 증 무 연 역 재

우물 밑 잠긴 양기陽氣, 일곱 달 만에 돌아오니
음기 소멸하고 새로 시작된 양기가 찬 매화에 통했네
하늘의 밝고 따뜻한 마음, 매화 나뭇가지에 꿈틀대고
솟구치는 봄소식은 꽃으로 만발하여 가득 피어나네
향내 진동하는 나무 그림자는 책상에 어른거리고
고결한 마음과 아름다운 자태 금 술잔에 잠기네
매화는 만물이 나고 또 나는 이치를 보여주는데
변화의 법칙을 설명할 재주 없음이 한스럽네

—— 김종직 金宗直, 1431~1492

조선 전기의 문신이자 학자인 점필재(佔畢齋) 김종직(金宗直) 선생의 뛰어난 문장을 만나볼 수 있는 「동짓날에 매화를 읊다(至日詠梅)」라는 시이다.

선생은 정몽주와 길재의 학통을 계승하여 김굉필, 조광조로 이어지는 조선 시대 도학(道學)의 중추적 역할을 하였다. 1470년(성종 1년) 예문관수찬지제교(藝文館修撰知製敎) 겸 경연검토관(經筵檢討官), 춘추관기사관(春秋館記事官)에 임명되었지만 늙은 어머니를 모시기 위해 외직으로 나가 함양군수가 되었다.

저서로는 『점필재집(佔畢齋集)』 『유두류록(遊頭流錄)』 『청구풍아(靑丘風雅)』 등이 있으며, 편저로는 『동국여지승람』 등이 전해지고 있다. 『두류기행록』으로도 알려진 『유두류록』은 선생이 함양 고을의 원으로 있던 1472년 여름에 유호인 등 3인과 8월 14일부터 18일까지 5일간 지리산을 유람한 기록이다.

매화는 꽃 피는 시기에 따라 일찍 핀다고 하여 '조매(早梅)', 추운 날씨에 핀다고 해서 '동매(冬梅)', 눈 속에 핀다고 하여 '설중매(雪中梅)'라고 하며, 색깔이 희면 '백매(白梅)', 붉으면 '홍매(紅梅)', 푸른빛을 띠면 '청매(靑梅)'라고 부른다.

"일곱 달 만에 돌아온다"는 것은 음기(陰氣)가 시작되는 5월(天風姤)부터 양기(陽氣)가 사라지기 시작해 깊숙이 잠겼다가, 7개월 만인 동짓달 십일월(地雷復)에 이르러 다시 생기기 시작한다(反復其道 七日來復)는 우주자연의 이치를 의미한다.

六十

눈보라 속에 핀 매화

幽香淡淡影疏疏
유 향 담 담 영 소 소

雪虐風饕亦自如
설 학 풍 도 역 자 여

正是花中巢許輩
정 시 화 중 소 허 배

人間富貴不關渠
인 간 부 귀 불 관 거

맑고 그윽한 향내… 고결한 아름다움
눈보라 속에서도 여여한 마음이어라
소부와 허유 같은 꽃 중의 은둔자라
세상 부귀에는 아랑곳하지 않는다네

—— **육유** 陸游, 1125~1210

중국 남송(南宋) 때의 시인 육유(陸游)의 「눈 속의 매화를 찾아서(雪中尋梅)」는 천년간 애송되는 대표적 명시이다. 육유의 자(字)는 무관(務觀)이고 호(號)는 방옹(放翁)이며, 북송(北宋)과 남송의 교체기에 지금의 절강성(浙江省) 소흥시(紹興市)인 월주(越州) 산음현(山陰縣)에서 태어났다. 38세에 진사가 되어 기주 통판을 지냈다. 만년에는 효종·광종의 실록 및 『삼조사』를 완성하였다.

남송 조정이 중원(中原) 지역을 금(金)에 내어주고 굴욕적인 화친책을 통해 겨우 명맥을 유지해 가던 시기에 일생토록 금에 대한 항전과 실지(失地)의 회복을 주장하며 살았던 시인이다. 평화정책을 추구하는 온건파가 황실을 지배하고 있을 때 그는 강경론을 주장하여 황실 관리로 승진하지 못했고, 결국 문관 직을 사임하고 고향으로 갔다. 그의 불굴의 기상과 강인한 투쟁의식은 수많은 우국시(憂國詩)를 통해 끊임없이 표출되었으며, 오늘날까지 중국을 대표하는 최고의 우국 시인(憂國詩人)으로 추앙받고 있다. 저서로 『검남시고(劍南詩稿)』『위남문집』『남당서』 등이 있다.

소부(巢父)와 허유(許由)는 요(堯)임금 시절의 은둔자들이다. 당시 임금 자리를 물려주겠다는 요임금의 제안에 허유는 '더러운 이야기를 들었다'며 영수(潁水) 가에서 귀를 씻었고 그때 소를 몰고 가던 소부가 그 이야기를 전해 듣고는 "더러운 물을 소에게 먹여서는 안 된다"며 강의 상류로 더 올라갔다는 이야기가 전해온다. 이 시는 속세를 초월한 고고한 자태와 언제나 흔들림 없는 여여한 마음을 지닌 매화를 노래한 시로서, 오랜 세월 수많은 이에게 줄곧 회자(膾炙)되고 있다.

눈 속에 핀 매화

有梅無雪不精神
유 매 무 설 부 정 신

有雪無詩俗了人
유 설 무 시 속 료 인

薄暮詩成天又雪
박 모 시 성 천 우 설

與梅併作十分春
여 매 병 작 십 분 춘

매화는 피었는데 눈이 없으면 평범해 보이고
눈 속 매화에 시 없으면 사람을 속되게 하네
해 질 녘에 시 짓자 하늘에서는 눈이 내리니
매화와 더불어 봄의 정취를 마음껏 즐기노라

—— 방악 方岳, 1199~1262

지난 2월, 지리산 모전동 용유담을 지나 솔봉 능선을 통해 와불산(臥佛山)을 올랐다. 중턱을 오를 즈음 계곡가에 줄지어 선 청매의 가지 끝에서 매화가 수줍은 듯 웃음꽃을 피우는 광경을 목격했다. 봄기운이 가득한 설 명절에 가지를 따라 피어나는 매화를 보면서 중국 송대 시인 방악(方岳)의 「설매(雪梅)」라는 시를 떠올린다. 지난 겨울 유난히 매서웠던 추위에도 아랑곳 않고 등장한 매화인지라 더욱 반가운 것이리라.

북풍한설 매서운 추위를 겪고 나서 하얀 눈옷을 걸치고 꽃을 피우는 매화의 의연한 결기(決起)를 예찬하는 많은 시 가운데 방악의 시 또한 수많은 이에게 회자(膾炙)되는 명시로 꼽힌다.

지은이 방악은 남송의 시인이다. 자는 거산(巨山)이요, 호는 추애(秋崖)이며, 안휘성(安徽省) 흡현(歙縣) 출신이다. 1232년에 진사가 되고, 강서성(江西省) 남강군(南康軍)과 원주(袁州)의 지사(知事)를 역임했다. 시의 제재(題材)로 농촌 풍경이나 농민의 생활을 즐겨 다루고 명언과 경구를 써서 사람들을 일깨웠으며 사륙변려문(四六騈儷文)도 잘 지은 것으로 알려졌다.

울타리 저편에 핀 매화

微雪初消月半池
미 설 초 소 월 반 지

籬邊遙見兩三枝
이 변 요 견 양 삼 지

淸香傳得天心在
청 향 전 득 천 심 재

未許尋常草木知
미 허 심 상 초 목 지

잔설이 스러지는 밤, 연못에 달이 비치는데

울타리 저편에 두어 송이 매화 피었네

맑은 향은 하늘의 마음을 전함인가

여느 초목들이 그 고결함을 어찌 알 수 있을까

—— 방효유 方孝孺, 1357~1402

어린 조카를 황제의 자리에서 밀어내고 스스로 황제에 오른 영락제(永樂帝)에게 지조와 절개를 보여주었던 방효유(方孝孺)의 시문「매화(梅花)」이다.

방효유는 명나라 초기의 유학자이자 사상가로서 절강(浙江) 영해(寧海) 출신이다. 1402년, 연왕(燕王) 주체가 조카인 건문제의 황위를 찬탈한 뒤 방효유에게 '즉위의 조(詔)' 기초를 명하자 '연나라의 도적이 제위를 찬탈하다(燕賊簒位)'라는 글로 일갈한 후 붓을 바닥에 내던짐에 연왕이 노하여 그를 극형에 처하고 일족과 친우·제자 등 847명을 연좌로 사살했다. 수백 명의 친족이 방효유가 보는 앞에서 주살당한 내용이 명사(明史)『방효유전』에 기록돼 있다. 일반적으로 9족만을 멸하는데 영락제는 그의 친구와 제자까지 더해 10족으로 만들어 멸했다고 전해진다.

그의 대표 저술인『주례변정(周禮辨正)』은 영락제에 의해 소각됐지만『손지재집(遜志齋集)』24권,『방정학문집(方正學文集)』7권 등의 저서는 온전히 전해져 오고 있다.

방효유는 "장흥지주(將興之主)는 유공인지무언(惟恐人之無言)이요, 장망지주(將亡之主)는 유공인지유언(惟恐人之有言)이다", 즉 "흥하는 군주는 남이 말을 해주지 않을까 걱정하고 망하는 군주는 남이 무슨 말을 할까 걱정한다"라는 유명한 말을 남기기도 했다.

50여 년 뒤인 1453년, 조선조에선 세종의 아들 수양대군이 피바람을 일으켜 조카 단종의 왕위를 찬탈하는 계유정난이 일어난다.

매화에
봄소식을 묻나니

問春何處來　春來在何許
문 춘 하 처 래　춘 래 재 하 허

月墮花不言　幽禽自相語
월 타 화 불 언　유 금 자 상 어

매화에 묻나니, 봄은 어디서 오는가
그리고 그 봄은 지금 어디에 있는가
산 너머로 달 지니 꽃은 말 없음으로 대답하고
그윽한 숲속의 새들은 소곤대며 이야기하네

—— 고계 高啓, 1336~1374

원나라 말기에서 명나라 초기에 걸쳐 문명을 드날렸던 시인 청구자(靑邱子) 고계(高啓)의 봄을 기다리는 마음을 담은 「문매각(問梅閣)」이란 시이다.

그는 원나라 말 혼란기에 태어나 명나라가 건국할 때 태조 주원장의 부름을 받아 원사(元史) 집필에 참여했으나, 요직이 주어지자 그 자리를 고사하고 고향인 소주로 돌아갔다. 자유를 사랑하는 기질에 독재자를 싫어하는 성격 때문이었을 테지만 결국 이것이 화를 불러, 소주의 장관 위관(魏觀)이 모반 혐의를 받을 때 연루되어 형벌로 목숨을 잃었고, 그의 작품은 모두 불태워졌다.

그의 요절은 명대에 가장 뛰어날 수도 있었던 문학 활동의 중단을 의미한다. 고계는 의고(擬古)의 대가로 중국문학사의 이전 여러 시기의 문체·풍격·전범을 따른 것으로 알려져 있으며, 16세기에 일어났던 고문운동의 선구자로도 알려져 있다.

현재 전하는 2,000여 수의 시는 그가 죽은 지 70여 년이 지난 뒤에 수집·간행된 것이다. 원나라 말기의 지루하고 늘어진 시풍에 새로운 바람을 일으켜 명나라 최고의 시인으로 칭송받았으나, 39세의 젊은 나이로 횡사하는 바람에 그의 시적 유형은 확고한 형태를 갖추지 못했다. 그의 맑고 단아한 서정성의 이면에 감추어진 고독과 우울은 근대시의 정신으로 통한다는 평가를 받는다. 명나라 초기의 새로운 시풍을 연 천재 시인으로, 원나라부터 명나라에 걸친 400년 동안 배출된 시인 가운데 최고봉으로 꼽힌다.

六十四

붉은빛 토하며
지는 해

落照吐紅掛碧山　寒鴉尺盡白雲間
낙 조 토 홍 괘 벽 산　한 아 척 진 백 운 간

問津行客鞭應急　尋寺歸僧杖不閑
문 진 행 객 편 응 급　심 사 귀 승 장 불 한

放牧園中牛帶影　望夫臺上妾低鬟
방 목 원 중 우 대 영　망 부 대 상 첩 저 환

蒼煙古木溪南里　短髮樵童弄笛還
창 연 고 목 계 남 리　단 발 초 동 농 적 환

붉은빛 토하며 지는 해는 푸른 산에 걸리고
겨울 까마귀 날갯짓하며 흰 구름 새로 날아가네
나루를 묻는 나그네의 말 채찍질 급해지고
절로 돌아가는 스님 지팡이 한가할 새가 없네
초원에서 풀 뜯는 소 그림자 길게 드리우고
지아비 기다리는 아낙네 긴 머리 늘어졌네
푸른 안개 자욱한 고목 시내 남녘 길 따라
짧은 머리 어린 나무꾼, 피리 불며 돌아오네

—— 박문수 朴文秀, 1691~1756

조선 영조 임금 시절에 암행어사로서 눈부신 활약상을 보여 이름을 크게 드날린 박문수(朴文秀)의 등과 시이다. 박문수는 '낙조(落照)'라는 시제로 치러진 과거시험에서 이 시로 급제했다고 전해진다. 시를 통해 지는 해가 푸른 산에 걸렸을 즈음의 세상 풍광을 마치 한 폭의 그림처럼 보여주고 있다.

박문수의 본관은 고령(高靈)으로서 경종 3년(1723) 증광문과(增廣文科)에 병과로 급제해 예문관 검열로 뽑혔고 이듬해 세자시강원설서(世子侍講院說書)·병조정랑에 올랐다가 영조 즉위년(1724) 노론이 집권할 때 삭직되었다. 영조 4년(1727) 정미환국으로 다시 사서(司書)에 등용되었으며, 영남안집어사(嶺南安集御史)로 나가 부정한 관리들을 적발하였다. 영조 5년(1728) 이인좌(李麟佐)의 난이 일어나자 사로도순문사(四路都巡問使) 오명항(吳命恒)의 종사관으로 출전, 전공을 세워 경상도관찰사에 발탁되었다. 이어 분무공신(奮武功臣) 2등에 책록되고 영성군(靈城君)에 봉해졌다. 영조 7년(1730) 대사성·대사간·도승지를 역임했으며, 이듬해에는 영남감진어사(嶺南監賑御史)로 나가 기민(饑民)의 구제에 힘썼다. 영조가 탕평책(蕩平策)을 실시할 때 명문 벌열(名門閥閱) 중심의 인사 정책에서 벗어날 것을 주장했으며, 4색(四色) 인재를 고루 등용하는 탕평의 실(實)을 강조하였다. 특히, 군정(軍政)과 세정(稅政)에 밝아 당시 국정의 개혁 논의에 중요한 몫을 다하였다. 영의정에 추증되었으며, 시호는 충헌(忠憲)이다. 네 차례에 걸쳐 어사로 파견되었던 행적이 허구로 각색되며 '암행어사 박문수 설화'가 많이 전해지고 있다.

접시꽃은 서럽다

寂寞荒田側　繁花壓柔枝
적 막 황 전 측　번 화 압 유 지

香輕梅雨歇　影帶麥風欹
향 경 매 우 헐　영 대 맥 풍 의

車馬誰見賞　蜂蝶徒相窺
거 마 수 견 상　봉 접 도 상 규

自慚生地賤　堪恨人棄遺
자 참 생 지 천　감 한 인 기 유

인적이 드문 거친 밭 한쪽,

풍성한 꽃이 연약한 가지 위에 피었네

매화 철의 비가 그칠 무렵 향내는 짙어지고

보리 바람에 그림자 기울었네

수레 탄 사람, 그 누가 눈길을 주는가

벌, 나비만 찾아와 이리저리 볼 뿐이네

태생이 좋지 못하다 스스로 여겨

사람들에게 버림받아도 말없이 견디네

—— 최치원 崔致遠, 857~?

고운(孤雲) 최치원(崔致遠)의 「촉규화(蜀葵花)」, 즉 「접시꽃」이란 제목의 시는 애틋하다. 고운 선생은 청구(靑丘)라 불린 해동(海東)의 선국(仙國)에서 태어나 지구 역사에 존재하는 모든 나라의 어떤 신화(神話)보다 더 불가사의한 주인공으로 살다가 홀연 세상을 등진 채 선화(仙化)한 인물이다. 그는 분명 우리 역사가 낳은 희대의 성자(聖者)다. 비록 자신의 정치적 이상을 조국 신라에 실현하는 데 실패했지만 그의 유가를 기반으로 하는 시대에 대한 해석과 미래에 대한 전망은 후대의 정치가와 사상가에게 많은 영향을 미쳤다.

그의 원대한 이상이 담긴 『고운 최치원 선생 문집』의 주요 내용을 읽어본 이라면 신라가 최치원 선생을 포용하기엔 고운의 기세와 신념이 너무도 크다는 것을 짐작하게 된다. 고운이 지향하는 사회의 전환은 비단 진골귀족의 세력뿐 아니라 오늘의 대한민국도 실현할 수 없는 원대하고 우주적인 이데아이다. 접시꽃이 피어나기 시작하는 이즈음 최치원 선생의 시문, 「접시꽃」을 소개하는 이유는 '그가 접시꽃을 바라보며 왜 그토록 서글픈 감회를 풍성한 꽃에 투영했는가' 하는 점을 곰곰이 생각해 보기 위해서다.

그는 신라의 종말을 차마 눈 뜨고 볼 수 없어 "솔처자입가야산(率妻子入伽倻山)"이라는 글귀로 최후의 모습을 세상에 보이고 홀연 자취를 감추었다. 뛰어난 인재(人才)를 알아보지 못하는 미혹한 세상, 진정한 영웅(英雄)이 등장할 수 없는 열등한 사회의 폐해는 어제오늘만의 일은 아닌 듯싶다.

둥근달은
어찌 그리 쉽게 이지러지나

未圓常恨就圓遲
미 원 상 한 취 원 지

圓後如何易就虧
원 후 여 하 이 취 휴

三十夜中圓一夜
삼 십 야 중 원 일 야

百年心事摠如斯
백 년 심 사 총 여 사

둥근달 되기까지는 더디게 둥그러짐을 늘 아쉬워했는데
일단 둥그러진 뒤에는 어찌 그리 쉽게 이지러지는지…
한 달 서른 밤 중, 둥근달은 하룻밤뿐이니
백 년 인생길의 세상만사가 모두 이와 같으리니

—— 송익필 宋翼弼, 1534~1599

조선 중기의 유학자이자 도학(道學)의 태두인 송익필(宋翼弼)의 「망월(望月)」은 생애의 유한함을 자연에 비유한 아름답고 특별한 시문이다. 송익필의 자(字)는 운장(雲長), 호(號)는 구봉(龜峯)이며 본관은 여산(礪山)이다. 경기도 고양시 구봉산(龜峯山) 아래 살아서 구봉이라 칭했다고 한다. 구봉 선생은 서얼로 태어나 한평생 방랑 생활을 하면서 많은 시를 남겼으며 김시습, 남효온과 더불어 산림삼걸(山林三傑)로 불린다.

그는 서인 예학의 태두인 김장생과 김집, 김반 부자를 비롯해 인조반정의 공신인 김유를 문하에서 길러냈다. 안당의 진외종손으로, 진외증조모는 안당 가문의 노비였으며 아버지는 서얼 출신 문신으로 통정대부(通政大夫)를 지낸 송사련(宋祀連)이다. 조선왕조의 적통(嫡統) 사상은 이 탁월한 사상가의 벼슬길을 무참히 가로막았다. 출생에 대한 시비와 기축옥사(己丑獄死)를 일으킨 배후 인물이라는 비난은 그를 끊임없이 휘청이게 했다. 후일 안당의 증손부가 소송을 제기해 환천(還賤)의 위기에 처했으나, 제자 김장생의 숙부인 김은휘의 배려로 추노꾼의 위협에서 벗어날 수 있었다.

출신 배경의 한계와 당쟁에서의 패배로 그는 관직을 단념한 채 고향에서 학문 연구와 후학 교육에 일생을 바쳤다. 율곡 이이와 우계 성혼, 송강 정철 등의 절친한 벗이었으며, 서인의 대표적인 이론가이자 예학, 성리학, 경학 등에 능했다. 저서로 『구봉집(龜峯集)』이 전해진다.

한가위 보름달이 천리를 비추나니

端正仲秋月　姸姸掛碧天
단 정 중 추 월　연 연 괘 벽 천

淸光千里共　寒影十分圓
청 광 천 리 공　한 영 십 분 원

賞玩唯今夜　看遊復隔年
상 완 유 금 야　간 유 부 격 년

乾坤銀一色　常恐落西邊
건 곤 은 일 색　상 공 낙 서 변

단정하고 아름다운 한가위 보름달
예쁘고도 예쁘게 푸른 하늘에 걸려 있네
맑은 달빛 천리 밖까지 고루 비추나니
차가운 그림자 둥글대로 둥글었네
보름달 즐기는 것도 오직 오늘 밤뿐이라
또다시 즐기려면 한 해를 기다려야 하리
온 천지가 오로지 은빛으로 물들었으니
혹여 저 달이 서쪽으로 사라질까 걱정되네

—— 이덕무 李德懋, 1741~1793

예년에 비해 유난히 기승을 부리던 여름의 무더위도 팔월회(八月會), 한가위를 지나면서는 선선한 기운으로 변화하며 결국 꼬리를 내린다. 추석은 이처럼 가을의 문턱이란 계절감을 일깨우며 생활 속에 자연의 숨을 불어넣는 리듬감 가득한 명절이다. 추석의 즐거움을 회상하며 선귤당(蟬橘堂) 이덕무(李德懋)의 「중추월(仲秋月)」이란 시를 읊어본다. 보름달을 노래한 여러 시문 중 가장 아름답고 서정적인 심상(心想)이 담겨 있다.
가을 시 「중추월」을 쓴 이덕무는 조선 후기의 실학자다. 연암 박지원의 제자였던 그는 스승의 기문(奇文)에 대한 비평집 『종북소선(鍾北小選)』을 집필하며 비평가로서의 면모와 고도의 정신적 사유를 보여주기도 했다. 어렸을 때부터 학문과 기예 부문에서 큰 재능을 보였지만 서얼 신분인 관계로 관직에는 등용되지 못했다. 그러나 정조의 혜안에 힘입어 박제가와 함께 중용되었으며 이후 조정 대신과 해외 사절로 활동해 그 내공이 청나라에까지 전해졌다.
그는 청나라에서 여러 문학 자료와 고증학 자료를 가져와 학문을 발전시키고 귀국 후 북학을 제창하였다. 또한 청의 관료에게도 학문적 깊이를 인정받아 이들과 관계를 지속하며 훗날 추사(秋史) 김정희(金正喜)의 서화가 대륙에까지 영향을 미치는 계기를 만들었다. 그의 아들 이광규는 아버지의 저술을 묶어 『청장관전서』를 펴냈으며 손자 이규경 역시 뛰어난 학자로 문집 『오주연문장전산고』를 남겼다.

산골에 찾아든 이른 가을

山近覺寒早　草堂山氣晴
산 근 각 한 조　초 당 산 기 청

樹凋窓有日　池滿水無聲
수 조 창 유 일　지 만 수 무 성

菓落見猿過　葉乾聞鹿行
과 락 견 원 과　엽 건 문 녹 행

素琴機慮靜　空伴夜泉淸
소 금 기 려 정　공 반 야 천 청

산골이라 추위 일찍 찾아드니
초당 가을 기운 더없이 상쾌하네
나뭇잎 떨어지매 창에 햇볕 들고
연못에 물 가득 차니 소리가 없구나
산과일 떨어지자 원숭이 보이고
낙엽 마르니 사슴 발소리 들린다
깊은 밤 맑은 샘물 벗을 삼아
거문고 타노라니 온갖 시름 사라지네

—— **온정균** 溫庭筠, 818~872

만당(晩唐)의 대표적 시인 온정균(溫庭筠)의 「이른 가을 산중 거처에서(早秋山居)」란 시이다. 가을 풍경과 정취를 모두 담은 서경시이자 서정시라 하겠다. 작자는 만당의 이름난 시인 이상은(李商隱)과 함께 쌍벽을 이루어 온·이(溫李)로 불렸을 정도로 뛰어난 문인이다.

산중의 초당은 속기(俗氣)에서 멀리 벗어나 청량한 분위기 속에 살 수 있는 반면 왕래의 불편함과 산 아래 세상에 비해 일찍 찾아드는 추위를 감내해야 한다. 무성하던 나뭇잎이 떨어지면서 창을 통해 따스한 햇볕을 쬘 수 있게 되고, 연못에 물이 가득 차면서 졸졸 흘러드는 물소리조차 사라져 또다시 적막 속에 새로운 세상이 열리고 있음을 시인은 온몸으로 깨닫는다.

바람은 바람대로, 나무는 나무대로, 물은 또 물대로 시인묵객들의 시와 그림 속에 각양각색의 모습으로 등장해 나름의 아름다움을 연출하며 다양한 메시지를 전하고 있다. 천년이라는 시간과 수만리 공간의 한계를 넘어 가을은 언제나 청량한 바람과 붉은 단풍, 노란 잎사귀들이 어울려 한 폭의 산수화를 연출하고 시인묵객들은 그 아름다운 광경들이 빚어내는 자연 속에 동화되어 시어(詩語)로써 진경산수화를 그려낸다. 붓도 없고 안료(顔料)도 없이 자연의 아름다움을 그려내는 심미안(審美眼)과 말 없는 자연의 말을 읽어내는 통찰력을 십분 발휘하여 완성한 명작이요, 걸작이라 하겠다.

온정균의 시는 매우 아름답고 고운 것으로 정평이 나 있으며, 재주가 비상하여 여덟 번 팔짱을 끼는 동안에 시 한 수를 짓는다 하여 세인들로부터 온팔차(溫八叉)로 불렸다.

가을 하늘에 학이 날고…

自古逢秋悲寂廖
자 고 봉 추 비 적 료

我言秋日勝春朝
아 언 추 일 승 춘 조

晴空一鶴排雲上
청 공 일 학 배 운 상

便引詩情到碧霄
편 인 시 정 도 벽 소

예로부터 가을은 쓸쓸한 계절이라 하지만
나는 가을 햇살이 봄날 햇볕보다 좋나니
가을 하늘 구름 헤치며 학이 날아오르는데
내 마음을 끌고 푸른 하늘로 오르는고녀

—— 유우석 劉禹錫, 772~842

가을을 '우수의 계절'이니 '슬픔의 계절'이니 하면서 쓸쓸한 정서를 노래한 시인묵객(詩人墨客)들이 적지 않지만 당나라 때의 문인 유우석(劉禹錫)은 「추사(秋詞)」라고 이름 붙인 '가을 노래'를 통해 푸른 가을 하늘을 배경으로 구름을 헤치며 날아오르는 하얀 학의 모습을 한 폭의 수묵화로 그려냈다. 학은 시인의 마음을 끌며 높이 솟아오른다.

가을은 결실의 계절인지라 한 해 농사를 수확하는 시기이지만 한철 그리도 '맴-맴-' 하면서 노래하던 매미를 위시하여 무성하던 풀들과 나뭇잎 등 자연의 많은 생명체가 떠나갈 채비를 하여 하나 둘 떠나가는 이별의 시간이기도 하다. 즉 갈 것들은 모두 떠나가는 계절, '갈 철'인 것이다.

지은이 유우석의 자(字)는 몽득(夢得)으로서 당나라 대종대력(代宗大曆) 7년 강소성(江蘇省) 중산(中山)에서 태어났다. 서기 793년, 정원(貞元) 9년에 감찰어사(監察御史)가 되었으나 서기 806년 헌종(憲宗)이 즉위한 이후 연주자사(連州刺史)로 좌천되었다가 다시 낭주(朗州)로 밀려났는데, 이때 「죽지사(竹枝詞)」 10여 편을 지었다. 그는 다시 10여 년간 여러 주로 전전하다가 소환되어 태자빈객(太子賓客)이 되고, 뒤에 검교예부상서(檢校禮部尙書)가 되었는데 오래지 않아 병으로 세상을 떠났다.

백거이(白居易)와 친히 사귀었고, 오언시(五言詩)에 능하여 그의 작품의 3분의 2를 차지한다. 그의 시풍은 민요풍의 소박한 아름다움을 지니고 있으며 그가 전한 시문집으로 『유몽득문집(劉夢得文集)』 30권, 『외집(外集)』 10권 등이 있다.

七十

가을 산을 가다

斜日不逢人 徹雲遙寺磬
사 일 불 봉 인 철 운 요 사 경

山寒秋己盡 黃葉覆樵徑
산 한 추 이 진 황 엽 부 초 경

해 질 녘까지 걸어도 만난 사람 없고
산사의 풍경 소리만 멀리 구름에 닿을 듯
가을 끝 무렵이라 날씨는 쌀쌀한데
단풍 들어 누런 잎 온 산길을 덮네

—— 석지영 石之嶸, 생몰년 미상

조선조 문인 석지영(石之嶸)의 「가을 산을 가다(山行)」는 단풍으로 화려하면서도 저무는 계절의 쓸쓸한 운치를 품은 11월 산야의 정경이 잘 담겨 있다.

몇 해 전의 신종 코로나바이러스의 공포는 삶의 행태를 바꾸어놓았다. 사람들은 복잡한 도심을 떠나 타인과 대면할 일이 적은 명산대천으로 발걸음을 옮기게 됐고, 그곳에서 기대 이상의 위안과 평안을 얻기도 한다.

질병에 잠식당하지 않기 위해서는 높은 산과 깊은 계곡을 오르는 일을 생활화해야 한다. 변함없이 여여(如如)한 모습을 보여주는 산하대지(山河大地)의 실상(實相)을 보면서 사람 또한 어려움을 이겨낼 힘을 얻게 된다. 시정(市井)에서 일어나는 온갖 시시비비와 번잡함을 떠난 산중의 별천지를 걷는 일은 그저 몸을 고단하게 하는 노동이나 운동에 그치는 것이 아니다. 파란 하늘과 높이 솟은 바위 봉우리, 오랜 세월의 풍상이 밴 낙락장송, 부드럽게 얼굴을 스치는 청량한 바람, 다정스레 다가오는 새들의 지저귐, 장광설(長廣舌)로 팔만사천 법문(法門)을 들려주는 계곡의 물소리 등이 빚어내는 한 폭의 산수화는 자신의 한계를 뛰어넘게 하는 치유의 시공간(時空間)인 것이다.

'산중 은자(隱者)'는 하산을 해 복잡한 시정으로 들어가는 것을 그리 탐탁하게 여기지 않는다. 번잡한 곳에서의 인연과 사연에 얽매이는 일 없이 어서 고요한 산중으로 되돌아가길 기대하며 허정허정 발걸음을 옮길 뿐이다.

가을 산
풍광風光

秋山樵路轉　去去唯青嵐
추 산 초 로 전　거 거 유 청 람

夕鳥空林下　紅葉落兩三
석 조 공 림 하　홍 엽 락 양 삼

가을 산 오솔길을 굽이굽이 돌아
가도 가도 푸르스름한 안개뿐…
저녁 새, 빈 숲속으로 날아 내릴 제
붉은 단풍잎 두세 잎 떨어지나니…

—— 김숭겸 金崇謙, 1682~1700

여름, 겨울과 달리 가을 산은 덥고 추운 힘겨운 산행이 아닌 안식과 평안을 경험하게 한다. 여름내 땀에 젖어 있던 얼굴을 청량한 바람에 식히며 산을 오르다 보면 지난 여름의 무더위와 복잡한 감정마저 좋은 추억으로 남게 된다. 단풍이 들고 낙엽이 지는 화려하지만 스산한 가을 산은 시간의 흐름을 깨닫게 하며 세월에 대한 안타까움을 갖게 한다. 그러나 그 망연함 속에서 우리는 삶에 대한 새로운 애착을 발견하며 유익한 계획과 새로운 도전을 세우게 된다. 가을 산은 그래서 여름과 겨울보다 더 특별하고 아름다운 산으로 자리매김하는 것이다.

가을 산의 아름다운 풍광을 한 폭의 그림으로 그려낸 이 시는, 조선 숙종 시절의 문인 김숭겸(金崇謙)이 읊은 「가을 풍경(秋景)」이다. 김숭겸의 자는 군산(君山)이며 호는 관복암(觀復庵)이다. 숙종 15년(1689), 기사환국(己巳換局)으로 조부인 김수항(金壽恒·1629~1689)이 목숨을 잃고 집안이 당화(黨禍)에 휘말리자, 벼슬에 뜻을 두지 않고 영평(永平)의 백운산(白雲山)과 봉은암(奉恩庵) 등에서 학문에 몰두했다. 김수항은 이조판서, 형조판서, 우의정, 좌의정, 영의정 등을 지낸 조선 후기의 대표적인 문신이며 학자다. 기사환국은 소의(昭儀) 장씨(훗날의 장희빈) 소생의 아들 윤(昀)을 원자로 삼으려는 숙종에 반대한 송시열 등 서인이 이를 지지한 남인에게 밀려, 조정의 세력이 서인에서 남인으로 바뀐 일이다.

김숭겸은 맑고 밝은 300여 편의 시문을 남겼지만 19세에 요절하고 만다. 문집에 『관복암시고(觀復庵詩稿)』가 있다.

七十二

풍교에 배를 대고 잠을 청한다

月落烏啼霜滿天
월 락 오 제 상 만 천

江楓漁火對愁眠
강 풍 어 화 대 수 면

姑蘇城外寒山寺
고 소 성 외 한 산 사

夜半鍾聲到客船
야 반 종 성 도 객 선

달은 지고 까마귀 우는데

서리는 하늘에 가득하구나

강가 단풍나무, 고기 잡는 등불을 보며

시름에 잠겨 잠을 청한다

고소성 밖 한산사에서

깊은 밤 종소리는 들려오는데…

—— **장계** 張繼, 생몰년 미상

중국 당나라 때의 시인 장계(張繼)의 「풍교야박(楓橋夜泊)」, 즉 「풍교라는 다리에 배를 정박하고…」라는 제목의 가을 향취 그윽한 시이다. 장계의 자는 의손(懿孫)이며 호북성 양양(襄陽) 출신으로서 검고원외랑(檢考員外郎)이라는 벼슬을 역임한 바 있다.

풍교는 강서성 소주(蘇州)의 서남쪽 교외에 있는 다리이고 고소성 역시 소주의 성이며 한산사 또한 소주의 풍교진에 있는 고찰이다. 장계는 이 시로 인하여 일약 당대의 문장가로 이름을 떨치게 됐다. 그에게는 『장사부시집(張祠部詩集)』 1권이 있으나 이 시 이외의 시들은 그리 널리 알려지지 못했다.

늦가을 밤, 달은 지고 까마귀 우는데 하늘에는 서리가 가득하다. 풍교에 배를 정박하고 강가의 단풍나무와 고기 잡는 등불을 바라보며 시름에 겨워 잠을 청하는데 멀리 고소성 밖 한산사에서 삼경(三更) 자정을 알리는 종소리가 들려온다.

시인이 그린 늦가을의 정취가 어린 풍광(風光)은 한 폭의 산수화로 완성되어 시간과 공간을 넘어서 읽는 이들로 하여금 여실하게 보고 느끼도록 하고 있을 뿐 아니라 저 멀리서 아득히 들려오는 까마귀 소리까지 듣게 해준다. 장계의 이 그림은 가을이 가고 겨울이 다가오는 길목에서 맞닥뜨리면 보는 사람으로 하여금 스스로를 자연의 일부로 느끼도록 만들어주는 묘한 매력을 지니고 있다.

五巽風

선문 禪門

진리의 등불로 세상을 밝힌
선지식(善知識)들의 '도(道) 이야기'

七十三

은산銀山 철벽, 주저 말고 뚫고 나가라

滄海何難測　須彌豈不攀
창 해 하 난 측　수 미 기 불 반

趙州無字話　鐵壁又銀山
조 주 무 자 화　철 벽 우 은 산

푸른 바다, 깊이 헤아리기 어렵지 않고
수미산인들 어찌 등반하지 못하랴
하나, 조주선사의 '무無' 자 화두만큼은
거대한 철벽이요, 험준한 은산이로세

—— 무주 無住, 1623~?

저만치에 와 있는 봄을 바라보며 월봉(月峯) 무주(無住)선사가 쓴 「혜 스님에게 보여주기 위해 읊는다(示慧師)」를 떠올려 본다.

은산(銀山)은 중국 북경(北京) 창평구(昌平區)에 위치한 산으로, 봉우리가 워낙 높고 험준한 데다 겨울이면 늘 흰 눈에 덮여 있어서 붙여진 이름이다. 은산의 기슭은 온통 검은 석벽으로 둘러싸여 철옹성을 이루기에 이를 철벽(鐵壁)이라 부른다. 은으로 이뤄진 산, 무쇠 절벽은 기대고 비빌 언덕조차 없는 난공불락의 요새이다. 좌우엔 시퍼런 물이 흐르는 강이요, 뒤로는 맹수가 입을 쩍 벌리고 있어서 한 발짝이라도 물러나면 죽음이며, 살길은 오로지 저 은산 철벽으로 돌진하여 뚫고 나가는 것뿐이다.

은산 철벽을 유가(儒家)에서는 지양(止揚)해야 할 대상으로 본 데 반해 선가(禪家)에서는 깨달음으로 가는 길에 반드시 넘어야 할 하나의 거대한 장벽으로 본다. 선가에서는 화두(話頭)를 들 때, 마치 은산 철벽 앞에 마주 선 것처럼 어찌해 볼 수 없는 극단의 경계까지 자신을 몰아가고 밀어붙여 마침내 활구(活句)로 이를 타파해야 화두에 계합(契合)한다고 본 것이다.

반드시 넘지 않으면 안 되는 은산 철벽은 비단 구도의 여정(旅程)에서뿐만 아니라 인생 노정(路程)에서도 누구에게나 나타난다. 그때 불퇴전(不退轉)의 정신으로 백 척의 낚싯대 끝에서 과감하게 한 걸음 더 내딛는(百尺竿頭進一步) 것만이 유일한 해결책이라 할 수 있다. "생사를 초탈하여 앞으로 나아가 곧바로 돌진하여 은산 철벽을 뚫고 넘어가라, 결코 묻지도 따지지도 말고(但從鐵壁銀山透 不問如何又若何)"라고 읊은 한 선사의 말처럼 말이다.

티끌세상을
일 없이 한가롭게 사네

道在於身不在山
도 재 어 신 부 재 산

塵中無事是高閑
진 중 무 사 시 고 한

龐公亦有妻并子
방 공 역 유 처 병 자

萬落村城獨掩關
만 락 촌 성 독 엄 관

도는 산에 있지 않고 내 안에 있는 법
티끌세상을 일 없이 한가롭게 사네
방거사는 아내와 자식을 두었지만
성안 마을에서 홀로 사립문 닫았네

—— 허응 보우 虛應普雨, 1509~1565

조선 중기의 고승 허응 보우(虛應普雨)선사가 깊은 통찰을 담아 쓴 「고한(高閑)」이라는 제목의 시이다. 선사는 1530년 금강산 마하연암에 들어가 수도하다가 명종의 모후로 불심(佛心) 깊은 문정왕후(文定王后)의 신임을 얻어 1548년에 봉은사(奉恩寺) 주지가 되었다. 그 후 선종과 교종을 부활시키고 문정왕후가 섭정할 때에 봉은사를 선종(禪宗)의 본산(本山), 봉선사(奉先寺)를 교종(敎宗)의 본산으로 삼았다. 선사는 승과(僧科)를 부활시키고 도첩제를 다시 실시하게 하는 등 숭유억불 정책으로 탄압받던 불교의 부흥에 크게 기여하였다. 그러나 이러한 노력은 문정왕후의 죽음으로 종막을 고하였다. 선사는 유림(儒林)의 기세에 밀려 승직을 삭탈당하고 명종 20년(1565), 제주도로 유배되었다가 제주 목사(牧使)에게 죽임을 당하니 세수(世壽) 56세(법랍 49)였다.

방공은 방거사(龐居士)를 지칭하는데 이름은 온(蘊)이요, 자는 도현(道玄)으로서 양양(襄陽)사람이다. 잠시 성남에서 살 때 수행할 암자를 가택 서쪽에 세우고 수년 뒤에는 전 가족이 득도(得道)하니 지금의 오공암(悟空庵)이고, 후에 암자의 아래에 있는 옛집을 희사하니 지금의 능인사(能仁寺)이다.

어느 날 우공이 문안을 왔다. 거사는 우공의 무릎에 손을 얹고 잠시 돌아보며 말하기를 “다만 원컨대 있는바 모두 공하니 삼가 없는바 모두가 있다고 마라. 잘 계시오. 세상살이는 다 메아리와 그림자 같은 것이니” 하고 말을 마치자 이상한 향기가 방안에 진동하였다. 거사가 단정히 앉아 깊은 사색에 들자 우공이 급히 붙들려 했으나 거사는 이미 열반에 들었다.

七十五

청량산의 대중은 삼삼三三이라네

千峰盤屈色如藍
천 봉 반 굴 색 여 람

誰謂文殊是對談
수 위 문 수 시 대 담

堪笑清凉多少衆
감 소 청 량 다 소 중

前三三與後三三
전 삼 삼 여 후 삼 삼

천 개의 산봉우리 굽이굽이 쪽빛처럼 푸르른데
그 누가 문수와 이야기 나누었다 하는가
우습구나, 청량산의 대중이 얼마냐고 묻다니
앞에도 삼삼이고 뒤에도 삼삼이라네

—— 설두 중현 雪竇重顯, 980~1052

지리산 주능선의 영신봉에서 남쪽으로 뻗어 내려간 산을 삼신산이라 하고 명선봉에서 북쪽으로 뻗어 내려간 산을 삼정산이라 한다. 삼정산 해발 1,000미터가 넘는 고지대 바위 봉우리 아래 마치 한 폭의 진경산수화처럼 아름다운 모습으로 자리하고 있는 상무주암은 고려 때의 보조국사가 대혜 종고(大慧宗杲)선사의 어록을 읽다가 활연 대오한, 기연(機緣)을 지닌 유서 깊은 고찰이다. 그곳에 들어서면 '千峯盤屈… 後三三'의 28글자로 구성된 주련(柱聯)이 눈길을 끈다. 중국 송나라 때 운문종의 고승, 설두 중현(雪竇重顯) 화상의 선시(禪詩)로서 이 시에 얽힌 이야기를 간추리면 대략 이렇다.

문수(文殊)보살이 상주한다는 오대산 성지순례 길에 오른 무착(無着)선사가 해진 산중을 지날 때 저 멀리 불빛이 휘황하게 비치기에 다가가니 위용 있는 절이 나타났다. 문을 열고 들어가자 동자승 하나가 기다렸다는 듯 절 안으로 안내했다. 절 주인으로 보이는 한 노인이 무착선사에게 차와 자리를 권하며 물었다. "어디서 오시는가?" "남방에서 왔습니다." "요즘 남방에서는 어떻게 불법(佛法)을 실천하는가?" "말법(末法)의 비구들이라 그저 약간의 계율을 지키는 정도입니다." "그런가? 그럼 그 절에 머무는 대중은 어느 정도인가?" "300에서 500명 정도입니다." 이번엔 무착선사가 노인에게 물었다. "이곳에서는 어떻게 불법을 실천합니까?" "범부와 성인이 같이 살고 용과 뱀이 뒤섞여 있다네." 어리둥절한 무착선사가 다시 물었다. "이 절에 머무는 대중은 얼마나 됩니까?" "전삼삼후삼삼(前三三後三三)이라네." 다음 날 무착선사가 잠에서 깨어보니 절은 온데간데없고 홀로 수풀 속에 누워 있었다.

고향 돌아오매
세월 많이 흘렀네

自小來來慣遠方　幾廻衡岳渡瀟湘
자 소 래 래 관 원 방　기 회 형 악 도 소 상

一朝踏着家鄕路　始覺途中日月長
일 조 답 착 가 향 로　시 각 도 중 일 월 장

어린 시절부터 머나먼 길에 익숙하여

형악을 돌고 소상강 건너기 몇 번이던가

어느 날 아침에 고향으로 돌아와 보니

길에서 보낸 나날이 오랜 세월임을 알았네

—— **야보 도천** 冶父道川, 생몰년 미상

야보 도천(冶父道川) 스님은 속성이 적씨(狄氏)요, 이름은 삼(三)이다. 곤산(昆山·지금의 산동성 제성현) 사람으로서 생몰연대가 뚜렷하지 않고 송나라 사람으로만 알려졌다. 출가 전에는 현청에서 범인을 잡는 하급관리 포쾌(捕快) 일을 하기도 했다.

적삼은 설법을 듣거나 참선하기를 좋아했다. 한번은 설법을 듣느라 윗사람이 맡긴 일을 잊어버렸는데, 이 때문에 문책이 가해지던 순간 깨달음이 일어 곧바로 출가했다. 평소에 설법을 해주던 동재(東齋)의 도겸(道謙)선사는 적삼의 이름을 도천(道川)으로 바꾸고 이렇게 말했다.

"천(川)은 곧 삼(三)이다. '삼(三)'을 바로 세워 '천(川)'이 된 것처럼 지금부터 등뼈를 곧추세워 정진한다면 그 도(道)가 시냇물처럼 불어날 것이다. 그러니 이제부터 해탈의 큰일을 위해 바른길을 가야 한다. 그렇지 못하면 다시 옛날의 적삼으로 돌아가고 말 것이다."

도천은 스승의 가르침을 가슴에 새기고 정진하였다. 남송(南宋) 건염(建炎) 초년(1127) 구족계를 받은 후에는 곳곳으로 배움을 찾아 돌아다녔다. 도천이 행각 후에 동재로 돌아오자 승(僧)과 속(俗)을 망라하여 대중이 한마음으로 맞이하여 공경하였다. 사람들은 도천선사에게 『금강반야경(金剛般若經)』 강의를 요청했고, 도천은 게송을 지어 강의하였는데, 이 게송은 지금도 널리 읽히고 있다.

七十七

청산青山은 나에게 말없이 살라 하네

青山兮要我以無語
청 산 혜 요 아 이 무 어

蒼空兮要我以無垢
창 공 혜 요 아 이 무 구

聊無愛而無惜兮
료 무 애 이 무 석 혜

如水如風而終我
여 수 여 풍 이 종 아

청산은 나에게 말없이 살라 하고

창공은 나에게 티 없이 살라 하네

사랑할 것도, 아쉬워할 것도 없어라

물처럼, 바람처럼 살다가 가리니

—— 혜근 惠勤, 1320~1376

"청산은 나를 보고 말없이 살라 하고 / 창공은 나를 보고 티 없이 살라 하네 / 탐욕도 벗어놓고 성냄도 벗어놓고 / 물같이 바람같이 살다가 가라 하네"라는 노랫말과 아름다운 멜로디로 세상에 더욱 널리 알려진, 고려 말엽의 나옹 혜근(懶翁惠勤)선사의 선시(禪詩)이다.

선사는 나이 21세 때 문경 공덕산 묘적암(妙寂庵) 요연(了然)선사를 찾아가 출가한 이래 전국의 사찰을 편력하면서 정진하다가 24세 때(1344) 양주 천보산 회암사(檜巖寺) 석옹(石翁) 화상 회상에서 크게 깨달음을 얻는다. 이후 선사는 원나라 연경으로 건너가 법원사에서 인도 스님 지공(指空)선사의 지도를 받고 자선사 처림(處林)의 법맥을 이은 뒤 광활한 중국을 주유하고는 공민왕 7년(1358)에 귀국한다.

선사가 57세 되던 해에 왕명(王命)에 따라 밀양 형원사로 가는 도중 여주 신륵사(神勒寺)에 당도해 대중을 모아놓고 법상(法床) 위에 올라 앉아 "너희를 위하여 열반불사를 마치겠노라"라는 마지막 법문을 마치고 열반에 드니 봉미산 봉우리엔 오색구름이 덮였고, 선사를 태우고 다니던 말은 먹기를 그치고 슬피 울었다고 전한다. 우왕 2년(1376) 5월 15일, 스님이 된 지 37년 만이었다. 선사의 법맥은 무학(無學)대사가 이었고, 목은(牧隱) 이색(李穡)이 위와 같은 일들을 비문에 적었다. 나옹 선사 비와 부도는 회암사 터와 신륵사에 있다.

마음이 태연하면 온몸이 따를지니

胡僧眼豈從藍碧
호 승 안 기 종 남 벽

仙客顏非假酒紅
선 객 안 비 가 주 홍

玉本無瑕光亦好
옥 본 무 하 광 역 호

心田苟淨貌相同
심 전 구 정 모 상 동

인도 스님 푸른 눈빛, 쪽에서 나오나

신선 얼굴 붉은색, 술 때문이 아니라네

옥이 티 없는 데다 빛깔 또한 좋듯이

마음 밭 깨끗하매 얼굴 또한 맑도다

—— 함허 득통 涵虛得通, 1376~1433

고려 말, 조선 초기에 활동하였던 고승 함허당(涵虛堂) 득통(得通)선사의 심신의 평안에 관한 시이다. 선사는 고려 우왕 2년(1376) 충청도 충주의 유씨(劉氏) 집안에서 태어나 어린 시절에 이미 경사(經史)를 공부하였으며 21세 되던 해에 세상사의 무상(無常)을 절감하여 서울 관악산 남쪽 의상암으로 들어가 출가 득도(得度)하였다.
조선 태조 6년(1397)에 경기도 양주의 회암사로 가서 무학대사에게 법요를 듣고 그 뒤 제산을 편력했다. 경상도 상주 공덕산 대승사, 개성의 천마산 관음굴 등지에서 크게 현풍(玄風)을 드날리다가 세종 13년(1431), 희양산 봉암사를 중수한 뒤 동 15년, 세상 나이 58세, 수행 나이 법랍(法臘) 38하(夏)를 일기로 열반에 들었다. 남긴 저서로는『금강경오가해설의(金剛經五家解說誼)』『현정론(顯正論)』『함허어록(涵虛語錄)』『원각경소(圓覺經疏)』 등이 있으며 그의『금강경오가해설의』 서문은 명문장으로 특히 유명하다. 애초 선사의 법호는 무준(無準), 법명은 수이(守伊)였으나, 오대산 영감암에서 어느 날 꿈에 한 신승(神僧)이 나타나 "법명을 기화(己和), 법호를 득통(得通)이라 하라"고 한 말에 따라 명호를 바꿨다. 함허당은 그가 머물던 당우(堂宇)의 명칭에서 유래한 당호이다.
이 시는 본래「하늘 임금이 태연하면 온몸이 그 명령을 따른다(天君泰然百體從令)」라는 제목의 시이다. '우주라 할 수 있는 존재의 주재자인 마음이 태연스레 너그럽게 백성을 대하면 천하의 백성이라 할 사지(四肢) 백절(百節) 오장육부(五臟六腑) 몸체들은 질서정연하게 주재자의 명령에 따르게 된다'는 표현의 법문(法門)을 통해 수행 도정(道程)의 훌륭한 이정표를 제시하고 있다.

송죽松竹 옆에 있는 밭을 다시 산 까닭

山前一片閑田地
산 전 일 편 한 전 지

叉手丁寧問祖翁
차 수 정 녕 문 조 옹

幾度賣來還自買
기 도 매 래 환 자 매

爲隣松竹引淸風
위 린 송 죽 인 청 풍

산 밑에 자리한 한 뙈기 묵은 밭

손 맞잡고 노인께 공손히 물었더니

몇 번이고 팔았다가 다시 산 까닭은

송죽에 불어오는 맑은 바람 때문이라네

—— **오조 법연** 五祖法演, 1024~1104

중국 송나라 때의 고승 오조 법연(五祖法演·1024~1104)선사가 도를 깨닫고 읊은 오도송(悟道頌)이다. 선사의 속성은 등(鄧)씨로 사천성(四川省) 면주부(綿州府) 파서(巴西)에서 출생하였다. 35세에 출가해 처음에는 강당에서 '백법(百法)' '유식론(唯識論)'을 주로 공부하였다. 뒤에 백운(白雲)선사의 회상에 가 있을 때 한 스님이 남전(南泉) 화상의 '마니주 화두'에 대하여 물었는데 백운선사의 크게 꾸짖는 소리를 듣고는 그 자리에서 깨달은 바가 있어 온몸에 땀을 흘리면서 읊은 게송이다. 이에 백운선사의 인가를 받고 그의 법을 이어 서주(舒州) 사면산(四面山)에서 교화하였으며 다시 백운산, 그다음에는 태평산, 마지막은 근주 오조산(五祖山) 동선사(東禪寺)에서 크게 교화하여 많은 제자를 배출하였다.

선사는 제자 불감 혜근 스님이 중국 서주에 있는 태평사(太平寺)의 주지를 맡게 되자 제자를 위해 법연사계(法演四戒)라고 널리 알려진 네 가지 계율을 내려 경계하였다. '권력을 다 행사해서는 안 되며(勢不可使盡) 복을 다 누리지 말아야 한다(福不可受盡). 규율을 다 시행해서는 안 되고(規矩不可行盡) 좋은 말을 다 하지 말아야 한다(好語不可說盡).' 권세를 다 행사하면 반드시 재앙이 닥치게 되고 복을 다 누리면 반드시 인연이 외로워지며, 규율을 다 시행하면 사람들이 반드시 번거롭게 여길 것이고 좋은 말을 모두 다 하면 사람들이 반드시 쉽게 여기게 되기 때문이라고 경계한 것이다.

선사는 송나라 휘종(徽宗) 숭령(崇寧) 3년에 80세로 입적하였다.

소를 타고 소를 찾는 이여…

斫來無影樹 燋盡水中漚
작 래 무 영 수 초 진 수 중 구

可笑騎牛者 騎牛更覓牛
가 소 기 우 자 기 우 갱 멱 우

그림자 없는 나무를 베어다가
물거품을 태우나니
어허 우습도다, 소를 탄 사람이여
소를 타고 소를 찾는구나…

—— 청허 휴정 淸虛休靜, 1520~1604

이 시문은 청허 휴정(淸虛休靜)대사가 제자 소요 태능(逍遙太能·1562~1649)에게 내려주어 깨달음을 성취하게 한 결정적 시(詩)로 전해온다. 서산(西山)대사라는 별호로 더 잘 알려진 휴정선사는 임진왜란을 맞아 신의주 지역으로 피란을 갔던 '선조 임금'을 한양으로 모셔 온 후 평안북도 묘향산(妙香山) 내의 원적암(圓寂庵)에서 여생(餘生)을 보내고 있었다.

이때 경학(經學)에 통달하여 제자들에게 경전을 전문적으로 가르치는 소임을 하기도 했으나 문자(文字)만으로는 나고 죽는, 가장 중대한 문제를 해결할 수 없다는 사실을 깨달은 소요 태능 스님이 85세의 노장 서산대사를 찾아온 것이다.

서산대사는 흔쾌히 제자로 받아주고는 『능엄경(楞嚴經)』만을 하루에 겨우 다섯 줄씩 가르쳐주었는데 이에 큰 실망을 한 소요 스님은 스승을 찾아가 작별을 고하였다.

서산대사는 떠나는 제자에게 뭔가를 적은 쪽지를 건네주며 "정녕 떠나겠다면 할 수 없는 일이지만 이 쪽지는 그대에게 해줄 이야기를 적은 게송이니 언제든 읽어보도록 하게. 아마도 내 다비(茶毘·화장)는 그대가 하게 될 것이네"라고 한다.

소요 스님은 부지런히 앞만 보고 가다가 산모퉁이를 돌 때 잠시 쉬면서 스승이 준 쪽지를 꺼내 스무 글자로 이루어진 게송을 읽어내려가다가 크게 깨닫고는 즉시 발길을 돌려 돌아갔다. 그러나 스승 서산대사는 이미 입적(入寂)한 뒤였고 예언대로 소요 스님은 스승의 법구를 손수 다비하였다.

봄 언덕에
복사꽃 흩날린다

月入三江水　花飛兩岸春
월 입 삼 강 수　화 비 양 안 춘

嬴劉君莫說　太半是仙人
영 유 군 막 설　태 반 시 선 인

달은 세 갈래 강물 속으로 들어가고

봄 언덕에 복사꽃 흩날린다

진나라 영가니 한나라 유가니 말을 마소

여기 사람 절반은 신선이리니

—— **청허 휴정** 淸虛休靜, 1520~1604

이 시는 세간에 서산(西山)대사라는 별칭으로 널리 알려진 조선 중기의 고승 청허 휴정(淸虛休靜)선사의 「무릉동(武陵洞)에 노닐다」라는 시로, 무릉동이란 도연명(陶淵明)의 「도화원기(桃花源記)」에 등장하는 별천지를 이른다. '무릉 이야기'는 지금까지 일천수백 년 동안 시와 그림의 소재로 심심찮게 활용되어 많은 이의 입에 오르내린 바 있는데 그 줄거리를 소개하자면 대략 이렇다.

"무릉에 사는 한 어부가 어느 날 배를 타고 강물을 거슬러 올라갔다. 얼마를 갔을까. 강의 상류에 이르렀을 때 복사꽃 꽃잎이 물 위에 떠내려오는 것이 보였다. 사방을 두리번거리다가 어부는 겨우 한 사람이 드나들 수 있는 작은 구멍을 발견하고 그 구멍 속으로 들어가 한참을 걸었더니 이윽고 평지가 나오고 한 촌락에 다다랐다. 그곳에 사는 사람들은 바깥세상을 전혀 모른 채 안락하게 살고 있었는데 그들과 이야기를 나누다 보니 모조리 500년도 더 지난 진나라 시절의 일에 관한 것뿐이었다. 그들의 말에 따르면, 진시황 때 조상들이 폭정(暴政)을 피해 이 깊은 산골의 구멍 속 세상으로 피란하여 500~600년 넘게 살아오고 있다는 것이었다."

이 이야기를 소재로 읊은 시 중 대표적인 것이 바로 이태백(李太白)의 "… 복사꽃 물 위에 떠서 아득히 흘러가는 곳(桃花流水杳然去) / 별천지가 있는데 인간세계 아니더라(別有天地非人間)"라는 시이다. 청허 선사 역시 「도화원기」에서 착안해 우리나라의 무릉도원이라고 일컬어지는 지리산 하동 쌍계사 부근 청학동을 염두에 두고 이 시를 읊은 것으로 짐작된다. 청허 선사는 쌍계사 상류 지역의 의신골에 있는 조그만 암자에서 숭인(崇仁) 장로를 은사로 출가했다.

봄빛으로 눈부신 산길을 간다

九龍山下一條路　無限春光煥目前
구 룡 산 하 일 조 로　무 한 춘 광 환 목 전

紅白花開山影裏　行行觀地又觀天
홍 백 화 개 산 영 리　행 행 관 지 우 관 천

구룡산 밑으로 난 한 줄기 산길
끝없이 펼쳐진 봄빛으로 눈이 부셔라
화창한 봄날, 하얀 꽃, 빨간 꽃
형형색색으로 피어나 미소 짓는
산길을 간다, 고요한 별천지를 간다
청정법신 비로자나불이 반기는 곳
가다가 하늘을 보고, 땅을 보면서
말없이 걷고 또 걷는다

—— 함허 득통 涵虛得通, 1376~1433

고려 말, 조선 초기의 고승 함허당(涵虛堂) 득통(得通)선사의 「길 가는 도중에 짓다(途中作)」라는 서정시이다.
함허 선사는 어느 봄날, 온 산을 연둣빛으로 물들이면서 형형색색의 꽃으로 미소 지으며 소리 없는 법문(法門)을 들려주는 서방정토 극락세계의 청정법신(淸淨法身) 비로자나불을 만난다. 이어서 첩첩의 산봉우리 사이를 울리며 흐르는 계곡물 소리가 말해주는 팔만사천 법문을 듣는다. 그것은 바로 아득한 옛적 영산(靈山)회상에서 세상을 향해 포효하는 사자(獅子)처럼 거침없이 쏟아내는 석가모니 부처님의 장광설(長廣舌)이다.
조선왕조의 억불숭유(抑佛崇儒) 정책으로 말미암아 당대 불교계의 사부대중 모두가 숨 막히는 현실의 고통을 감내하며 다 같이 눈물을 흘리던 암울한 시대이지만 잠시나마 속세를 떠나 자연계의 별천지로 들어서면 또 다른 세상이 펼쳐진다. 선사의 눈에 비친 청정법신의 푸른 산과 포효하는 계곡물 소리의 사자후(獅子吼)는 도저히 속진이 미칠 수 없는 동천(洞天) 선계(仙界)의 생생한 법문이요, 생기를 머금은 화사한 봄 산의 희고 붉은 꽃들은 바로 그 옛날 스승과 제자가 말없이 주고받았던 염화미소(拈華微笑)이다.
함허 선사는 충청도 충주 출신으로, 21세에 관악산 의상암에서 스님이 되었으며 이듬해 경기도 양주 회암사에 머물던 무학(無學)왕사를 찾아가 법요(法要)를 공부한 뒤 그의 법맥을 이어받았다. 세종 13년(1431), 경북 문경의 희양산 봉암사를 중수하였으며 세종 15년, 그곳에서 나이 58세(법랍 38)로 세연(世緣)을 마치고 입적하였다. 『금강경오가해설의』『현정론』 등 많은 저술을 남겼다.

홀로 거닐며 봄꽃을 즐기나니

曳杖尋幽逕　徘徊獨賞春
예 장 심 유 경　배 회 독 상 춘

歸來香滿袖　蝴蝶遠隨人
귀 래 향 만 수　호 접 원 수 인

지팡이 흔들며 깊은 산길을 간다
홀로 거닐며 봄꽃을 즐기나니
돌아오는 길, 옷에는 향내가 가득해
나비가 멀리 사람을 따라온다

—— 환성 지안 喚醒志安, 1664~1729

'조선 불교 3대 순교(殉教) 성인(聖人)'으로 알려진 조선 중기의 고승 환성 지안(喚醒志安) 스님의 봄 정취 가득한 「봄을 즐기다(賞春)」라는 시이다.

봄이 오면 세상은 온통 '꽃 천지'로 바뀐다. 인고(忍苦)의 세월을 덮고 있던 흰 눈을 뚫고 짙은 향내를 진동하며 매화가 만발하는 것을 계기로 산에서는 생강나무꽃, 들에서는 산수유꽃이 온 세상을 노란빛으로 물들이기 시작하고, 이어 산과 들에서 진달래꽃, 벚꽃, 복사꽃, 살구꽃, 자두꽃 등 온갖 꽃들이 봄의 향연을 벌인다. 그래서 '춘안거(春安居)' 기간에 행해지는 봄철 산행은 대지(大地)가 미소(微笑)를 보여주는, 소리 없는 법문(法門)에 심취하여 무아(無我)지경으로 들어가 정진하는 '행선 삼매(行禪三昧)'라 하겠다.

지은이 환성 스님은 석가모니 부처님의 10대 제자 중 설법 제일의 부루나에 비견되어 '해동의 부루나'로 불렸던 화엄학 대가이다. 강원도 춘천 출신으로 15세에 양평 미지산 용문사에서 스님이 된 뒤 상봉 정원(霜峰淨源) 스님에게 구족계를 받고 17세에 월담 설제(月潭雪霽) 스님의 법맥을 이었으며, 27세에 김천 직지사 모운(慕雲) 스님을 찾아가 가르침을 받은 뒤 스승의 뒤를 이어 종풍(宗風)을 크게 드날렸다. 그러나 영조 5년(1729) 무고에 의해 체포되어 호남의 감옥에 갇히고, 이어 제주도로 귀양 가서 7일 만에 죽음을 맞는다. 무지(無知)와 편견이 사람을 죽일 수는 있지만 법문에 담긴 진리와 진리를 노래한 시는 결코 사라지지 않음을 이 시는 잘 보여준다.

봄기운에 온 산과 들이
곱게 되살아나네

承春高下盡鮮姸
승 춘 고 하 진 선 연

雨過喬林叫杜鵑
우 과 교 림 규 두 견

人靜畫樓明月夜
인 정 화 루 명 월 야

醉歌歡酒落花前
취 가 환 주 낙 화 전

봄기운 받아 온 산과 들이 곱디고운데

비 그친 고요한 숲속에서 두견새 우네

인적 없는 단청 누각에 달빛은 쏟아지고

흩날리는 꽃비 속에 술에 취해 노래하네

—— 정엄 수수 淨嚴守遂, 1072~1147

춘삼월의 훈풍이 남쪽으로부터 날아오더니 홍매화, 백매화, 청매화가 꽃망울을 터뜨리고 산수유, 진달래, 살구꽃이 연이어 꽃을 피우며 온 산과 들을 물들인다. 코끝을 스치는 짙은 매화 향이 겨울을 밀치며 문득 우리 곁에 다가온 봄을 느끼게 한다.
봄볕의 따뜻한 기운을 받아 온 산과 들이 곱디고운 빛깔로 물드는데 봄비가 훑고 지나간 숲속에서 두견새 우니, 그 맑은 새소리에 숲이 얼마나 고요한지 새삼 깨닫게 된다. 인적 없는 단청 누각에 밝은 달빛은 쏟아지는데 바람에 흩날리는 꽃잎들이 비처럼, 눈처럼 내리니 절대 고독의 존재인 한 선객(禪客)이 향기로운 '곡차(술)'를 마시며 기쁨에 겨워 시를 읊다가 노래를 부른다.
달빛 가득한 단청 누각에 앉아 고요한 숲을 채우는 두견의 울음소리와 바람에 흩날리는 꽃비에 심취한 선객의 '곡차'만큼 향기로운 것은 없으며 이 문인화(文人畵)만큼 서정적인 풍경은 다시 없으리라.
중국 송대 조동종(曹洞宗)의 스님 정엄 수수(淨嚴守遂)의 솜씨인 이 시문에는 자연을 통한 선풍(禪風)의 깨달음이 서정적으로 담겨 있다. 정엄 수수선사는 나이 27세에 머리를 깎고 스님이 되었으며 훗날 대홍 보은(大洪報恩)의 법제자가 됐다. 송 휘종대에는 정엄(淨嚴)이란 사호(賜號)를 받았고 대홍의 법석을 이어받으며 많은 이의 존경과 숭배를 받았다고 전해진다.

지는 꽃, 향기…
말 없는 설법說法

落花香滿洞　啼鳥隔林聞
낙 화 향 만 동　제 조 격 림 문

僧院在何處　春山半是雲
승 원 재 하 처　춘 산 반 시 운

지는 꽃의 향기 골짝에 가득하고
우짖는 새소리 숲 넘어 들려온다
절은 어디메 있는가
봄 산은 절반이 구름일레

—— 청허 휴정 淸虛休靜, 1520~1604

삼봉산의 봄이 저물면서 벌써 지는 꽃의 향기가 온 산골짜기마다 가득 차곤 한다. 어젯밤 비바람에 또 얼마나 많은 꽃잎이 덧없음(無常)의 법칙을 보여주고 떠났는가.

조선 중기의 고승 청허 휴정(淸虛休靜)이 가야산에서 읊었던 이 시는 예나 지금이나 변함없는 자연설법(自然說法)을 세상 사람들에게 들려주고 있다. 아름다운 자태로 존재하다가 표표히 떠나가는 꽃잎들이 전하는 무언의 설법과 보이지 않는 숲속 새들이 간간이 들려주는 꾸밈없는 시어(詩語)들은 늦봄의 정취를 더해준다.

자연계의 모든 존재는 자연의 소생물로서 자연계의 이법(理法)에 따라 무위자연(無爲自然)으로 살아가고 있음에 반하여, 같은 자연 소생물이면서 유독 사람만큼은 반자연(反自然)의 삶을 살아가는 예가 허다하다.

반자연의 삶을 사는 한 탈이 없을 수 없고, 건강이 온전할 리 없으며, 더군다나 병 없이 건강하게 오래 살 가능성은 희박할 것이 자명하다. 그러면서도 뭐가 '잘못된 것'인지에 대해 문제의식조차 갖지 못하고, 살아지는 대로 맘 편하게 살다가 자연계로부터의 가벼운 경고라도 받게 되면 혼비백산하여 스스로 '죽을 길' 찾아 들어가는 경우가 다반사다.

제발 그런 우매한 사고방식에서 속히 벗어나 제 생명의 존귀성에 먼저 눈 뜬 뒤에 건강할 때 제 건강 지킬 수 있을 정도의 바른 상식을 갖추기를 염원해 본다.

비 온 뒤라
산 더욱 푸르고…

捲箔引山色　連筒分澗聲
권 박 인 산 색　연 통 분 간 성

終朝少人到　杜宇自呼名
종 조 소 인 도　두 우 자 호 명

山青仍過雨　柳綠更含煙
산 청 잉 과 우　유 록 갱 함 연

逸鶴閑來往　流鶯自後先
일 학 한 래 왕　유 앵 자 후 선

발을 걷어 올려 산빛 끌어오고
댓통 연결해 계곡물 소리 가르네
아침나절 찾아오는 이도 없건만
뻐꾸기는 제 이름을 부르며 우네
비 온 뒤라 산 더욱 푸르고…
버들잎 초록빛은 안개 머금었네
한가한 두루미 여유로이 오가는데
나는 꾀꼬리 앞서거니 뒤서거니

—— **원감 충지** 圓鑑冲止, 1226~1293

고려 후기의 스님이자 시인인 원감 충지(圓鑑冲止)국사의 작품으로, 비 온 뒤 정경을 표현한 「한가한 가운데 그냥 읊다(閑中雜詠)」라는 제목의 시이다. 심산유곡의 명산대찰을 비롯해 이런저런 사연을 안고 일생을 산에서 사는 이들이 적지 않지만, 대다수는 그저 "봄이 오면 오는가 보다, 꽃이 피면 피는가 보다, 소쩍새가 울면 우는가 보다, 계곡물 소리가 들리면 물이 흐르는구나…"라고 받아들일 뿐 심심미묘한 자연의 법문(法門)에 대해 알지도 못하고 알려고도 하지 않으므로 아무런 깨달음 없이 목석(木石) 같은 존재로 살다가 생을 마감하고 만다. 그러나 이 시를 곰곰 음미해 보면 자연불(自然佛)의 청량한 법문을 들려주는 듯한 법어(法語)라는 사실을 깨닫게 될 것이다.

작자 원감국사의 속성은 위(魏), 이름은 원개(元凱)로 정안(定安·지금의 장흥) 출신이다. 고려 고종 13년(1226) 11월에 태어나 충렬왕 18년(1292)에 세상 나이 67세, 법랍 39세로 입적하였다. 충렬왕은 원감국사(圓鑑國師)라는 시호와 함께 보명(寶明)이라는 탑명을 내렸다. 9세에 공부를 시작하여 19세인 고종 31년(1244)에 장원 급제 후 28세까지 관직 생활을 하다가 원오국사(圓悟國師) 천영(天英)의 문하로 출가하였다. 41세에 김해 감로사(甘露寺)의 주지가 되었고, 61세인 1286년 2월에 원오국사가 왕에게 수선사(修禪社)의 사주(社主)로 그를 추천하고 입적하자 6월에 수선사의 제6세 국사가 되었다. 수선사의 전통을 계승하는 데 뜻을 두고 교화 생활에 몰두하였으며 특히 선교일치(禪敎一致)를 주장하였다. 문집으로 『원감국사집(圓鑑國師集)』 1권이 전하며, 『동문선(東文選)』에 시 19수와 문 29편이 뽑혀 있어, 스님의 작품으로는 가장 많은 것으로 알려졌다.

하얀 배꽃이 집 안으로 날아든다

梨花千萬片　飛入清虛院
이 화 천 만 편　비 입 청 허 원

牧笛過前山　人牛俱不見
목 적 과 전 산　인 우 구 불 견

하얀 배꽃 잎이 천 조각, 만 조각

바람에 흩날리며 집 안으로 날아든다

목동의 피리 소리 앞산을 지나가는데

둘러보니 사람도 소도 보이지 않네…

—— 청허 휴정 清虛休靜, 1520~1604

'서산(西山)'이라는 별호로 더 잘 알려진 청허 휴정(淸虛休靜)선사가 지은「사람도 경계도 모두 사라지고 없다(人境俱奪)」라는 제목의 선시(禪詩)는 언제나 마음을 그윽하고 투명하게 만든다.

불성(佛性)을 찾아 깨달음을 성취하는 것을 소 찾는 것에 비유한 십우도(十牛圖)에서 '인우구망(人牛俱忘)'은 소 다음에는 자기 자신도 잃어버린 상태를 묘사한 것으로 텅 빈 원상(圓相)만을 그리게 된다. 객관이었던 소를 잃어버렸으면 주관인 동자 또한 성립되지 않는다는 주객분리 이전의 상태를 상징한 것으로 이 경지에 이르러야만 비로소 완전한 깨달음이라고 일컫게 된다.

지은이의 법명은 휴정이고, 속성은 최씨(崔氏), 이름은 여신(汝信), 자는 현응(玄應), 본관은 완산(完山)이다. 휴정은 평안도 안주에서 태어났다. 3세 되던 해 한 노인이 나타나 "꼬마 스님을 뵈러 왔다"면서 두 손으로 어린 여신을 번쩍 안아 들고 몇 마디 진언을 외며 머리를 쓰다듬은 뒤, 아이의 이름을 '운학(雲鶴)'이라 할 것을 권유하여 아명으로 정했다. 운학은 15세에 과거에 응시했으나 떨어졌으며, 이후 스승을 찾아 동료들과 호남으로 갔다가 돌아오는 길에 지리산에 들어가 하동 쌍계사 뒤쪽 의신골의 한 암자에서 숭인(崇仁) 장로를 만나 출가했다. 18세 무렵, 부용 영관(芙蓉靈觀)선사에게서 선(禪)을 배워 21세에 깨달은 바가 있어 인가받았으며, 이후 8년 만에 남원의 한 마을을 지나다가 닭 우는 소리를 듣고 크게 깨달아 오도송(悟道頌)을 읊었다. 말년에는 금강산에 상주하다 1604년 묘향산 원적암에서 설법을 마치고, 자신의 영정에 임종게(臨終偈)를 쓰고 좌선한 채 입적(入寂)했다. 법랍 67세, 나이 85세였다.

유월에 흩날리는 서릿발 눈발

六月飛霜雪　渾身冷似鐵
유 월 비 상 설　혼 신 냉 사 철

聲搖洞壑心　色奪虛空骨
성 요 동 학 심　색 탈 허 공 골

유월 하늘에 서릿발과 눈발이 흩날리니
쇠처럼 찬 기운, 온몸을 휘감는다
폭포수 굉음은 골짜기 심장을 뒤흔들고
세찬 물줄기는 하얀 허공의 뼈를 드러낸다

—— 청허 휴정 淸虛休靜, 1520~1604

'서산대사(西山大師)'라는 별호로 더 잘 알려진 청허 휴정(淸虛休靜)이 경상도 하동의 지리산 '불일(佛日)폭포'를 보고 읊은 이 시문은 뼛속까지 스미는 한기로 가득하다. 불일폭포는 지리산 10경 중 하나로 좌측의 청학봉과 우측의 백학봉 사이의 협곡에서 내려오는 물줄기가 60여 미터에 이르며 주변의 기암괴석이 잘 어우러져 장엄하고 웅장한 분위기를 자아낸다. 깊은 산 계곡을 뒤흔드는 물소리는 모든 소리를 다 삼킨 진리의 사자후(獅子吼)요, 허공의 뼈인 양 허옇게 드러나는 폭포의 물줄기는 일체의 상(相)을 여읜 '무상(無相)의 법신(法身)'이라 하겠다. 휴정의 생애는 무기력과 혼미함으로 그득한 우리 삶을 뒤흔드는 청신한 바람과 같다.

휴정선사는 평남 안주 출신으로, 9세에 어머니를, 10세에 아버지를 여의고 안주 군수를 따라 한양에 가서 12세에 성균관에 입학했다. 15세에 과거에 응시했으나 낙방하였으며 20세 무렵 성균관 유생으로 지리산을 유람하던 중 원통암(圓通庵)에 들렀다가 숭인(崇仁) 장로의 법문을 듣고 출가했다. 33세 되던 해(1552년·명종 7년)에 승과에 합격하여 대선이 되었고, 3년 만에 선교양종판사(禪敎兩宗判事)가 되었으나, 2년 후에 그 직책을 사양하고 금강산으로 들어갔다. 이후 묘향산을 중심으로 후학을 양성했으며 그에게는 당대의 뛰어난 제자 1,000여 명이 있었다고 전한다. 73세 되던 해(1592년·선조 25년)에 임진왜란이 일어나자, 묘향산에서 나와 전국 승려들에게 총궐기를 호소하는 격문을 보내 승군(僧軍)을 모집했으며 팔도도총섭(八道都摠攝)으로 승군을 지휘해 평양성 탈환에 커다란 공헌을 했다. 85세 되던 해에 묘향산 원적암(圓寂庵)에서 입적했다.

가을바람,
절로 시원한 것을…

世間萬事不如常
세 간 만 사 불 여 상

又不驚人又久長
우 불 경 인 우 구 장

如常恰似秋風至
여 상 흡 사 추 풍 지

無意涼人人自涼
무 의 양 인 인 자 량

세간의 모든 일, '늘 여여如如함'보다는 못한 법
사람 놀라게 할 일도 없고 오래오래 가나니
'늘 여여함'은 가을바람 불어오는 것과 같으니
시원하게 하려는 건 아니지만 절로 시원한 것을…

—— **야보 도천** 冶父道川, 생몰년 미상

야보 도천(冶父道川)선사는 '늘 변함없이 여여한 존재'에 대해 일깨워 주려고 하나 언어의 한계를 절감하며 그저 말로 그릴 수 있는 만큼만 그려 보여준다. 가을바람이 일부러 사람을 시원하게 하려고 불어오는 것은 아니지만 사람들은 자연스레 청량함을 느끼게 된다. 이 게송은 일체의 상(相)을 떠나 존재하는 여여부동의 존재로 살아가는 삶을 '언어의 그림'으로 보여주고 있다.

야보 도천은 중국 남송(南宋·1127~1279) 때 사람으로 임제(臨濟)선사의 6세 법손이다. 정인 계성(淨因繼成)선사에게 인가받았고, 훗날 고향 재동에 돌아와『금강경야보송(金剛經冶父頌)』을 지었다.

九十

가을 산사山寺에 국화 향 진동하네

颯颯秋風滿院凉
삽 삽 추 풍 만 원 량

芬芬籬菊半經霜
분 분 이 국 반 경 상

可憐不遇攀花手
가 련 불 우 반 화 수

狼藉枝頭多少香
낭 자 지 두 다 소 향

서늘한 가을바람이 산사山寺에 가득한데
향내 짙은 울 밑의 국화는 반쯤 서리를 맞았네
가련하구나, 돌봐줄 손길을 만나지 못했어도
여기저기 널린 가지 끝에서 향내 진동하나니

—— **원묘** 原妙, 1238~1295

어느 해보다도 무덥기 그지없던 더위가 물러가는가 싶더니 어느덧 서늘한 바람이 옷깃을 파고드는 늦가을로 접어들었다. 높은 산꼭대기로부터 울긋불긋 단풍이 내려오고 주변 들판에서는 사방에서 국화꽃 향내가 진동한다. 종종 아름다운 꽃을 보고 그 짙은 향내를 맡노라면 불현듯 묘한 감흥(感興)이 일면서 깨달음을 수반하는 한 생각이 머릿속을 스치는 경험을 하게 되는데, 그때 문득 떠오르는 것이 바로 옛 선사들의 선시(禪詩)이다.

이 시는 송원(宋元) 교체기 중국 간화선(看話禪)의 중흥조로 알려진 고봉 원묘(高峯原妙)선사의 「이국(籬菊)」이란 작품이다. 선사는 남악회양(南嶽懷讓)의 제21세 제자인 설암 조흠(雪岩祖欽)의 제자로서 성은 서(徐), 휘는 원묘(原妙)이고, 소주(蘇州) 오강(吳江) 사람이다.

15세에 출가하고 18세에 천태교(天台敎)를 공부하다가 20세에 정자사(淨慈寺)에 들어가 '3년 사한(死限)'을 세워 용맹정진하며 단교(斷橋) 화상에 묻고 북간사(北磵寺) 설암을 참방하여 더욱 정진한 끝에 마침내 1261년 삼탑사(三塔寺)에서 깨달아 설암의 법맥을 이었다.

"와도 사관에 들어온 일이 없으며 / 가도 사관을 벗어나는 일이 없네 / 쇠로 된 뱀이 바다를 뚫고 들어가 / 수미산을 쳐서 자빠뜨리네(來不入死關 去不出死關 鐵蛇鑽入海 撞倒須彌山)"라는 임종게를 남기고 앉은 채로 열반에 들었다.

그의 법문집 『선요(禪要)』는 화두 참구에서 가리고 버릴 것들을 조목조목 담은 조사선(祖師禪)의 핵심으로서 한국 강원에서 필수 교재로 쓰이는 선가(禪家)의 대표적인 저작이다.

가을비에 나뭇잎들은 울고 있네요

九月金剛蕭瑟雨
구 월 금 강 소 슬 우

雨中無葉不鳴秋
우 중 무 엽 불 명 추

十年獨下無聲淚
십 년 독 하 무 성 루

淚濕袈裟空自愁
누 습 가 사 공 자 수

구월이라 가을 금강산에 쓸쓸한 비가 내리니
비에 젖은 나뭇잎들, 다 같이 울고 있네요
십 년 동안 외로움에 소리 없이 흐르는 눈물로
늘 가사를 흠뻑 적시며 깊은 시름에 잠깁니다

—— **혜정** 慧定, 생몰년 미상

연대가 분명하지 않은 조선조의 비구니로서, 혜정(慧定)이라는 법명(法名)을 가진 스님이 지은 「추우(秋雨)」라는 시이다.

숱한 인연들과 어렵사리 이별한 뒤 세속을 등지고 산으로 들어가 스님이 된 어느 비구니(比丘尼). 끝없이 나고 죽는 생사대사(生死大事)의 문제를 해결하기 위해 길을 찾아, 길을 인도해 줄 스승을 찾아 전국 방방곡곡을 돌아다니는 운수행각(雲水行脚)이 마침내 금강산에 다다라 기쁜 마음으로 그곳에 깃들게 되었다. 지상 최고의 별천지(別天地)요, 극락세계(極樂世界)라 여겨지는 금강산의 한 암자에서 10여 년 동안, 자신 속에 내재한 부처의 속성을 찾아내 더 훌륭한 존재로 승화 완성시키기 위해 부단한 정진을 거듭하여 마침내 어느 경지에 다다른 어느 날, 초가을 비에 젖은 나뭇잎들의 울음소리 너머로 들려오는 묘음(妙音)을 듣게 되고, 한때 무성하던 나뭇잎들이 모든 활동을 마무리하고 고요의 세계로 들어가는 제법(諸法)의 실상(實相)을 보게 된다. 그녀는 허망한 모습으로 가득 찬 세상 너머 여여(如如)한 존재의 실상을 보는 순간 자신을 에워싸고 있던 고정관념의 두꺼운 틀이 깨지며 해탈(解脫)의 기쁨을 만끽한다. 동시에 그동안 잊고 살았던 여성으로서의 삶과 고독이 물밀듯이 밀려오며 걷잡을 수 없이 흐르는 눈물에 가사가 푹 젖는 것을 물끄러미 바라본다. 문득 사위(四圍)가 오로지 고요하기만 한 적멸의 세계에 드니 무한한 기쁨과 한없는 슬픔이 한꺼번에 밀려와서 자기도 모르게 소리 없이 줄줄 흐르는 눈물을 주체할 길이 없었던 것이다.

九十二

섣달그믐 밤,
천 갈래 이는 생각

千緖暗懷何以言 山深雪冷一書軒
천 서 암 회 하 이 언 산 심 설 냉 일 서 헌

去歲淸明江界邑 今年除夕甲山村
거 세 청 명 강 계 읍 금 년 제 석 갑 산 촌

俄忽鄕關先入夢 不期旅客暫忘痕
아 홀 향 관 선 입 몽 불 기 여 객 잠 망 흔

窓燈耿耿喧譁絶 佇聽隣鷄幾倚門
창 등 경 경 훤 화 절 저 청 인 계 기 의 문

천 갈래, 만 갈래 이는 생각 어찌 말로 다 하랴

산 깊고 눈 차가운 글방의 외로운 존재여…

지난해 청명절에는 강계읍에 있었고

올해 섣달그믐에는 갑산촌이라…

홀연 꿈에 들면 먼저 고향으로 달려가

기약 없는 나그네 설움 잠시 잊어보나니

창가의 호롱불 가물거리고 시끄러운 소리 끊기니

옆집 닭 우는 소리에 몇 번이나 문에 기댔나

—— 경허 성우 鏡虛惺牛, 1849~1912

조선조 말엽의 대표적 선지식인 경허(鏡虛) 선사의 시문「제석(除夕)」에는 한 해가 저물어가는 이 무렵의 아쉬움을 내려놓게 하는 깨달음이 담겨 있다. 엄중한 선승사회(禪僧社會)에서 경허 선사가 보인 기행(奇行)과 파격(破格)에 대한 견해는 분분하지만 20세기 한국선(韓國禪)의 중흥조(中興祖)라는 평가만은 절대적이다. 그의 경전에 대한 연구와 정진이 없었다면 오늘날 선종(禪宗) 사원(寺院)의 전통은 이뤄질 수 없었다는 게 중론이다.

선사는 전라도 전주 출신으로 본관은 여산(廬山), 속가에서의 이름은 송동욱(宋東旭)이다. 아버지 송두옥(宋斗玉)은 전봉준의 부친 전창혁과 친구로, 이 인연은 그를 녹두장군의 매형이 되게 한다.

태어난 해에 아버지를 여의었으며, 9세에 과천의 청계사(淸溪寺)로 출가하였다. 그 뒤 계룡산 동학사(東鶴寺)의 만화(萬化)에게 불교 경론을 배웠으며, 9년 동안 제자백가를 익혔다. 1871년(고종 8년), 동학사의 강사로 추대되었다. 1879년엔 옛 스승인 계허를 찾아가던 중, 돌림병이 유행하는 마을에서 죽음의 위협에 시달리게 되는데, 이 시련은 새로운 발심이 되어 다시 동학사로 돌아와 용맹정진(勇猛精進)하게 만든다. 경허는 용암 혜언(龍巖慧彦)으로부터 이어지는 법맥을 계승했으며, 스스로를 청허 휴정(淸虛休靜)의 11세손, 환성 지안(喚惺志安)의 7세손이라 일컬었다. 1904년, 천장암에서 만공에게 최후의 법문을 한 뒤 갑산(甲山), 강계(江界) 등지에서 박난주(朴蘭州)로 개명하고 서당의 훈장이 되어 아이들을 가르치다 1912년 4월 25일 새벽, 임종게를 남긴 뒤 입적하였다. 나이 64세, 법랍 56세였다. 저서로『경허집』이 있다.

눈 덮인 들판을 걸을 때에는

踏雪野中去 不須胡亂行
답 설 야 중 거 불 수 호 란 행

今日我行跡 遂作後人程
금 일 아 행 적 수 작 후 인 정

눈 덮인 들판을 걸을 때에는

아무렇게나 걷지 말지니

오늘 걸어간 나의 발자국이

뒷사람의 이정표가 되나니

—— 청허 휴정 淸虛休靜, 1520~1604

김구 선생께서 좌우에 걸어놓고 늘 애송하고 휘호로 자주 써서 혹자는 이 글을 김구 선생께서 지은 시라고 여기기도 했다. 일생 나라의 광복을 위해 한 목숨 초개처럼 여기며 반듯하게 살아온 분답게 애송시에도 참으로 반듯한 정신이 담겨 있음을 느끼게 된다.

이 시는 조선 중기의 고승 청허당(淸虛堂) 휴정(休靜)선사의 혼이 담긴 작품이다. 평생을 구도(求道)의 여정(旅程)으로 보낸 훌륭한 수행자이자 풍전등화(風前燈火) 같았던 나라의 운명을 바꾼 구국(救國)의 승장(僧將)이었던 그의 인생철학의 정수(精髓)를 엿볼 수 있다.

임진왜란의 위기에서 팔도총섭으로서 국가를 구한 의승장의 시를 소개하는 것은 그 시절에 활약한 '선지식(善知識)의 삶'을 통해 더 많은 사람이 몸과 마음을 다잡고 '결코 길이 아니면 가지 않겠다'는 바른 삶의 서원(誓願)을 하였으면 하는 바람에서다.

새로운 일을 시작할 때나 새해 벽두면 유독 더 빛나는 시로, 이 시를 낭송하며 반듯하게 걷겠다는 다짐을 마음에 새긴다면 내딛는 첫걸음이 더없이 의미 깊을 것이다.

六坎水

☵

오도송 悟道頌

구도(求道)의 여정(旅程)에서 '마음 꽃'으로
피어난 '깨달음의 노래'

九十四

봄을 찾아
온종일 헤매었어요

盡日尋春不見春
진 일 심 춘 불 견 춘

芒鞋踏遍隴頭雲
망 혜 답 편 농 두 운

歸來笑拈梅花嗅
귀 래 소 념 매 화 후

春在枝頭已十分
춘 재 지 두 이 십 분

봄을 찾아 온종일 헤매었어요
산으로, 들로, 아지랑이 속으로
짚신이 다 닳도록 헤매었어요
지친 걸음으로 집에 돌아와
문득 코끝을 스치는 매화 향에
나도 모르게 웃고 말았지요
뜰앞 매화나무 가지 끝에서
봄은 이미 피어나고 있었네요

—— 작자 미상 作者未詳

불세출의 신의(神醫)로 알려진 인산(仁山) 김일훈(金一勳) 선생의 저서 『신약(神藥)』 서문은 한 편의 시와 함께 시작된다. "인간이 갈구하는 진리가 먼 곳에 있지 않음을 비유한 옛 시인데 이 점은 의술에서도 마찬가지라 생각된다. 주변에 무궁무진한 양의 영약(靈藥)을 쌓아둔 채 이 땅의 수많은 사람이 지금, 이 순간에도 각종 질병으로 죽어가고 있다."

그 시는 「진일심춘불견춘(盡日尋春不見春)」, 즉 「온종일 봄을 찾아 헤맸으나 찾지 못했네」라는 제목의 작자 미상의 오도송(悟道頌)이다. 남송의 유학자인 나대경(羅大經·1196~1242)이 지은 『학림옥로(鶴林玉露)』(1251년) 권 6에 '이름 모를 비구니의 오도송'으로 게재되어 있으나 또 다른 자료에서는 지은이를 당나라 때의 비구니 '무진장(無盡藏)'이라고 소개한 바 있다.

지은이는 어느 날 봄이 온다고 하기에 어디에서 오고 어떤 모습으로 올지 궁금한 나머지 봄을 만나러 문밖을 나서 온천지를 헤매었으나 끝내 만나지 못하고 지친 걸음으로 절집에 돌아와 숨을 고른다. 그 순간 코끝을 스치는 특별한 꽃향기에 문득, 고개를 돌려 바라보니 뜰앞 매화가 눈부신 꽃망울을 터뜨려 온몸으로 봄을 보여주는 게 아닌가? 지은이의 입가에는 '부처님께서 꽃을 들어 보이자, 제자 가섭이 미소 지었다'라는 그 세기(世紀)의 염화미소(拈華微笑)가 잔잔하게 번졌다.

'깨달음을 밖에서 구할 게 아니라 이미 내 안에 갖추어져 있음을 알아야 한다'라는 불변의 진리를 잘 설명해 주고 있는 오도송이다.

九十五

매화로 피어나는 깨달음의 향기

塵勞逈脫事非常　緊把繩頭做一場
진 로 형 탈 사 비 상　긴 파 승 두 주 일 장

不是一番寒徹骨　爭得梅花撲鼻香
불 시 일 번 한 철 골　쟁 득 매 화 박 비 향

得樹攀枝未足貴　懸崖撒手丈夫兒
득 수 반 지 미 족 귀　현 애 살 수 장 부 아

티끌세상에서 벗어난다는 것, 보통 일 아니어니
끈을 단단히 부여잡고 한바탕 달려볼지어다
한 번 뼈에 사무치는 추위를 겪지 않고서야
어찌 코끝을 스치는 깊은 매화 향을 맡을 수 있으랴
나뭇가지에 매달리는 것이 무에 그리 대단한가
천 길 벼랑에 매달린 손을 놓아야 대장부라네

—— 황벽희운 黃檗希運, ?~850

추위를 파도처럼 밀고 오던 동장군(冬將軍)의 기세가 한풀 꺾이면 어느덧 봄이 들판을 뒤덮는다. 남쪽에서는 곳곳에서 매화꽃이 피어 봄소식을 전한다. 겨우내 세사(世事)를 잊고 동안거(冬安居)에 들어갔던 매화 납자(衲子)는 오랜 인고(忍苦)의 세월을 견디며 화두(話頭)를 탐구하다가 뼈에 사무치는 추위를 몇 차례나 겪은 뒤 마침내 번뇌의 구름을 걷어 젖히고 깨달음의 꽃을 피워올린다.

당나라 고승 황벽희운(黃檗希雲)선사의 이 게송(偈頌)은 오랜 세월 수많은 사람의 입에 오르내리며 많은 수행자에게 구도(求道) 여정의 이정표(里程標)로 우뚝 서서 삶의 또 다른 차원의 길을 제시해 준다. 혹 어떤 이는 말은 말일 뿐이고 시는 시일 뿐이지, 이정표니 뭐니 하면서 크게 의미를 부여할 필요가 있겠는가 하며 회의적 반응을 보이기도 한다. 그러나 그들이 어떻게 생각하든, 뭐라 이야기하든 중요한 것은 읽는 이들이 이 게송에서 어떤 메시지를 받느냐일 것이다. 파도처럼 밀려오는 맹추위에 한껏 움츠러들었던 마음을 추슬러 황벽선사가 외친 것처럼 티끌세상의 번뇌에서, 또한 끝없이 윤회하는 생사(生死)의 고통에서 벗어나기 위해 고삐를 단단히 부여잡고 한바탕 달리노라면 그 앞에 어떤 장애가 장애로 작용할 수 있겠는가? 다만 이러한 도리(道理)를 깨닫지 못한 사람이 제풀에 주저앉아 세상을 원망하고 주위 사람을 탓하며 제 구도의 의지가 부족함을 인식하지 못하고 어떤 노력도 기울이지 않는 어리석음을 범할 뿐이다. 이들이 하루속히 자기를 인도하는 삶의 이정표로 이 게송을 받아들였으면 한다.

계곡물 소리가 들려주는 법문法門

溪聲便是長廣舌
계 성 편 시 장 광 설

山色豈非清淨身
산 색 기 비 청 정 신

夜來八萬四千偈
야 래 팔 만 사 천 게

他日如何擧似人
타 일 여 하 거 사 인

계곡을 흐르는 물소리는 부처님의 법문이요
푸른빛의 산은 비로자나 부처의 청정법신일세
밤새 물소리로 들려준 팔만사천 게송을
뒷날 어떻게 다른 이들에게 설명할 수 있으랴

—— 소동파 蘇東坡, 1036~1101

당송팔대가의 한 사람인 소동파(蘇東坡)의 시이다. 그는 중국 사천성 출신으로 이름은 식(軾)이며 아버지는 소순(蘇洵), 동생은 소철(蘇轍)로서 세 사람 모두 당송팔대가에 들어간다. 그의 작품으로는 적벽부(赤壁賦)가 유명하다. 소동파는 시(詩)에 있어서는 송대 시단의 영수로 알려졌고, 사(詞)에 있어서는 중국 문학사상 최고의 호방사인(豪放詞人)이며, 서예에 있어서는 북송사대가에 들어갈 정도로 각 방면에 두루 조예가 깊은 걸출한 인물이다.

유불선(儒佛仙) 삼교(三教)를 섭렵하고 문장에도 남다르게 뛰어났던 소동파가 하루는 여산(廬山)의 동림 홍룡사에 주석하고 있던 당대의 고승 상총(常總·1025~1091)선사의 명성을 듣고 그를 찾아가 법문을 청하였다. 이에 선사는 소동파에게 "거사는 어찌하여 스님들을 찾아다니면서 '유정(有情)설법'만 듣고 도무지 '무정(無情)설법'은 들으려 하지 않느냐"고 반문하면서 '이제 무정설법을 들어야 한다'는 요지의 법문을 들려주었다.

'어떻게 무정물이 법문을 들려줄 수 있는가? 만약 선사 말대로 무정물이 진리를 말한다면 왜 나는 지금까지 그것을 듣지 못했을까?' 소동파는 상총선사의 그 말에 마음이 꽉 막혀 할 말을 잃고 무거운 발걸음을 돌렸다. 그런데 말을 타고 집으로 돌아오는 길에 어느 폭포 밑에 이르러 굉음을 내며 쏟아져 내리는 계곡물 소리를 듣는 순간 비로소 천지가 진동함을 느끼며 문득 무정설법의 도리를 깨닫게 되었다고 한다. 이 시는 그때 지은 게송이다.

九十七

산이 높다 한들
구름을 막으랴

舊竹生新筍　新花長舊枝
구 죽 생 신 순　신 화 장 구 지

雨催行客路　風送片帆歸
우 최 행 객 로　풍 송 편 범 귀

竹密不妨流水過　山高豈礙白雲飛
죽 밀 불 방 유 수 과　산 고 기 애 백 운 비

묵은 대에서 새순이 나오고

새 꽃은 옛 가지에서 피네

나그넷길 재촉하는 비에

바람을 타고 조각배로 돌아오네

대나무 빽빽해도 물은 잘 흐르나니

산이 높다 한들 흰 구름을 막으랴

—— 야보 도천 冶父道川, 생몰년 미상

옛것과 새것에 대해 이야기할 때 자주 인용되는 야보 도천(冶父道川)선사의 시이다. 선사의 속성은 추(秋)씨요, 이름은 삼(三)으로서 생몰연대가 뚜렷하지 않고 다만 송나라 때 군의 집방직(執方職)에 있다가 재동(齋東)의 도겸(道謙)선사의 문하로 출가하여 도천(道川)이라는 호를 받았고, 정인 계성(淨因繼成)의 인가를 받아 임제(臨濟)의 6세 법손이 되었다는 정도가 알려진 사실이다.

선사의 게송(偈頌)은 한 경지를 뛰어넘어 진정한 중국 선(禪)의 극치를 그만의 독특한 언어와 문장으로 표현한 것으로 유명한데, 특히 『금강경』에 대한 독특한 견해를 게송으로 표현하여 세상 사람들을 깨우쳐주고 후학들에게 전하여 일명 '야보송(冶父頌)'으로 불린다.

대숲에서 살아가면서도 대부분 사람이 죽순이 올라오면 올라오나 보다 생각할 뿐 대밭의 이리저리 뻗어나가는 묵은 대나무 뿌리에서 새 죽순이 올라온다는 사실을 유의성 있게 보고 그것을 자연과 인간의 도리(道理)를 설파하는 매개체로 인용한 예는 그리 흔하지 않다. 천산의 일만 봉우리들이 하늘을 찌를 듯 높이 솟아 있더라도 흰 구름은 전혀 방해받지 않고 그저 유유히 흐를 뿐이다.

우리는 어떻게 지상을 흐르는 물처럼, 천상을 흐르는 흰 구름처럼 모든 속박으로부터 벗어나 대자유의 삶을 누릴 수 있을 것인가? 야보 선사의 시는 그런 삶의 모습을 한 폭의 그림으로 그려 보여주면서 그 의미와 가치를 은연중 드러내고 있다.

꾀꼬리는 제 이름을 부르며 운다

錦衣何事不平鳴
금 의 하 사 불 평 명

無乃添花未盡情
무 내 첨 화 미 진 정

飛去飛來人不識
비 거 비 래 인 불 식

夕陽枝上自言名
석 양 지 상 자 언 명

비단옷을 입고도 뭔 일로 불평의 소리를 하는지…
형형색색의 꽃무늬를 수놓지 못해 그러려나
날아가거나, 날아오거나 사람들은 모른다
'꾀꼴꾀꼴' 꾀꼬리 소리 적막을 깨고 들려올 때까지…
붉은 저녁놀 내려앉는 나뭇가지 위에서
꾀꼬리는 '꾀꼴꾀꼴' 제 이름을 부르며 운다

—— 월성 비은 月城費隱, 1710~1778

조선 후기, 영조 시대에 활동하였던 고승(高僧) 월성 비은(月城費隱) 선사가 숲의 적막을 깨는 꾀꼬리 소리를 듣고 읊은 「황조(黃鳥)」라는 제목의 시이다. 작자 비은선사는 13세 때인 조선 경종 2년(1722)에 출가하여 16세 때 머리 깎고 스님이 된 이래 6년여 용맹정진(勇猛精進) 끝에 27세 되던 조선 영조 13년(1736) 늦은 가을 어느 날, 국화꽃을 보다가 마침내 활연대오(豁然大悟)하였다.

선사는 「마음의 국화(心菊)」라는 제목으로 읊은 깨달음의 노래를 위시하여 읽는 이들의 심금(心琴)을 울리고 해탈(解脫)의 선미(禪味)를 맛보게 할 주옥같은 선시(禪詩)들을 다수 남겼다.

노란 비단옷으로 몸을 두른 꾀꼬리가 잔잔한 목소리가 아닌 불평조의 소리를 내는 것은 무슨 까닭이려나? 아마도 노란 비단에 형형색색의 아름다운 꽃무늬로 수놓은 옷이 아니라서 그런 것인가? 기실 꾀꼬리가 숲속에서 날아가거나 날아오거나 간에 소리 없이 신속하게 이동하는 습성 때문에 눈을 크게 뜨고 일부러 유심히 관찰하지 않으면 그 존재의 어묵동정(語默動靜)을 알기 어렵다. 다만 홀연 숲속에서 들려오는 '꾀꼴꾀꼴' 소리에 문득 고개를 돌려보면 노란빛의 아름다운 자태의 새가 조용한 음성으로 '꾀꼴꾀꼴' 제 이름을 부르며 우는 광경을 보게 된다. 마치 누가 이름을 물어보기라도 해서 제 이름을 말해주는 것처럼….

여산 안개비와 절강의 물결

廬山煙雨浙江潮
여 산 연 우 절 강 조

未到千般恨不消
미 도 천 반 한 불 소

到得還來無別事
도 득 환 래 무 별 사

廬山煙雨浙江潮
여 산 연 우 절 강 조

여산 안개비와 절강의 역류하는 절묘한 물결이여

와보기 전에는 못 본 것이 한스러웠는데

와 보고 돌아갈 제는 별것이 아니었네

여산 안개비와 절강의 역류하는 절묘한 물결일 뿐…

—— 소동파 蘇東坡, 1036~1101

중국 북송 때의 시인이자 정치가이며 시문서화(詩文書畵) 모두에 훌륭한 작품을 많이 남겼던 소동파(蘇東坡)의 「관조(觀潮)」라는 제목의 시이다. 이 시는 깨달음의 경지를 노래한 '소동파의 오도송(悟道頌)'으로 잘 알려졌다.

절강은 중국 절강성(浙江省)의 성도(省都) 항주(杭州)에 있는 양자강 하류의 전당강(錢塘江)을 말한다. 수나라 때 황하와 양자강을 남북으로 연결한 대운하의 마지막 종점이고, 양자강 물은 항주를 통해 바다로 흘러들어간다. 중국에서 가장 아름다운 도시 중의 하나인 항주는 소동파가 관리로 통관, 지주를 역임했던 곳이다. 중국 4대 호수의 하나인 서호(西湖)에는 소동파의 동상이 있다. 절강의 조수(潮水)는 강물과 바닷물이 교차하면서 바닷물이 역류하는 풍광이 웅장하고 기세가 절묘하여 세계 최고의 절경으로 손꼽힌다.

여산에 안개비가 내릴 때의 풍광과 전당강으로 조수가 들어오고 밀려가는 절묘한 모습, 그 소리를 어떤 말이나 글로 제대로 표현할 수 있겠는가? 그래서 사람들은 그 풍광을 전해 듣기만 하고 가보지 못하면 마음의 한으로 남아 천 가닥 만 가닥 생각에 밤잠을 이루지 못한다. 그러다가 직접 가서 보고는 "와! 과연 여산의 안개비요, 절강의 절묘한 물결이로다"라는 말만 되뇔 뿐 다른 어떤 말이나 글로도 여실(如實)하게 표현할 길이 없다는 것을 새삼 깨닫게 된다. 현장에 가서 보고 듣고 체험하고 깨닫지 못한 이에게 그 미묘한 풍광을 어떻게 글이나 말로 표현하고 전달할 수 있겠는가!

百

손가락이 아니라 달을 보라

寒山指頭月團團
한 산 지 두 월 단 단

多少傍觀眼如盲
다 소 방 관 안 여 맹

但向指頭開活眼
단 향 지 두 개 활 안

滿目寒光無處藏
만 목 한 광 무 처 장

한산의 손가락 끝에 둥근달은 빛나는데
곁에 있는 많은 이들, 소경인 양 못 보네
달 가리키는 손가락 따라 밝은 달을 보면
눈에 가득한 차디찬 달빛 완연히 드러나리

—— **야보 도천** 冶父道川, 생몰년 미상

중국 송나라 때 고승 야보 도천(冶父道川)은 『금강경』 경문 곳곳에 설명된, 석가모니 부처께서 법문(法門)을 통해 가리키는 궁극적 의미를 더욱 명료하게 깨닫고 이해하도록 게송을 지어 덧붙였다. '여시아문(如是我聞)'이라는 경의 첫 머리글 여(如)에 대한 풀이를 게송으로 이렇게 읊는다.

여여(如如)여! 정야장천일월고(靜夜長天一月孤)로다. 이를 풀이하면 '여(如)여, 여(如)여! 고요한 밤, 먼 하늘에 하나의 달이 외롭도다'라고 해석할 수 있다. 같음을 나타내는 여(如)의 의미를 이렇듯 여실하게, 품격 있게, 신비감을 풍기면서 정확하게 해설한다는 것이 그리 만만치 않다는 것을, 번역을 해본 사람이라면 알 것이다.

가장 많은 깨달음의 게송을 남긴 것으로 유명한 야보 도천선사는 『금강경』의 참뜻을 깨우쳐주기 위한 '촌철살인(寸鐵殺人)'의 면모를 유감없이 보여주고 있다.

이 시는 한산의 손가락이 가리키는 달을 보지 않고 손가락에만 시선을 집중하는 세상 사람들에게, 눈길을 돌려 손가락이 가리키는 달을 보라고 강조하고 있다. 석가모니 부처께서는 스스로 제시한 팔만대장경이, 세상을 밝히는 광명의 존재인 달을 가리키는 손가락이라는 점을 감안하여 그 손가락을 통해 빛의 근원인 달을 보라고 강조하고 있다. 세상 사람들에게 고한다! 한산의 시와 도천의 게송이 강조하는 것처럼 달을 가리키면 달을 볼 것이지 어이하여 손가락 끝만을 보고 있는가?

百一

고목에서 꽃 피는 봄

入海算沙徒費力
입 해 산 사 도 비 력

區區未免走紅塵
구 구 미 면 주 홍 진

爭如運出家珍寶
쟁 여 운 출 가 진 보

枯木生花別是春
고 목 생 화 별 시 춘

바다에 들어가 모래를 세는 것, 헛수고일 뿐이라
그래서는 속세의 고달픈 삶을 면할 수 없으리니
어찌 집 안의 보배를 꺼내 활용하는 것만 같으랴
마른 나무에서 꽃이 피는 특별한 봄을 맞으리라

—— 야보 도천 冶父道川, 생몰년 미상

중국 송나라 때의 고승 야보 도천(冶父道川)선사가 쓴, 깨달음을 설파하는 시이다. 바다에 들어가서 그 모래알을 세는 것으로는 속세의 고달픈 삶에서 벗어날 수 없다는 가르침을 전한다. 그보다는 내 집 안, 내 몸 안에 있는 영원불멸의 보배를 꺼내어 잘 쓰는 것이 깨달음의 길이리라.

도천선사는 곤산(昆山)이 고향으로 속성이 적씨(狄氏)여서 사람들은 그를 적삼(狄三)이라 불렀다. 출가 전에는 현청에서 범인을 잡는 하급관리 포쾌(捕快) 일을 했지만, 그는 절에 가서 설법을 듣는 것을 더 좋아했고 참선을 하면서도 좀체 힘겨워하지 않았다. 한번은 설법을 듣느라 윗사람이 맡긴 일을 미처 하지 못했다. 일을 소홀히 했다는 이유로 채찍을 맞는 순간 깨달은 바가 있던 적삼은 출가해 불교에 귀의했다. 평소 설법을 해주던 동재 도겸(東齋道謙)선사는 "'삼(三)'을 바로 세워 '천(川)'이 된 것처럼 그대는 이제부터 해탈의 큰일을 위해 바른길을 가야 한다"면서 적삼의 법명을 도천(道川)으로 지어주었으며, 도천은 스승의 가르침을 가슴에 새기며 정진하였다. 도천이 행각 후에 동재(東齋)로 돌아오자 승과 속을 막론하고 대중이 한마음으로 그를 맞이하여 공경하였다.

사람들은 도천선사에게 『금강반야경(金剛般若經)』을 강연해 줄 것을 부탁했고, 도천은 게송을 지어 강의하였는데, 이 게송은 지금도 세상 사람들에게 널리 읽히고 있다. 남송(南宋) 융흥(隆興) 원년(1163), 수찬(修撰) 정공교(鄭公喬)가 야보(冶父·지금의 안휘성 여강현 동북쪽)에 절을 짓고 도천선사를 초청하여 법회를 열었는데, 당에 오르던 날 도천선사가 대중에게 남긴 두 개의 게송은 매우 유명하다.

百二

열린 문으로 나가지 않는 어리석음

空門不肯出　投窓也大癡
공 문 불 긍 출　투 창 야 대 치

百年鑽古紙　何日出頭期
백 년 찬 고 지　하 일 출 두 기

열린 문으로 나가려 하지 않고

닫힌 창문에만 부딪치는 어리석음이여

묵은 종이를 백 년 뚫어본들

어느 날에나 나갈 수 있으려나

—— 고령 신찬 古靈神贊, 생몰년 미상

당나라의 고승 고령 신찬(古靈神贊) 스님이 스승을 깨우쳐주기 위해 읊은 게송이다. 신찬 스님은 처음에 중국 북주에 있는 대중사(大中寺)를 찾아가 계현(戒賢) 스님을 은사로 출가하였다. 스승은 참선을 전혀 하지 않고, 오로지 경전만 보고 있었는데 신찬 스님이 가끔 읽고 있는 경전의 내용을 물으면 제대로 답을 해주지 못했다.

경전 공부만으로는 생사를 넘어서는 해탈을 이루기 어려울 것으로 생각한 신찬 스님은 은사 곁을 떠나 당대의 선지식인 백장(百丈·720~814)선사를 찾아가 여러 해 동안 정진한 끝에 마침내 견성오도(見性悟道)하여 백장 스님의 인가(認可)를 받았다. 깨달음을 얻은 신찬선사는 처음 자신을 입문시켜 경전을 가르쳐준 은사 스님의 은혜를 잊지 못해 대중사로 돌아왔다. 은사 스님과 신찬선사는 평소처럼 창 아래 놓인 책상에 단정히 앉아 경전을 읽고 있었다. 때마침 벌이 방으로 들어왔다가 반쯤 열린 창문 틈을 찾지 못하고, 창호지에 계속 몸을 부딪치는 모양을 묵묵히 지켜보던 신찬선사가 은사 스님에게 들리도록 게송을 지어 읊었다.

제자가 범상치 않음을 알게 된 계현 스님은 대중을 모이게 한 뒤 법상을 차려 제자에게 예를 갖추어 설법을 청하니 신찬선사는 위의(威儀)를 갖추고, 엄숙하게 법상에 올라 대중을 향해 설법하였다. 법상 아래에서 제자의 법문을 조용히 듣고 있던 계현 스님은 감격의 눈물을 흘리며 말하였다.

"내 어찌 늘그막에 이처럼 지극한 가르침을 들을 수 있을 거라 짐작이나 했겠는가…."

百三

백발노인이 소년 되어 왔나니…

鬖鬖白髮下青山
삼 삼 백 발 하 청 산

八十年來換舊顏
팔 십 년 내 환 구 안

人却少年松自老
인 각 소 년 송 자 노

始知從此還人間
시 지 종 차 환 인 간

머리가 백발이 되어 청산에서 내려가
팔십 년 옛 얼굴을 바꾸어 왔나니
노인은 소년 되고, 소나무는 늙었으니
비로소 인간 세상 다시 온 줄 알았네

—— 홍인 弘忍, 601~674

산에 소나무를 많이 심어 재송도인(栽松道人)으로 알려진 한 구도자가 3조 승찬대사의 신심명(信心銘)을 읽다가 발심하여 나이 80세에 도신(道信)대사를 찾아가서 출가의 뜻을 밝히자, 도신은 "나보다 나이가 더 많은데, 언제 삼장(三藏)을 배우고 불법(佛法)을 닦아 불은(佛恩)에 보답하겠는가? 행여 몸을 바꿔오기나 하면 모를까"라고 말했다. 이 말에 재송도인은 "제가 내려가서 몸을 바꿔 다시 오겠습니다. 15년 후 한 소년이 소나무 가지를 잡고 오거든 이 몸인 줄 아십시오"라고 말한 후 뒤돌아섰다. 재송도인이 산사에서 내려오다가 때마침 개울가에서 처녀를 만나 부탁했다.

"낭자! 해가 저무는데 하룻밤 머물 수 있게 해주시오."

"그러시다면 동네 가운데 큰 기와집이 저희 집이니 그리로 오십시오. 아버님께 말씀드려 놓겠습니다."

노인은 "고맙소이다"라는 말을 마치고 그 자리에 선 채로 삶을 마감했다. 처녀는 집으로 돌아와 아버지에게 자초지종을 말하고 동네 사람들과 함께 그 노인을 장사 지내주었는데, 그 일이 있고 나서 처녀의 배가 점점 불러오기 시작하더니 사내아이를 순산했다.

아이가 자라서 15세 되던 해 어느 날, 집을 떠나 도신대사가 머무는 절로 갔다. 절 마당에서 한 그루의 소나무를 보는 순간 시를 읊다가 도신대사와 마주치자 소년은 "약속한 대로 몸을 바꿔 왔습니다"라고 밝혔다. 이 말을 들은 도신대사는 두말없이 제자로 삼아 도를 깨닫게 하여 뒷날 법을 전하였다. 이 이야기의 주인공은 서천(西天) 32조요, 중국 선종 5조인 대만 홍인(大滿弘忍)대사이다.

百四

방아 찧는 청년이 읊은 '깨달음의 노래'

菩提本無樹 明鏡亦無臺
보리본무수 명경역무대

佛性常清淨 何處有塵埃
불성상청정 하처유진애

깨달음이란 나무는 없는 것이요
밝은 거울은 받침대가 없나니
내 안의 부처는 늘 청정하거늘
어디에 먼지가 있으랴

心是菩提樹 身爲明鏡臺
심시보리수 신위명경대

明鏡本清淨 何處染塵埃
명경본청정 하처염진애

마음은 깨달음이 자라는 나무요
몸은 밝은 거울의 받침대라
밝은 거울은 본래 깨끗하거늘
어디에 먼지가 묻겠는가

—— 혜능 慧能, 638~713

서천(西天) 32조(祖)이자 중국 선종 5조인 홍인대사(弘忍大師)는 어느 날, 문인들을 모두 모은 뒤 "석가모니 부처로부터 달마대사를 거쳐 이어져 온 가사(袈裟)와 법을 전하여 제6대 조사로 삼고자 하니 각자 깨달은 바를 게송으로 적어서 벽에 게시하라"라는 명을 내렸다. 대중은 스승의 상수 제자 신수(神秀·606~706)가 수행이 깊고 덕망이 높아 당연히 제6대 조사로서 적임자라 생각해 아무도 게송을 짓지 않았고 신수의 게송만 벽에 게시되었다.

身是菩提樹　心如明鏡臺　時時勤拂拭　莫使有塵埃
신 시 보 리 수　심 여 명 경 대　시 시 근 불 식　막 사 유 진 애

몸은 깨달음의 나무요 / 마음은 밝은 거울 받침대라
언제나 부지런히 털고 닦아서 / 먼지가 묻지 않게 할지라

혜능은 집안이 가난해 문자를 배우지 못했지만 불심이 깊은 청년이었다. 나무를 해서 시장에 내다 파는 일로 생계를 꾸려가던 혜능이 홍인대사의 문하에 들어와 방아를 찧는 행자(行者) 생활을 하며 여덟 달을 보낸 무렵이다. 글을 모르는 그는 신수 상좌가 지은 게송을 읽어달라고 하여 듣고 나서는 자신이 깨달은 바를 글로 옮겨 벽에 게시하였다. 이 젊은이가 바로 6조 혜능(惠能)이고 앞에 두 수의 게송이 바로 그가 읊은 '깨달음의 노래'다.

百五

'나고 죽음 없음'의 노래를 부른다

唱出無生一曲歌　大千沙界湧金波
창 출 무 생 일 곡 가　대 천 사 계 용 금 파

雖云大道不人遠　其奈浮生如夢何
수 운 대 도 불 인 원　기 내 부 생 여 몽 하

永日山光淸入座　遙村林影亂連坡
영 일 산 광 청 입 좌　요 촌 임 영 난 연 파

拈來物物皆眞面　何必雌黃辨佛魔
염 래 물 물 개 진 면　하 필 자 황 변 불 마

'나고 죽음 없음'의 한 곡조 노래를 부르면
삼천대천 세계에 금빛 물결이 이는구나
비록 큰길은 사람에게서 멀지 않다고 말하나
뜬구름 인생이 한바탕 꿈같은 것을 어찌하랴
긴긴날, 푸른 산빛은 앉은 자리에 비치고
멀리 마을 숲 그림자 어지러이 언덕에 닿네
세상 만물 하나하나가 모두 진면목인데
어찌 시비를 논하며 부처니, 마귀니 분별하나

—— 경허 성우 鏡虛惺牛, 1849~1912

조선 말엽의 고승 경허당(鏡虛堂) 성우(惺牛)선사의 「희천 두첩사에 앉아서(坐熙川頭疊寺)」라는 제목의 시이다.

어느 날, 경허 선사는 조선 중기의 고승 청허 휴정(淸虛休靜)선사가 주석하며 수행한 자강도 희천의 두첩사 조실에 앉아서 청산(靑山) 좌불(坐佛)을 바라보며 명상에 잠긴다. 이윽고 선사는 끝없이 나고 죽고 생겨나고 사라지는 생멸(生滅)의 세계를 벗어나, 나고 죽음이 없고 생겨나고 소멸함이 없는 불생불멸의 세계, 즉 해탈 열반의 세계에 들어, 나고 죽음이 없는 '무생(無生)의 노래'를 부른다.

『중용(中庸)』 13장에서 "도는 사람과 멀지 않으니, 사람이 도를 행하되 사람에게서 멀면 도라고 할 수 없다(道不遠人 人之爲道而遠人 不可以爲道)"라고 했지만, 인생 자체가 뜬구름 같은 속성을 지닌지라 한바탕 꿈이라는 사실을 부정할 수 없지 않겠는가?

대도(大道)란 자신에게 있는 것이니 내가 바로 진리의 큰길이지만, 우리네 삶은 구름처럼 허무한 것이니 또다시 '나고 죽음이 없는 세계'로 돌아간다. 세상 만물 하나하나가 진면목(眞面目)이요, 실상(實相)이거늘 어느 것이 옳다 그르다 할 것이며 부처니, 마귀니, 분별할 필요가 있겠는가?

자황(雌黃)은 비소(砒素)와 유황(硫黃)의 화합물로서 맑고 고운 누런 빛이다. 예부터 중국에서 오기(誤記)를 정정할 때 자황을 쓴 데 유래해 시문(詩文)의 첨삭이나 변론(辯論)의 시비(是非)를 가린다는 뜻을 지닌다.

百六

침상으로
달빛 쏟아져 들어오네

簾捲穿窓戶不扃
염 권 천 창 호 불 경

隙塵風葉任縱橫
극 진 풍 엽 임 종 횡

老僧睡足誰呼覺
노 승 수 족 수 호 교

倚枕床前有月明
의 침 상 전 유 월 명

말아 올린 발, 구멍 뚫린 창, 열린 문…
틈새로 부는 바람에 먼지 일고 낙엽 흩날리네
깊이 잠든 노스님을 누가 깨울 건가
기대어 잠든 침상으로 달빛이 쏟아져 들어오네

—— 소동파 蘇東坡, 1036~1101

당송팔대가의 일원인 소동파(蘇東坡)가 『금강경(金剛經)』을 함께 연구했던 친구 황사시(黃師是)에게 불교 경전을 공부하면서 느낀 바를 적어 보낸 시문(詩文)으로 가을에 대한 소감을 대신한다.
그는 조정의 정책을 비방하는 내용의 시를 썼다는 죄로 황주로 유배됐는데, 이때 농사짓던 땅을 동쪽 언덕이라는 뜻의 '동파(東坡)'로 불렀으며 이를 자신의 호로 삼았다. 소동파는 구양수(歐陽脩)와 매요신(梅堯臣) 등에 의해 기틀이 다져진 송시(宋詩)를 더욱 발전시켰다. 이전의 시가 대부분 비애(悲哀)를 주제로 삼은 반면, 구양수·매요신은 평안하고 고요한 심정을 주로 읊었으며, 동파는 여기에 더 진일보한 지혜로운 자각(自覺)의 세계를 담아냈다.
불국사 승가대학장 덕민 스님은 『금강경오가해(金剛經五家解)』를 해설하면서 소동파의 이 시를 인용한 바 있다. 먼저 "염권천창호불경"이라는 시구에 대해 "있는 모습, 없는 모습이 다 사라진 공적(空寂) 상태"를 나타낸다고 설명했다. 이어 "극진풍엽임종횡"에 대해서는 "선악과 시비분별을 초월한 자유로운 경지"를 의미한다고 덧붙였다. 또한 "의침상전유월명"이란 글귀는 "유정과 무정이 한 모습으로 어울리고, 비워진 마음에서 지혜의 빛(眞空妙有)이 살아 움직임을 비유한 것"이라고 설명했다.
모든 것을 초월한 적멸의 세계와 해탈의 자유로운 경지가 담긴 한 폭의 문인화(文人畵)는 가을 절경만큼이나 감동적이다.

百七

물속의 달을 건지려다가…

月磨銀漢轉成圓
월 마 은 한 전 성 원

素面舒光照大千
소 면 서 광 조 대 천

連臂山山空捉影
연 비 산 산 공 착 영

孤輪本不落青天
고 륜 본 불 락 청 천

달이 은하수에 갈고 갈아서 둥근달 이루니

하얀 얼굴, 빛을 발하여 온 세상 비추네

연이어 손잡은 원숭이들, 물속 달 건지려 하나

둥근달은 본래 하늘에서 떨어진 적이 없는걸…

—— 소소매 蘇小妹, 생몰년 미상

이 게송(偈頌)은 당송팔대가(唐宋八大家) 중 한 명인 송의 문장가 소식(蘇軾)의 여동생 소소매(蘇小妹)의 걸작이다. 『관음예문(觀音禮文)』에 실려 있을 만큼 유명하며, 통도사 적멸보궁의 주련에도 등장하는 수려한 게송이다.

부처님께서 인행(忍行) 보살 시절, 달밤에 나무 밑에서 선정(禪定)에 들었을 때다. 거룩한 수행자의 모습에 감동하여 새들은 꽃을 물어다 나르고, 산짐승들은 먹을 것을 갖다 놓았다. 그때 나무 위 원숭이들은 '무엇을 공양하여 저 수행자를 기쁘게 해드릴까?' 하고 논의하다가, 물속에 비친 둥근달을 발견하고 '저 아름다운 둥근달을 공양드리자'는 결론을 내리게 된다. 500마리 원숭이는 물속의 둥근달을 건지기 위해 나무 위에서 서로서로 손을 잡고서 연못으로 내려갔다. 그러나 달은 물결이 흔들리자 없어졌다가 잠시 후 물결이 사라지니 다시 나타났다. 원숭이는 또 손을 물에 집어넣었으나 또다시 달이 없어지는 것이었다. 이렇게 수십 번을 반복하는 가운데 원숭이들은 팔에 힘이 빠져, 결국 모두 물에 빠져 죽고 말았다. 하지만 '기어코 달을 부처님께 공양드리겠다'는 이 원력으로, '500마리 원숭이는 훗날 부처님의 제자가 되어 오백아라한(五百阿羅漢)이 되었다'는 전생담(前生譚)을 남기게 된다.

삼신(三身)을 흔히 달에 비유하는데 둥근달의 차고 고요함은 법신(法身), 달이 천 강(千江)에 비치어 천 개(千個)의 모습으로 나타나는 것을 화신(化身), 달에서 광명이 일어나는 모습을 보신(報身)이라 한다. 이 시는 일명 '화신송(化身頌)'으로도 불린다.

百八

청산青山은 그리지 않은 천년千年의 병풍

青山不墨千年屛
청 산 불 묵 천 년 병

流水無弦萬古琴
유 수 무 현 만 고 금

千江有水千江月
천 강 유 수 천 강 월

萬里無雲萬里天
만 리 무 운 만 리 천

청산은 먹으로 그리지 않은 천년의 병풍이요
흐르는 물은 줄이 없는 만년의 거문고이어라
천 강의 물에 달이 비치니 천 개의 달이요
만리 하늘에 구름 걷히니 만리 하늘이어라

—— 예장 종경 豫章宗鏡, 생몰년 미상

송(宋)대의 고승 예장 종경(豫章宗鏡)선사의 선시(禪詩) 「청산」이다. 안타깝게도 종경선사는 알려진 바가 전혀 없는 베일 속 인물이다. 다만 명나라 때(1551) 간행된 『당련서(堂連序)』에 "나한(羅漢)의 한 분으로 자비와 지혜가 깊고 넓었다"라고 기술돼 지금껏 전해오고 있다. 『금강경오가해(金剛經五家解)』에 종경선사의 제송(題頌)이 곳곳에 덧붙여짐으로써 그 인물됨을 추측할 뿐이다.

『금강경』은 한국 불교를 대표하는 대한불교조계종 소의경전이다. 『금강경오가해』는 다섯 선지식이 『금강경』을 해석한 내용을 모아서 편찬한 '금강경 주석서'이다. 중국에는 오백가, 삼천가라고 하여, 오백 스님이 해석을 하고, 삼천 스님이 해석한 것이 있다고 전해 오는데 이 가운데 육조 혜능, 규봉 종밀, 야보 도천, 쌍림 부대사, 예장 종경 등 다섯 분이 해석한 내용을 모은 책이 『금강경오가해』이다. 우리나라 함허 선사의 보충 설명에 해당하는 설의(說誼)까지 합하면, '육가해(六家解)'라고 말할 수 있다.

앞의 두 구절은 글자를 조금씩 달리하여 다른 이들의 시에 덧붙여 소개되거나 따로 붓글씨로 쓰여 주련이나 병풍의 소재로 자주 인용되는 글귀이다.

선사는 천 강에 비친 달을 바라보느라 넋을 잃은 사람들에게 천 강의 달을 보는 데 그치지 말고 하늘 한복판에 높이 떠서 만고 광명을 발하는 명월(明月)을 보라고 '말 없는 말'로 법문을 한다.

七艮山

☶

열반락 涅槃樂

고해(苦海)를 건너 피안(彼岸)으로 간

이들이 읊은 '기쁨의 노래'

百九

바다 위의 산을 소요하며

駕鶴逍遙海上山　蓬萊宮闕五雲間
가 학 소 요 해 상 산　봉 래 궁 궐 오 운 간

人寰正在風波底　百歷勞勞不自閑
인 환 정 재 풍 파 저　백 력 로 로 부 자 한

두루미 등에 올라 바다 위의 산을 소요하나니
오색구름 사이로 봉래산 궁궐 보이네
인간세상은 끝없이 이는 풍파 밑에 잠겨 있나니
평생 동안 온갖 괴로움에 한가로울 날 없어라

—— **김시습** 金時習, 1435~1493

높은 곳에서 굽어보면서 읊은 시를 세상 사람들이 이해하기란 쉽지 않겠지만 시의 작자는 아랑곳 않고 보고 느낀 대로 이야기를 풀어나간다. 하늘에서 보면 한반도 자체가 금수강산이겠지만 그중에서도 특히 아름다운 곳이 바로 금강산이라 하겠다. 신비로운 생명력을 머금은 쑥을 어디에서나 만나볼 수 있는 곳이 바로 봉래산 아닌가? 작자는 아득히 높은 곳에서 봉래산의 궁궐, 즉 신선들의 거처 선계(仙界)를 내려다보면서 동시에 풍파 속의 고해(苦海)에 사는 사람들을 연민의 정(情)으로 굽어본다.

이 시의 작자 김시습(金時習)은 조선 초기의 문인으로 생후 8개월에 이미 글 뜻을 알았고 3세에 능히 글을 지을 정도로 천재적인 재질을 보였다. 5세 무렵부터 세종의 총애를 받았으며, 후일 중용하리란 약속과 함께 비단을 하사받기도 했다. 그의 이름인 시습(時習)은 『논어(論語)』 학이(學而) 편 중 "배우고 때로 익히면 즐겁지 아니한가"라는 구절에서 따온 것으로 보인다.

김시습은 과거 준비로 삼각산(三角山) 중흥사(中興士)에서 수학하던 21세 때 수양대군이 단종을 몰아내고 대권을 잡았다는 소식을 듣자 그 길로 삭발하고 스님이 되어 방랑의 길을 떠났다. 그는 관서·관동·삼남 지방을 두루 돌아다니며 백성들의 삶을 직접 체험했는데, 『매월당시사유록(每月堂詩四遊錄)』에 그때의 시편들이 수록되어 있다. 현실과 이상 사이의 갈등 속에서 일생을 보냈으며, 최초의 한문소설 『금오신화』를 지었다.

百十

추운 날 외기러기 먼 하늘을 울고 가네

山堂靜夜坐無言
산 당 정 야 좌 무 언

寂寂廖廖本自然
적 적 요 요 본 자 연

何事西風動林野
하 사 서 풍 동 림 야

一聲寒雁唳長天
일 성 한 안 려 장 천

고요한 밤, 산당에 말없이 앉았노라니
적적하고 고요하여 본래 자연 그대로라
무슨 일로 서풍 불어와 임야를 흔드는가
추운 날 외기러기 먼 하늘을 울고 가네

—— **야보 도천** 冶父道川, 생몰년 미상

송나라 때의 선승(禪僧) 야보 도천(冶父道川) 스님이 『금강경』의 유명한 구절 "응무소주 이생기심(應無所住 而生其心)"이라는 대목에 대하여 덧붙인 글이다. 보이거나 들리거나 생각으로 헤아리거나 만질 수 있는 등의 모든 대상을 떠나 자연스럽게 우러나오는 정갈한 마음이야말로 자기 자신을 뛰어넘고 시간과 공간을 초월한 영원성의 '참자아'요, 우주적 존재라 할 것이다. 작가는 깊은 산중의 조그만 암자에 홀로 앉아 우주자연과 하나 되어 물아일여(物我一如)의 상태로 몰입하여 여여히 존재하는 무아(無我)의 경지를 몇 구절의 시어(詩語)로 그려내 세상 사람들에게 보여준다. 선(禪)의 황금시대라고 불리는 당(唐)대의 육조(六祖) 혜능(慧能) 스님이 『금강경』의 이 대목에서 문득 깨달음을 얻어 마음의 눈을 뜨고 오조(五祖) 홍인(弘忍) 스님의 법을 이은 인연이 있기도 하여 더욱 유명해진 글이다.

멀리 서역 인도로부터 불어온 불조(佛祖)의 법풍(法風)이 숲을 흔들자 삼매(三昧)에 들어 있던 찬 겨울의 기러기 한 마리가 청아한 소리로 우주자연의 정적을 깨며 하늘 높이 날아오른다. 그것은 마치 세상의 어둠을 걷어내고 밝은 세상을 보이게 하는 태양 광명으로 그때까지 잘 보이지 않던 만물의 참모습을 여실히 보게 한다. 어쩌면 우리 마음의 어둠이 걷히고 확연하게 밝아져서 자신의 본래 면목인 실상(實相)을 깨닫는 것과 같은 것이리라.

百十一

밤 깊을수록
등불 더욱 밝나니

波亂月難現　室深燈更光
파 란 월 난 현　실 심 등 갱 광

勸君整心器　勿傾甘露漿
권 군 정 심 기　물 경 감 로 장

파도 어지러우니 달이 나타나기 어렵고

밤이 깊을수록 등불은 더욱 밝나니

그대들이여, 마음 그릇을 잘 간수하라

생명수 감로장이 쏟아질지도 모르나니

—— 지눌 知訥, 1158~1210

고려 중기의 고승, 불일보조(佛日普照)국사 지눌(知訥)의 임종게이다. 『한국민족문화대백과』에 따르면 지눌국사의 성은 정씨(鄭氏), 자호는 목우자(牧牛子)이고 지눌은 법명이다. 한국 불교 선종(禪宗)의 중흥조로서, 돈오점수(頓悟漸修)와 정혜쌍수(定慧雙修)를 제창하여 선과 교에 집착하지 않고 깨달음의 본질을 모색하였다.

8세 때 구산선문(九山禪門) 중 사굴산파(闍崛山派)에 속했던 종휘(宗暉)선사를 은사로 출가하여 명종 12년(1182) 승과(僧科)에 급제한 뒤, 보제사(普濟寺)의 담선법회(談禪法會)에 모인 승려들과 정혜결사(定慧結社)를 맺어 참선과 교학을 함께 수행할 것을 기약하였다.

그의 첫 번째 깨달음은 전라도 나주 청량사(淸凉寺)에 머물면서 『육조단경(六祖壇經)』을 열람하다가 이루어진다. 그 뒤, 평생 동안 육조혜능(六祖慧能)을 스승으로 모셨다. 1185년 다시 예천의 학가산 보문사(普門寺)로 옮겨 선종의 종지에 따라 수행하면서 교학을 병행하던 중, 선교일원(禪敎一元)의 원리를 발견하고, 이에 입각한 새로운 지도 체계를 세웠으며, 말법학도(末法學徒)를 위한 원돈관문(圓頓觀門)의 지침을 확립하였다. 1190년 거조사로 가서 사명(社名)을 '정혜(定慧)'라 하고, 『권수정혜결사문(勸修定慧結社文)』이라는 취지문을 지어 선포하였다. 1197년 지리산 상무주암(上無住庵)으로 들어가 홀로 선정을 닦았는데, 그때 『대혜어록(大慧語錄)』을 보다가 현실참여적인 보살행에 대한 깨달음을 얻는다. 희종 1년(1205) 새로운 결사도량인 송광사로 와서 새로운 선풍을 일으켰으며 1210년 3월 27일 대중과 함께 선법당(善法堂)에서 문답하다가 이야기를 마치고 임종게를 남긴 뒤 법상에 앉아 입적하였다.

천 강千江에 비친 달은 하나의 달

清淨無瑕一法身
청 정 무 하 일 법 신

如蓮出水不沾塵
여 연 출 수 부 점 진

分身應現千江水
분 신 응 현 천 강 수

千月還同一月真
천 월 환 동 일 월 진

티 없이 청정한 진리의 몸, 법신이여

마치 흙탕물에 물들지 않는 연꽃 같구나

천 개의 강물에 비친 천 개의 달이여

밤하늘에 떠 있는 하나의 달이라네

—— **무구자** 無垢子, 생몰년 미상

바야흐로 연꽃이 곳곳에 피어나 그 향기가 진동하는 계절이다. 흙탕물 속에서 자라 피어났음에도 연꽃의 이파리와 꽃잎은 언제나 청정하고 고결한 자태를 보여주며 그 그윽한 향을 더 은은하게 만든다. 밤하늘에 밝은 달이 솟아오르면 일천 강의 수면에 비치는 수많은 달 또한 일제히 강물을 밝히며 온화한 빛을 내뿜는다.

일천 강에 뜬 일천 개의 달은 천 개의 모습을 보이지만 실상의 달은 밤하늘을 밝히는 달뿐이다. 사람 또한 여러 가지 모습과 성향을 드러내지만 참된 자아는 법신(法身)뿐이다.

계룡산 학림선원(鶴林禪院) 조실 한암 대원(漢巖大圓)선사에 의해 출간되어 세상에 널리 알려진 송계도인(松溪道人) 무구자(無垢子) 주해(註解)의 『마하반야바라밀다심경(摩訶般若波羅蜜多心經)』에 수록된 선시(禪詩)로 여름밤의 무더위를 식혀본다. 고요한 달빛 아래의 연꽃을 생각하는 동안 어느새 더위가 가시는 것을 느끼게 된다.

『반야심경』은 제목 10자에 본문 260자를 더한 270자의 짤막한 불교 경전이다. 이 경전의 한역(漢譯)에 많은 이가 주해를 붙인 탓에 해설서가 100여 종에 이르지만, 참선 수행자들이 주로 읽는 해설서로는 당나라의 고승인 대전(大顚) 화상 요통(了通·732~824)이 『반야심경』에 주를 붙인 『대전화상주해주심경(註解注心經)』과 무구자 도인의 『반야심경주해』가 꼽힌다. 무구자 도인에 대해서는 한국은 물론 중국과 일본의 어느 문헌에서도 언급한 바 없으며 다만 원나라, 명나라 이전의 인물로 추정할 뿐이다.

강을 건넌 뒤에도
뗏목을 쓰랴

渡河須用筏　到岸不須船
도 하 수 용 벌　도 안 불 수 선

人法知無我　悟理詎勞筌
인 법 지 무 아　오 리 거 노 전

강을 건널 때에는 뗏목을 쓰지만

언덕에 이르면 탈 것은 소용없으리

사람도 진리도, 나마저도 없음을 안다면

이치를 깨달은 터에 무슨 방편이 필요하랴

—— **부대사** 傅大士, 497~569

온갖 고통의 바다에서 허우적거리는 세상 사람들의 어두운 삶을, 안락(安樂)의 저 언덕으로 옮기자면 뗏목이 필요한 법이다. 그러나 나무를 베어 뗏목을 만들고 뗏목을 이용해 목표지점에 도달한 뒤에도 그 뗏목을 강가에 놓아두지 않고 지고 가려는 사람들이 적지 않다. 목적과 수단을 제대로 구분하지 못하는 어리석은 마음에서 속히 벗어나지 못한다면 힘만 들이고 결과를 얻지 못하는 불행으로 끝나지 않겠는가?

여러 가지 고통의 파도가 끝없이 밀려와 사람을 괴롭히는 암흑의 바다를 건너 꽃 피고 새 우는 아름다운 저 언덕에 도달할 수 있는 여섯 가지의 길을 육바라밀(六波羅蜜)이라고 한다. 불가(佛家)의 석가모니에 의해 제시된 이 여섯 가지 길은 보시(布施), 지계(持戒), 인욕(忍辱), 정진(精進), 선정(禪定), 반야(般若)로서 그중 '반야'의 길은 '밑 없는 배(無底船)'를 타고 가야 하는 길이다. 오로지 가슴속 법등(法燈)의 광명에 의지하여 목적지를 향해 노를 저어가는 그런 길인 것이다.

그러나 목적지인 저 언덕(彼岸), 즉 '열반(涅槃)'의 저 언덕에 당도한 뒤에는 타고 간 뗏목조차 버려야 하는 법이다.

"내 설법은 뗏목과 같은지라. 목적지에 도달하면 뗏목을 버리듯 열반의 언덕에 이른 뒤에는 법도 버려야 한다. 하물며 법이 아닌 것이랴(知我說法 如筏喩者 法尙應捨 何況非法·『금강경』)"라는 세존(世尊)의 설법을 해설한 부대사(傅大士)의 시구(詩句)다.

百十四

대나무 존자尊者의 법문을 듣나니…

我愛竹尊者　不容寒暑侵
아 애 죽 존 자　불 용 한 서 침

年多彌勵節　日久益虛心
연 다 미 여 절　일 구 익 허 심

月下弄淸影　風前送梵音
월 하 농 청 영　풍 전 송 범 음

皓然頭戴雪　標致生叢林
호 연 두 대 설　표 치 생 총 림

대나무 존자를 사랑하나니
추위 더위에 아랑곳하지 않고
해가 갈수록 절개는 점점 더 굳건해지며
날이 오랠수록 더욱 마음을 비운다
달빛 아래 맑은 그림자를 갖고 놀다가
바람이 불면 청아한 목소리로 설법을 하나니…
머리에 온통 하얀 눈 뒤덮이면
뭇 나무 우거진 숲속에서 높은 운치 드러나네

—— 진각 혜심 眞覺慧諶, 1178~1234

고려 스님 진각 혜심(眞覺 慧諶·1178~1234)은 보조(普照)국사 지눌(知訥)의 법제자로서 승주 송광사 16국사 중 한 분이다. 일찍이 진사에 급제하고 태학(太學)에 들어갔으나 어머니의 병으로 고향에 돌아가 시탕(侍湯)하다가 관불삼매(觀佛三昧)에 들었는데 어머니의 병이 나았다. 이듬해 어머니가 세상을 떠나자, 조계산 송광사의 보조국사 문하로 가서 스님이 되었다. 지리산 금대암의 대 위에서 좌선할 적에 눈이 내려 이마까지 묻히도록 움직이지 않으므로 사람들이 흔들어 보았지만, 아무런 반응을 보이지 않더니 마침내 깊은 뜻을 깨닫게 되었다고 전한다. 『선문촬요(禪門撮要)』『선문염송(禪門念誦)』 등의 명저를 남겼다.

스님은 어느 날 문득 대나무 숲속에서 바람결에 실려 들려오는 대나무 존자(尊者)의 설법을 듣게 된다. 달빛에 아롱거리는 대나무 그림자를 보다가 때마침 부는 바람으로 인해 오랜 연륜에 마음을 비운 무심(無心)의 법문(法門)을 들으며 한없이 깊은 진리의 세계로 몰입해 가는 무아(無我)의 자신을 발견하게 된다.

북풍한설(北風寒雪)에 모든 나무는 잎을 떨군 채 초라한 자태를 숨길 수 없지만 곧은 절개와 높은 운치를 드러내는 죽존자(竹尊者)의 모습은 철저히 마음을 비운 진각국사의 무심 도인(道人)으로서의 삶을 여실하게 보여주는 한 폭의 선화(禪畵)다. 바람이 요청한 청법가(請法歌)에 따라 청아한 목소리로 들려준 죽존자의 법문은 시공을 넘어 이 시간에도 많은 사람의 심금을 울리고 있다.

百十五

산중山中에 사는 삶의 묘미妙味

山深谷密無人到　盡日寥寥絶不緣
산 심 곡 밀 무 인 도　진 일 요 요 절 불 연

晝則閑看雲出峀　夜來空見月當天
주 즉 한 간 운 출 수　야 래 공 견 월 당 천

爐間馥郁茶烟氣　堂上氤氳玉篆烟
노 간 복 욱 다 연 기　당 상 인 온 옥 전 연

不夢人間喧擾事　但將禪悅坐經年
불 몽 인 간 훤 요 사　단 장 선 열 좌 경 년

산 깊고 골짜기도 깊으니 찾는 이 없네
세상 인연 끊고 온종일 고요 속에 잠긴다
낮에는 한가로이 산등성 넘는 구름을 보고
밤이면 하릴없이 중천의 달을 본다
화로에서는 차 달이는 연기 피어오르고
집 안에는 향 피우는 연기 가득하다네
시끄러운 세상일 꿈도 꾸지 않고
선정의 기쁨에 세월 가는 줄 모른다

—— 함허 득통 涵虛得通, 1376~1433

조선 초기의 고승(高僧)으로서 조선 건국에 기여한 무학(無學) 왕사의 전법제자인 함허 득통(涵虛得通)선사는『금강경오가해설의(金剛經五家解說誼)』등 뛰어난 저술을 다수 남겼을 뿐 아니라 주옥같은 선시(禪詩)들을 전하여 시공(時空)을 넘어 보는 이들로 하여금 감동에 젖게 만든다.

자연의 소중함을 모르고 살거나 비록 알더라도 등지고 살 수밖에 없는 형편의 사람들에게 자연은 그저 며칠 지나면 갑갑하게 느껴지거나 늘 동경의 대상으로만 존재하게 마련이다. 실제로 자연 속으로 깊숙하게 들어가 자연과 하나 되어 살 수 있다는 것은 여간 큰 복이 아닌데도 문제는 그러한 삶의 묘미를 제대로 느끼지 못한다는 데 있다.

자연 속에 사는, 나아가 깊은 산중에 사는 삶의 묘미를 온전하게 느껴본 사람이라면 결코 그 맛을 잊지 못해 늘 그리워하거나 아니면 필자처럼 아예 산중에 들어와 살면서 웬만하면 하산(下山)하려 들지 않는 그야말로 '산 사람(山人)'이 되어버리게 마련이다. 함허 선사가 읊은「산중미(山中味)」는 아마도 그런 것이 아니겠는가?

百十六

봄바람에 대지大地는 꽃으로 미소 짓네

終日芒鞋信脚行　一山行盡一山青
종 일 망 혜 신 각 행　일 산 행 진 일 산 청

心非有想奚形役　道本無名豈假成
심 비 유 상 해 형 역　도 본 무 명 기 가 성

宿露未晞山鳥語　春風不盡野花明
숙 로 미 희 산 조 어　춘 풍 부 진 야 화 명

短筇歸去千峰靜　翠壁亂烟生晩晴
단 공 귀 거 천 봉 정　취 벽 난 연 생 만 청

온종일 짚신 신고 걷는 나그넷길
산 넘으면 또 하나의 산이 푸르네
무념무상이라 아무런 걸림 없나니
참된 도를 어찌 거짓으로 이루랴
이슬 내린 아침에 산새들 지저귀고
봄바람에 대지는 꽃으로 미소 짓네
지팡이 휘두르며 산으로 들어가니
짙은 안개 걷히며 푸른 벽 드러나네

—— 김시습 金時習, 1435~1493

조선 초기의 대학자이자 도인(道人)으로 이름난 김시습(金時習) 선생의 시이다. 선생의 호는 매월당(梅月堂), 법호는 설잠(雪岑)으로, 조선 세종 17년(1435)에 태어나 성종 24년(1493)에 60세를 일기로 충청도 부여의 무량사(無量寺)에서 세연(世緣)을 마치고 입적하였다. 세 살 적에 글을 지어 세상을 놀라게 한 신동(神童)으로서 다섯 살 되던 해에 당대의 임금 세종대왕 앞에서 시재(詩才)를 유감없이 발휘하여 상으로 비단 수십 필을 받기도 하였다.

선생은 10대에는 학업에 전념하였고, 20대에는 산천과 벗하며 천하를 돌아다녔으며, 30대에는 고독한 영혼을 이끌고 수도(修道)로 인생의 터전을 닦았다. 40대에는 개탄스러운 현실을 비판하고 행동으로 항거하였으며, 50대에 이르러서는 세속과의 인연을 등지고 정처 없이 떠돌았다. 마지막으로 충남 부여군 외산면 만수산의 무량사로 들어가 그곳에서 머물다가 초연히 세상을 떠났다.

세속과의 인연을 끊고 혈혈단신으로 전국 각지를 방랑하는 고달픈 여정(旅程)을 이어가던 어느 봄날, 산 넘고 물 건너 걷고 또 걷다가 선생은 문득 산이 하는 법문에 귀 기울이고 온갖 새들이 하는 이야기를 들으며 일렁이는 봄바람에 막 꽃으로 피어나 미소 짓는 대지(大地)의 마음을 보게 된다. 그리고 선생도 말없이 미소 짓는다. 이 시는 그러한 정경을 마치 한 폭의 그림처럼 잘 보여주고 있다.

百十七

비 갠 뒤의 하늘을 보면

雲邊千疊嶂　檻外一聲川
운 변 천 첩 장　함 외 일 성 천

若不連旬雨　那知霽後天
약 불 연 순 우　나 지 제 후 천

흰 구름 위로 천 겹의 산봉우리들 드러나고

난간 밖에서는 끊임없이 계곡 물소리 들려오네

열흘 내내 비가 내리지 않았더라면

비 갠 뒤의 저 '청정한 하늘'을 어찌 볼 수 있으랴

—— **편양 언기** 鞭羊彦機, 1581~1644

긴긴 장마철 어느 날, 조선 중기의 고승 편양 언기(鞭羊彦機·1581~1644) 선사는 지루한 장맛비의 불편한 현실만을 들여다보지 않고 열흘 내내 내린 비로 불어나 세차게 흐르는 계곡물 소리의 쉼 없이 설하는 법문(法門)을 들으며 천 겹 만 겹 구름 위로 솟은 산봉우리들의 장엄한 별천지 속으로 몰입하여 선정삼매(禪定三昧)에 든다.

'비 온 뒤에 땅이 더욱 굳어진다'라는 속담의 의미도 중요하지만, 비 갠 하늘이 보여주는 청정무구(清淨無垢)한 화엄(華嚴) 법계의 문자 없는 경전(經典)을 읽는 기쁨은 더욱 크리라. 편양 선사는 한국불교의 큰 산으로 우뚝 솟아 외외(巍巍)한 기상과 비상한 지혜로 당시 임진왜란(壬辰倭亂)에 의해 풍전등화(風前燈火)와 다름없던 나라의 운명을 결정적으로 되돌리는 데 지대한 역할을 한 청허 휴정(清虛休靜)선사, 즉 서산(西山)대사의 상수 제자로서, 그 법맥을 이은 사대(四大)파 중 '편양파'의 개조(開祖)가 된 고승이다. 자연이 빚어내는 신서(神書)와 묘음(妙音)의 법문을 읽어내 아름다운 시구로 들려주는 편양 선사의 게송은 시공을 넘어 오늘에도 여전히 많은 이의 가슴에 잔잔한 감동을 전해주고 있다.

百十八

서리 맞은 단풍잎, 뜰에 가득하네

斜陽空寺裏　抱膝打閑眠
사 양 공 사 리　포 슬 타 한 면

蕭蕭警覺了　霜葉滿階前
소 소 경 각 료　상 엽 만 계 전

해가 뉘엿뉘엿 기울어가는 텅 빈 절에
무릎을 안고 앉아 한가롭게 졸고 있다
문득 불어오는 소슬바람에 놀라 깨어보니
서리 맞은 단풍잎만 뜰에 가득하네

—— **경허 성우** 鏡虛惺牛, 1849~1912

조선 말기의 선지식(善知識)으로 이름을 크게 떨친 경허 성우(鏡虛惺牛)선사의 「우연히 읊다(偶吟)」라는 제목의 다섯 수 중 첫 번째 시이다. 선사는 전 생애를 통해 선(禪)의 생활화를 추구하며 근대 선 사상의 체계를 정립한 지식인이다. 여산(驪山) 송씨(宋氏)로 속명은 동욱(東旭)이고 법호는 경허, 법명은 성우이다. 9세 때 과천 청계사에 출가해 계허(桂虛)선사에게 배웠고, 1871년 동학사 강사가 되었다. 1879년 돌림병이 유행하는 마을을 지나다가 죽음의 위협을 겪고 문득 깨우친 바가 있어 학인을 모두 돌려보낸 뒤 문을 닫고 좌선하여 선의 묘지(妙旨)를 크게 깨달았다. 32세에 홍주 천장사에서 혜언(慧彦)의 법을 잇고, 그 뒤 기행으로 많은 일화를 남겼다. 1894년 동래 범어사의 조실이 되었고, 1899년에는 합천 해인사에서 여러 불사를 주관했다. 이후 지리산 천은사, 안변 석왕사 등지를 돌아다니다가 자취를 감추었는데, 머리를 기르고 유관(儒冠)을 쓴 모습을 보였으며 한동안 박난주(朴蘭州)라는 이름으로 살았다는 이야기가 전해진다. 1912년 4월 임종게(臨終偈)를 남기고 입적했다.

한 스님이 사람들의 발길이 끊어진 조그만 초암(草庵) 마루에 앉아서, 해가 뉘엿뉘엿 기울어가는 저녁 하늘을 배경으로 무릎을 안고 적멸의 세계에 들어가 자연과 하나 되어 '무아(無我)의 삼매(三昧)'를 즐긴다. 육진(六塵)을 여읜 청정한 법계에서의 하루는, 속세에서의 1년보다 훨씬 더 가치를 지닌, 무엇과도 바꿀 수 없는 황금의 시간이라 할 수 있다. 시공을 뛰어넘어 무심히 '잠선' 삼매에 든 선사를 누가 흔들어 깨우나? 소슬바람에 잠에서 깨어보니 서리 맞은 단풍잎만 뜰에 가득하다.

百十九

고금천지에 하나뿐인 ‘참사람’

虛徹靈通舊主人
허 철 영 통 구 주 인

古今天地一眞人
고 금 천 지 일 진 인

多經海岳風雲變
다 경 해 악 풍 운 변

落落巍巍不老人
낙 낙 외 외 불 로 인

텅 빈 듯, 탁 트인 신비스러운 주인공

고금천지를 통틀어 단 하나뿐인 참사람이네

바다와 산, 바람과 구름의 변화를 다 겪어도

변함없는 높은 기상, 늙지 않는 사람이네

—— 소요 태능 逍遙太能, 1562~1649

목숨이 끝나면 세상만사 모두가 끝이라는 생각을 지니고 사는 이들이 적지 않다. 숨을 거둔 뒤에 육신의 자아(自我)가 아닌 영적(靈的) 자아가 존재하는지, 존재한다면 그 존재는 과연 육신을 벗어날 때 어디로 가는지 알지 못할 뿐 아니라 알려고도 하지 않고 막연하게 '다 끝나는 것이겠지…' 생각하며 살아간다는 이야기다.

사는 방식이야 자기 스타일대로라지만, 적어도 나 자신이 어디서 왔다가 어디로 가는 것인지, 육신의 자아 너머의 영적 자아의 실상(實相)은 어떤 것인지에 대해 깊이 사유(思惟)해 보는, 좀 더 성숙한 삶의 자세를 가져볼 만도 하건만 그렇지 못한 삶이 더 많다는 데서 인생의 불행이 만들어지고 시작된다 해도 과언이 아닐 것이다.

그런 삶을 영위하는 이들에게 인생 노정(路程)의 훌륭한 이정표로 삼을 만한 위의 게송을 읊어준 이는 다름 아닌 서산(西山)대사, 즉 청허 휴정(淸虛休靜)선사의 법제자로서 소요문파를 개창한 소요 태능(逍遙太能)선사이다. 선사는 15세에 전라도 장성의 백양사에서 스님이 된 뒤 부휴(浮休) 스님에게 장경(藏經)을 배웠다. 청허 휴정 문하에서 크게 선지(禪旨)를 깨달았다고 하며, 임진왜란으로 나라가 위태로울 때 승군에 가담하여 왜군을 물리치는 데 앞장서고 후학들을 지도하다가 조선 인조 27년, 나이 88세로 입적한 선지식(善知識)이다.

육신의 삶이 전부인 것으로 착각하고 살아가는 이들에게 그는 말한다. 고금천지를 통틀어 하나밖에 없는 '참된 나'를 깨닫는 것이야말로 정말 중요한 명제이고, 그럭저럭 사는 우리들의 삶을 제대로 된 훌륭한 삶으로 승화시키는 길이라는 점을….

지리산에서
술에 취해 읊다

求名求利不如閑
구 명 구 리 불 여 한

屛迹煙霞二五間
병 적 연 하 이 오 간

好事何人來勸酒
호 사 하 인 래 권 주

袈裟半濕愧青山
가 사 반 습 괴 청 산

세상 명리 좇음이 한가로이 수도함만 같으랴
깊은 산 운무 속에 자취 감춘 지 어언 이십오 년
짓궂은 사람 만나 권하는 대로 술을 마셨더니
가사 장삼 반쯤 젖어 청산 보기 부끄러워라

—— 작자 미상 作者未詳

지리산은 그 둘레가 800여 리에 달하고, 백두대간의 끝자락에 우뚝 솟은 천왕봉을 마치 대소신료와 장군, 군사와 백성들이 임금을 에워싸듯, 수많은 산봉우리가 겹겹으로 에워싸고 있는 산의 왕이다. 산이 높으니 골이 깊고 골이 깊으니 물이 풍부하여 수많은 사람이 모여들어 산을 의지해 살아간다.

천왕봉 아래 해발 1,500m 지점에 자리한 법계사와 비슷한 높이의 반야봉 밑 묘향대는 대표적인 구도자들의 수도처이다. 한여름에 지리산 종주 산행을 하노라면 산길을 가득 메운 운무가 바람에 실려 빠른 속도로 산등성을 넘는 장관(壯觀)을 보고 또 보게 된다. 특히 세석고원에서 장터목으로 가는 길에 마치 별유천지비인간(別有天地非人間)의 신천지에 들어온 듯한 기이한 느낌을 갖게 하는 곳이 있는데 바로 연하봉(煙霞峯)이다. 갈 길은 아직 멀었는데 날은 저물고 있어 쉴 엄두를 내지 못하지만 웬만하면 그곳에 눌러앉고 싶은 생각이 간절해지는 곳이다.

지리산 깊숙한 토굴 안의 구도자에게 누군가 다가와 "스님, 곡차 한잔하시려우?"라고 권유하니 스님은 차마 거절하지 못하고 도담(道談)을 나누며 한 잔, 또 한 잔 마시고 말았다. 그러다 보니 어느덧 해는 서산으로 기울고 가사 장삼엔 술 내음이 짙게 배어 있는 게 아닌가? 25년간의 산중 생활에서 처음으로 자신을 가두고 묶은 '불음주(不飮酒)의 속박'에서 비로소 벗어나 대자유인으로 거듭나는 순간을 읊은 시로, 이름 모를 구도자의 깨달음이 참된 도의 의미를 알게 한다.

빈 배에 달빛만
가득 싣고 돌아오네…

千尺絲綸直下垂
천 척 사 륜 직 하 수

一波纔動萬波隨
일 파 재 동 만 파 수

夜靜水寒魚不食
야 정 수 한 어 불 식

滿船空載月明歸
만 선 공 재 월 명 귀

천자 긴 낚싯줄 물속으로 드리우니
잔잔한 파문이 끝없이 번져가네
밤은 깊고 물은 찬데 물고기는 아니 오니
빈 배에 달빛만 가득 싣고 돌아오네…

—— **화정 덕성** 華亭德誠, 생몰년 미상

맑은 수면을 스치며 날아오르는 서늘한 가을바람과 같은 이 시는 야보 도천(冶父道川)선사가 『금강경』 제30장(知見不生) 해설에 인용하면서 더욱 유명해진 선시다. 원저자는 화정 덕성(華亭德誠)선사로 원제(原題)는 '배에 기거하는 동안 생각나 읊다'라는 뜻의 「선거우의(船居寓意)」이다.

화정 덕성선사는 절강성(浙江城) 화정현(華亭縣)의 오강(吳江)에서 배를 띄우고 노를 저어 소주 사람들을 건네주는 수행을 한 덕분에 '화정의 뱃사공' '화정 선자(華亭 船子)'라는 별칭으로도 유명하다. 그에게는 훗날 당 제국 전역에 선종의 법리를 전한 협산 선회(夾山善會·805~881)의 스승이라는 이름도 있다. 협산의 됨됨이를 일찌감치 알아본 그는 약산유엄(藥山惟儼)으로부터 이어받은 법등(法燈)을 협산에게 전수하는 일에 매진했으며 그 일을 완성한 순간엔 스스로 배를 뒤집으며(覆船) 종적을 감춘다.

어부들은 물고기를 잡지 못하면 허탈한 심사를 교교한 달빛에 내던지며 빈 배로 돌아오지만 화정의 뱃사공 덕성선사는 빈 배에 물고기 대신 밝은 달빛을 가득 싣고 풍성한 귀환을 하게 된다. 만선의 풍요보다 더한 만선의 기쁨을 안고 돌아오는 것이다. 가을 달빛이 배어 있는 고요한 물줄기를 가르며 나아가는 선사의 모습이 눈에 보이는 듯하다. 그의 기이한 수행 방식과 삶의 궤적은 『조당집(祖堂集)』 권 5, 『전등록(傳燈錄)』 권 14 등을 통해 전해지고 있다.

八坤地

한산도 寒山道

해탈 자재(解脫自在)의 유유자적한
삶을 사는 한산(寒山)의 법문

한산寒山 가는 길을 묻는가?

人問寒山道　寒山路不通
인 문 한 산 도　한 산 로 불 통

夏天氷未釋　日出霧朦朧
하 천 빙 미 석　일 출 무 몽 롱

似我何由屆　與君心不同
사 아 하 유 계　여 군 심 부 동

君心若似我　還得到其中
군 심 약 사 아　환 득 도 기 중

저 높은, 한산으로 가는 길을 묻는가
한산으로는 갈 수가 없다네
여름에도 얼음이 녹지 아니하고
해가 떠오르면 안개가 자욱하다네
나 같은 사람은 어떻게 갔느냐면
그대 마음과 같지 않기 때문이라네
만약 그대 마음이 내 마음과 같다면
이미 그대는 한산에 당도했으리라

—— **한산** 寒山, 생몰년 미상

다람쥐는 쳇바퀴를 돌리며 열심히 달려가지만 아무리 달려도 결과적으로 보면 늘 그 자리다. 사람의 삶도 이와 같아 수레바퀴 안에서 돌고 돌아도 힘들고 고통스러울 뿐 목표 지점을 향해 다가가는 것은 애당초 불가능하다. 더 중요한 사실은 내내 윤회(輪廻)의 쳇바퀴를 돌면서도 그 사실 자체를 인식하지 못한다는 것이다.

선각자들이 자비심을 갖고 그런 사실을 깨우쳐주기 위해 거듭거듭 설법을 통해 설명하고 있으나 그 설법을 듣는 당사자의 간절한 구도심(求道心)과 정성 어린 수행 노력 없이는 자신이 '윤회에서 벗어나지 못하고 있다'는 사실을 깨닫지 못한다.

한산은 이 시를 통해 '나는 한산이라는 도의 세계에 들어와 있는데 왜 그대들은 결코 도달하지 못하는가?'를 묻고 그대들의 간절한 구도심이 그 답이라고 말한다. 사람들은 늘 데면데면 살아가면서 남들이 이룬 이상적 결과를 바라지만 그런 소망은 소원에 그칠 뿐이다. 한산의 이 시는 철저한 깨달음과 비상한 노력을 기울여야 끝없이 반복되는 윤회에서 벗어나 해탈의 자유로운 삶을 살 수 있게 된다는 사실을 잘 보여주고 있다.

한산寒山에 깃들어 사는 낙樂

一自遁寒山　養命餐山果
일 자 둔 한 산　양 명 찬 산 과

平生何所憂　此世隨緣過
평 생 하 소 우　차 세 수 연 과

日月如逝川　光陰石中火
일 월 여 서 천　광 음 석 중 화

任你天地移　我暢巖中坐
임 니 천 지 이　아 창 암 중 좌

한산에 깃들어 산 뒤로는
산과일로 생명을 기르나니
평생 무슨 근심 있으랴
한세상 인연 따라 사는 것을
물 흐르듯 날 가고 달이 가고
세월은 번개처럼 흐르누나
하늘·땅이여, 맘대로 가려무나
나는 늘 바위굴에 앉았으리니

―― **한산** 寒山, 생몰년 미상

계룡산 서남쪽 용화사터 마애불 아래 농막에서 태어나 두 살 되던 해에 다섯 살 난 형과 스물여덟 살 되신 어머니와 함께 아버지 인산(仁山)을 따라 함양 삼봉산 기슭 살구쟁이 마을로 들어왔다. 이것이 1956년 가을의 일이다.

함양읍에서 30여 리, 마천면 소재지에서도 30여 리에 달하는 깊디깊은 산속 오지 마을, 휴천면 월평리 살구쟁이에는 당시 10여 가구가 옹기종기 모여 살았다. 국도, 지방도를 통틀어 어느 도로에서도 보이지 않아서 그곳에 마을이 있을 것이란 상상을 못 할 정도였다.

여섯 살이 되던 해에는 향년 32세의 한 많은 삶을 마감한 어머니 체백(體魄)을 그곳 양지바른 산기슭에 안장한 뒤 아버지를 따라 서울로 올라갔다. 서울살이 때는 북한산 기슭 빨래골 산 111번지에 파놓은 토굴 속에서 구슬피 울어대는 뻐꾸기 소리에 아침잠을 깨곤 했다. 1974년 여름, 또다시 아버지를 따라 지리산 인근의 함양으로 이사한 뒤 서울을 오가며 살다가, 1986년 12월 초에 삼봉산 기슭 해발 500여 미터 고지에 자리한 인산동천(仁山洞天)으로 들어와 지금껏 살고 있다.

1,000여 년 전, 당나라 천태산 한암굴에 깃들어 산 뒤로는 야산의 과일로 생명을 이어가며 아무런 세속적 근심 없이 유유자적한 삶을 영위한 한산(寒山)의 시는 깊은 산 계곡의 물소리처럼 청량하다.

그는 한산에 깃들어 생명을 기르고, 나는 지리산(智異山)과 덕유산(德裕山) 사이에 자리한 인이산(仁異山), 즉 인산(仁山)에 깃들어 살면서 소금을 구워 짭짤하고 고요한 삶을 구가(謳歌)하고 있다.

百二十四

한산寒山에 오르려거든

寒山多幽奇　登者皆恒懾
한 산 다 유 기　등 자 개 항 섭

月照水澄澄　風吹草獵獵
월 조 수 징 징　풍 취 초 엽 렵

凋梅雪作花　杌木雲充葉
조 매 설 작 화　올 목 운 충 엽

觸雨轉鮮靈　非晴不可陟
촉 우 전 선 영　비 청 불 가 척

한산은 골이 깊고 험준한 산이라
오르려는 이들, 누구나 늘 망설이나니
그곳은, 달빛에 맑은 물 더욱 빛나고
풀잎은 바람 따라 물결처럼 출렁인다
앙상한 매화나무에 눈은 흰 꽃이 되고
겨울나무 가지에 구름은 잎이 되누나
비 온 뒤 산 빛깔 더욱 신령스러운데
맑게 갠 날 아니면 오를 수 없나니

—— **한산** 寒山, 생몰년 미상

중국 당나라 때 천태산 국청사를 오가며 주로 한암(寒岩)이라는 바위굴에 머물면서 시를 읊고 그 시를 인근의 바위, 나무 등에 새겨 넣었던 이인(異人)이자 현자(賢者)인 한산(寒山)의 시이다. 이 시는 당시 태주 자사 여구윤의 명으로 한암굴의 한산을 위시하여 천태산 국청사의 풍간(豊干)선사와 부엌에서 일을 하던 행자 습득(拾得)의 시를 모아 엮은『한산시』300수 중 한 편이다.

한산은 골이 깊고 봉우리가 험준하여 사람들 모두 두려운 마음에 선뜻 산행에 나서지 못하고 망설이게 된다고 했는데, 이는 단순히 산세가 험준하다는 이야기에 그치지 않고 한산이 도달한 정신세계의 경지에 오르기가 결코 쉽지 않다는 것을 간접적으로 말해준다.

한산은 불과 몇 구절 안 되는 시어(詩語)들을 동원해 간명직절한 표현으로 지상의 극락(極樂)세계 모습을 보여준다. 산봉우리 위로 밝은 달이 떠오르니 한산 계곡의 거울처럼 맑은 물은 달빛을 머금고 눈부신 빛을 발하는데 어디선가 바람이 불어오매 풀잎은 바람 따라 물결처럼 출렁인다. 겨울비 내린 뒤의 산 빛깔은 더욱 아름다운데 이러한 선경(仙境)의 별천지에 맑은 날이 아니면 그 누구도 오를 엄두를 내지 못하는 게 안타까울 뿐이다.

바른 법을 만나 정진에 정진을 거듭할 때 비로소 한산에 도달할 수 있으리라.

百二十五

일 없이 자연을 즐기는…

寒山棲隱處　絶得雜人過
한 산 서 은 처　절 득 잡 인 과

時逢林内鳥　相共唱山歌
시 봉 임 내 조　상 공 창 산 가

瑞草聯谿谷　老松枕嵯峨
서 초 연 계 곡　노 송 침 차 아

可觀無事客　憩歇在巖阿
가 관 무 사 객　게 헐 재 암 아

한산이 깃들어 사는 곳, 깊은 산속이라
사람 발자취 끊겨 아무도 찾아오지 않네
때때로 숲속에서 새를 만나면
다 같이 어울려 산 노래를 부르나니
계곡에는 온갖 풀들이 상서로운 빛을 발하고
노송은 우뚝 솟은 산봉우리 베고 조나니
볼만하구나, 일 없이 자연을 즐기는 나그네
너럭바위에 앉아서 한가로이 쉬고 있네

—— 한산 寒山, 생몰년 미상

'삼천리금수강산'이라는 표현이 정말 실감 날 정도로 나라 전역이 온갖 초목이 피워내는 눈부신 형형색색의 꽃으로 뒤덮여 간다. 이따금 봄을 알리는 훈훈한 바람이 불면 꽃잎들이 비처럼 이리저리 흩날리며 대지를 아름답게 수놓는다. 비단에 수놓은 꽃처럼 아름다운 산하(山河), 신선들이나 노닐 법한 선경(仙境)에 우리는 살고 있다.

하지만 이렇듯 자연환경이 좋은 별천지에 살면서도 마음은 여전히 속세의 속박에서 벗어나지 못한 채 탐욕과 분노, 어리석음의 세 가지 독소가 빚어내는 복잡다단한 생각들을 좇아 동분서주(東奔西走)할 뿐이다. 그런 이들에게는 봄은 봄이요, 꽃은 꽃일 뿐, 삶에 생기(生氣)를 불어넣는 활력소도 아니고 번뇌를 씻어주는 청량한 감로(甘露)도 아닌 것이다.

한산의 시 300여 수가 뭇사람의 각박한 가슴에 온기를 불어넣는 봄을 닮은 문장이라지만, 시를 읽는 이들이 최소한 한산이 봄바람 같은 마음으로 빚어내는 온갖 꽃처럼 아름다운 시어(詩語)들을 통해 전하고자 한 그 참뜻을 제대로 이해하려는 마음가짐을 지녀야 여실(如實)하게 느낄 수 있으리라.

한산의 시는 1,000년의 시간과 공간의 제약을 넘어 이 시대의 사람들에게도 여전히 마음에 따뜻한 봄바람을 몰고 오고, 한편으로 가슴속 번뇌를 시원하게 해소할 수 있는 청량한 감로(甘露)의 역할을 하고 있다.

百二十六

흰 구름과 현도玄道를 담론하네

日見天台頂 孤高出衆群
일 견 천 태 정 고 고 출 중 군

風搖松竹韻 月現海潮頻
풍 요 송 죽 운 월 현 해 조 빈

下望山青際 談玄有白雲
하 망 산 청 제 담 현 유 백 운

野情便山水 本志慕道倫
야 정 편 산 수 본 지 모 도 륜

날마다 보이는 천태산 정상은
뭇 봉우리들 중 외로이 우뚝 솟았네
소나무, 대나무가 연주하는 바람 소리
달이 나오니 바다 조수 잦아지네
멀리 산등성이 푸른 빛 내려다보고
흰 구름과 현묘한 도를 담론하네
야인의 정서라 산수를 좋아하지만
본뜻은 해탈의 도리를 추구하나니

—— **한산** 寒山, 생몰년 미상

중국 당나라 때의 기인(奇人)이자 현자(賢者)로 알려진 한산(寒山)의 시로, 영락없이 자기 모습을 읊은 것이다. 시공을 초월하여 많은 이들에게 깨달음의 기쁨을 안겨주고 있다.
한산이 날마다 보는 천태산 정상은 수많은 뭇 봉우리 중에 홀로 외롭게 높이 솟아 세상을 굽어보고 있다. 우뚝 높이 솟은 그 봉우리의 고고한 자태에 깃든 허허로운 마음을 세상 그 누가 헤아릴 수 있으리오. 시시때때로 불어오는 바람은 소나무, 대나무를 악기(樂器) 삼아 흔들어 묘음을 연주하고 짙은 어둠을 밀치며 솟아오른 밝은 달은 바닷물을 밀었다 당겼다 하면서 장광설(長廣舌)을 토해낸다. 하늘과 맞닿은 산등성이 푸른빛을 바라보다가 문득 고개를 들어 어느새 다가온 흰 구름과 현묘하고 또 현묘한 중묘(衆妙)의 도에 대한 담론을 나눈다. 본디 세상 영화와 부귀에 뜻을 두지 않고 평생을 야인으로 살아온 터라 자연스레 산수를 벗하여 지내기는 하지만, 한산의 더 깊은 참뜻은 온갖 속박에서 벗어날 수 있는 해탈(解脫)의 도를 터득하여 불생불멸(不生不滅)의 세계로 드는 것에 있다. 또한 그러한 도리를 시어로 읊어 읽는 이들로 하여금 다 같이 해탈의 도를 깨달아 고해(苦海)를 건너 열반(涅槃)의 언덕으로 가게 하려는 것이다.

百二十七

외로운 학이
달빛 속을 난다네

自羨山間樂 逍遙無倚託
자 선 산 간 락 소 요 무 의 탁

逐日養殘軀 閑思無所作
축 일 양 잔 구 한 사 무 소 작

時披古佛書 往往登石閣
시 피 고 불 서 왕 왕 등 석 각

下窺千尺崖 上有雲旁礴
하 규 천 척 애 상 유 운 방 박

寒月冷颼颼 身似孤飛鶴
한 월 냉 수 수 신 사 고 비 학

산에 사는 즐거움을 스스로 원해 / 어디에도 기대지 않고 홀로 지내네 / 한가로운 생각에 아무런 하는 일 없이 / 하루하루 쇠약한 몸을 기르네 / 때로는 낡은 불교 경전을 뒤적여 보고 / 가끔 집채만 한 바위를 기어오르네 / 아래로는 천 길 벼랑 펼쳐지고 / 위로는 구름 감도는 바위 봉우리라 / 몸은 한 마리 외로운 학이 되어 / 차가운 기운 감도는 달빛 속을 난다

—— **한산** 寒山, 생몰년 미상

"나에게 무삼 일로 산에 사느냐고 묻기에 그저 웃고 대답 안 하니 마음 절로 편한걸"이라 읊었던 이태백의 심정에 공감이 간다. 뭣 때문에 산에 깃들어 사느냐고 도대체 뭣 때문에 묻는 것인가? 이 산 저 산을 오르는 사람에게 왜 산에 오르는가 물으면 갑자기 대답하기가 난감해진다.
그까짓 것 미사여구(美辭麗句)를 동원해 얼마든지 멋스럽게 표현할 수도 있겠지만 왠지 '내 마음의 성지(聖地)'로 자리 잡은 신령스럽기 그지없는 산에 대해 공연히 이런저런 말로 표현한다는 것이 그리 썩 내키지 않는 걸 어쩌랴.
이 시를 읊은 1,000여 년 전의 기인 한산(寒山)은 어디에도, 그 무엇에도 얽매임 없이 산에 사는 즐거움을 만끽하고 싶은 마음이라 자연스럽게 산을 떠나지 않고 산에 사는 것임을 밝힌다. 산중에서는 기름진 음식을 먹을 수도 없고 풍족한 삶을 기대할 수도 없지만, 자연 속에서 자연과 하나 되어 때로는 한가로운 구름처럼, 때로는 흐르는 계곡물처럼 유유자적하며 살 수 있다는 이야기를 담담한 시어(詩語)로 들려주고 있다.
티끌세상에서 복잡다단한 삶의 수레바퀴에 휘말리지 않은 자유로운 영혼은 때때로 까마득히 높이 솟은 바위를 기어오르기도 하고 천 길 벼랑 위를 걷기도 하다가, 문득 한 마리 외로운 학이 되어 차가운 달빛 속을 나는 상상 속에 빠지기도 한다. 이렇거나 저렇거나 산중의 삶은 청량한 공기만큼이나 상쾌하다는 것을 새삼 느끼게 하는 시이다.

푸른 바위 밑에서 사는 기쁨

家住綠巖下 庭蕪更不芟
가 주 록 암 하 정 무 갱 불 삼

新藤垂繚繞 古石竪巉嵒
신 등 수 료 요 고 석 수 참 암

山果獼猴摘 池魚白鷺銜
산 과 미 후 적 지 어 백 로 함

仙書一兩卷 樹下讀喃喃
선 서 일 양 권 수 하 독 남 남

푸른 바위 밑 토굴에서 사는 사람
뜨락에 풀이 무성해도 그대로 둔다네
새로 자란 등나무 덩굴 축축 늘어지고
오래된 바위 봉우리 높이 솟아 있네
산과일은 원숭이가 따고
연못의 물고기는 백로가 물었네
선가의 책 한두 권을
나무 밑에서 소리내어 읽는다네

—— 한산 寒山, 생몰년 미상

속세(俗世)를 멀리 떠나 높은 산, 깊은 골로 들어가 푸른 바위 밑에 거처를 정하고 자연을 벗 삼아 유유자적한 삶을 만끽하고 있는 이 시의 지은이는 당나라 때의 승려 한산(寒山)이다. '문수(文殊)의 화신'으로 불릴 만큼 여러 면에서 불가사의한 삶의 모습을 보인 분으로, 토굴에 거주하며 자작나무껍질을 머리에 쓰고 너덜너덜하게 해진 옷을 입고 나막신을 질질 끌고 다녔다. 한산의 모습은 걸인과 다름없고 얼굴은 여윌 대로 여위었지만 그가 말하는 일언일구(一言一句)는 모두 진리를 담고 있으며, 소회를 읊은 300여 수의 시들 역시 자연의 현묘한 이치를 드러내 보여주는 것이 대부분이다. 둥실둥실 떠가는 흰 구름처럼, 유유히 흐르는 물처럼 걸림 없이 살아가는 자신의 삶을 담담한 어조로 그린 이 시문은 한 폭의 진경 산수화 그 자체라 하겠다. 살아서 이미 죽은 존재들이 대부분인 세상에 죽어서도 영원히 사는 불멸의 존재들이 종종 등장하여 아름다운 풍광을 연출하기에 그나마 이 세상살이가 고달프기만 하지도, 절망적이기만 하지도 않다는 생각을 하게 된다. 이 시를 읽노라면 마치 우거진 나무숲에서 원숭이 재주 부리고 연못에서 물고기 뛰어오르는 풍광이 눈앞에 펼쳐지는 듯하고, 나무 밑에서 낭랑한 목소리로 선가(仙家)의 책을 읽는 한산의 청아한 음성이 바람결에 들려오는 듯하다.

흰 구름 벗 삼아 지내나니

自樂平生道　烟蘿石洞間
자 락 평 생 도　연 라 석 동 간

野情多放曠　長伴白雲閑
야 정 다 방 광　장 반 백 운 한

有路不通世　無心孰可攀
유 로 불 통 세　무 심 숙 가 반

石牀孤夜坐　圓月上寒山
석 상 고 야 좌　원 월 상 한 산

한평생 도를 즐기며 살아가나니
그곳은 운무 자욱한 칡넝쿨 드리운 바윗골이라
초야에 묻혀 사는 몸, 얽매임도, 걸림도 없어
흰 구름 벗 삼아 늘 한가하여라
길이 있어도 세상 사람들과 왕래 없나니
바라는 마음 없거니 무엇에 연연하리오
외로운 밤, 돌 평상에 홀로 앉으니
둥근달이 한산 위로 솟아오르네

—— **한산** 寒山, 생몰년 미상

1,000여 년 전, 중국 천태산(天台山)의 은자(隱者) 한산(寒山)은 운무 자욱한 칡넝쿨 드리운 바윗골에서 한평생 스스로 추구해 온 도를 즐기며 살아가는 모습을 시로 읊조려 세상에 전하였다. 어디에도 얽매이는 법이 없고 아무런 걸림도 없는 자유자재의 삶을 구가하는 그에게 친근한 벗이나 이웃이 있을 리 없지만 아쉬운 대로 종종 흰 구름이 찾아와 벗이 되어준다. 무언가 요구하는 것도 없고 바라는 바도 없으며, 그래서 세상 사람들과 왕래하는 법도 없고 소통하기도 어려운 처지의 한산에게 구름 말고 그 누가 벗이 될 수 있단 말인가? 자주 왕래하며 인간적으로 친하게 지내는 사람이 그 누구도 없다면 그는 별 볼 일 없는 사람이요, 무인도에 고립된 쓸쓸한 존재에 불과할 뿐이겠지만 한산의 삶을 그렇게 평가할 사람은 아무도 없을 것이다. 왜냐하면 그에게는 늘 흰 구름이 찾아오기 때문에….

당대의 걸출한 인물이 시대에 걸맞지 않은 높은 이상과 이해하기 어려울 정도의 독특한 언사, 납득하기 어려운 기이한 행동들로 인해 철저히 외면당하는 일이 드물지 않다. 시대를 잘못 만나 본의 아니게 광인(狂人)처럼 살았던 선지자(先知者)들이 고금동서(古今東西)를 막론하고 얼마나 많은가? 세상 사람들의 인식의 도도한 흐름이란 참으로 무서운 것이어서 몇몇 선각자나 선지자가 쉽사리 바꾸지 못한다는 엄연한 사실을 역사가 증명해 주고 있다는 점에서 안타까울 뿐이다.

百三十

속세俗世 떠나 한산寒山으로 오시라

鳥語情不堪　其時臥草菴
조 어 정 불 감　기 시 와 초 암

櫻桃紅爍爍　楊柳正毿毿
앵 도 홍 삭 삭　양 류 정 삼 삼

旭日銜青嶂　晴雲洗綠潭
욱 일 함 청 장　청 운 세 녹 담

誰知出塵俗　馭上寒山南
수 지 출 진 속　어 상 한 산 남

정겹게 들려오는 새소리
초암에 홀로 누워 듣고 있나니
앵도는 알알이 붉게 빛나고
버들잎은 줄줄이 드리워 있네
아침 햇살은 푸른 산봉우리를 감싸고
흰 구름은 초록빛 연못을 씻는다
그 누가 저 속세를 벗어나
한산으로 올라올 수 있겠는가

—— **한산** 寒山, 생몰년 미상

천 년이 넘도록 전설의 주인공으로 수많은 사람의 입에 회자하면서도 그 실존 여부조차 베일에 싸여 있는 신비로운 존재 한산(寒山). 그의 300여 수 주옥같은 시 중에서 탈속(脫俗)의 분위기를 확연하게 느낄 수 있는 시 한 수를 추려 읊어본다.

대부분 시간을 삼봉산의 깊은 산중에 기거하는 까닭에 늘 머리맡에서 들려오는 계곡물 소리와 숲속으로부터 정겹게 들려오는 온갖 새들의 지저귐 소리와 함께 대자연과 하나 된 삶을 사는 처지여서, 한산이 나인지 내가 한산인지 구분하기조차 어려운 게 요즘 필자의 근황이다.

대자연이 빚어내는 그지없이 아름다운 풍광(風光)과 무가보(無價寶)의 값진 선물을 세상 사람들과 함께 공유하고자 해도 한산의 탄식 어린 이야기처럼 "과연 그 누가 티끌세상의 속 티를 훌훌 털고저 한산(寒山)의 세계와 닮은 이곳 인산(仁山)으로 만사를 제치고 찾아와 푸른 산을 한 폭 그림으로 만들어가는 흰 구름을 배경 삼아 둘러앉아서 법주(法酒) 기울이며 한바탕 도담(道談)을 나누려는가" 하는 생각이 든다. 누구라도 좋으니 이곳에 오시려거든 속세의 정치·경제·사회, 온갖 사건 사고 소식일랑 그저 세상에 놓아두고 술 한 병 달랑 들고 오면 더없이 기쁘리라.

百三十一

백 년百年 시름을 잊게 되리라

有一餐霞子 其居諱俗遊
유 일 찬 하 자 기 거 휘 속 유

論時實蕭爽 在夏亦如秋
논 시 실 소 상 재 하 역 여 추

幽澗常瀝瀝 高松風颼颼
유 간 상 역 력 고 송 풍 수 수

其中半日坐 忘却百年愁
기 중 반 일 좌 망 각 백 년 수

깊고 깊은 산속, 초막에
안개 마시며 사는 신선이 있네
사는 곳은 세상과 거리가 멀고…
그가 들려주는 얘기는 늘 시원하여
한여름에도 마치 가을 분위기라네
그윽한 숲속 시내에는 맑은 물 흐르고
높은 소나무에서는 바람 소리 들리네
그 속에 반나절만 앉아 있어보시라
백 년 시름을 모두 잊게 될 테니…

—— 한산 寒山, 생몰년 미상

오랜 은둔생활을 통해 기이한 일화와 주옥같은 시들을 남긴 한산(寒山)의 시다. 힘들고 복잡한 일상을 벗어나 만사를 잊고 한 번쯤 들어가 쉬고 싶은 곳, 그런 곳을 한산은 우리에게 보여주고 있다. 만사에서 벗어나 번민과 고뇌 없이 살기란 생각처럼 그리 쉽지 않다. 공자(孔子)께서 제자 안연(顔淵)의 물음에 극기복례위인(克己復禮爲仁), 즉 자신의 사리사욕(私利私欲)을 극복하여 자연과 인간 본연의 질서에 합치되도록 하는 것이 인(仁)의 참뜻이라고 대답한 데서도 그 어려움과 중요성을 짐작할 수 있겠다. 노자(老子) 역시 백성들에게 삶의 표준으로 현소포박(見素抱朴)과 소사과욕(少私寡欲)을 제시한 바 있다. 염색하기 전의 천연섬유 그대로를 소(素)라 하고 가공하기 전의 통나무 그대로를 박(朴)이라 한다. 지나치게 꾸미거나 다듬어지지 않은 채로 살아갈 것과 사적인 자기만의 이익과 욕심에 집착하지 말 것을 강조한 가르침이다. 불가(佛家)에서는 사람의 심신을 병들게 하는 세 가지 요소로 탐욕(貪), 성냄(瞋), 어리석음(痴)을 꼽고 이를 삼독(三毒)이라 하여 경계하였다. 삼독을 제거하는 방법으로 삼학(三學)을 제시하였는데, 삼독의 독성을 풀어줄 방약으로는 첫째 계율을 배워 그에 따를 것(戒), 둘째 참선을 통해서 마음의 불길을 진정시킬 것(定), 셋째 지혜를 늘려 슬기롭게 판단할 것(慧) 등을 가르쳤다. 즉 도(道)와 이치에 맞게 마련한 행동 지침에 따라 자연스럽게 탐욕의 함정에서 벗어나고, 분노의 불길과 고뇌의 파랑(波浪)을 진정시켜 마음의 평화를 회복하며, 지혜와 진리의 등불(法燈)을 밝혀 바른길로 들어가 목표한 곳에 도달할 수 있도록 하라는 얘기다.

百三十二

무욕자족無欲自足은 건강 장수 묘법妙法

茅棟埜人居 門前車馬疎
모 동 야 인 거 문 전 거 마 소

林幽偏聚鳥 谿闊本藏魚
임 유 편 취 조 계 활 본 장 어

山果携兒摘 皐田共婦鋤
산 과 휴 아 적 고 전 공 부 서

家中何所有 唯有一牀書
가 중 하 소 유 유 유 일 상 서

일 없이 사는 사람 오막살이집
아무도 찾는 이 없네
깊은 숲속이라 새들만 모여들고
너른 시내엔 물고기들 노니네
아이 데리고 산과일도 따고
아내와 함께 언덕 밭을 맨다
집 안에 무에 있겠는가
다만 몇 권의 책이 있을 뿐…

—— **한산** 寒山, 생몰년 미상

산골 오두막에서 한 폭의 수묵화처럼 소박하게 살아가는 일가의 모습을 그려낸 서경시(敍景詩)다. 꾸미거나 다듬지 않은 질박한 모습으로 자연과 하나 되어(無爲自然) 세사(世事)를 잊고 한가롭게(無事自閑) 욕심 없이(無欲) 자족(自足)의 삶을 살아가는 모습은, 급박하게 돌아가는 21세기 급류의 소용돌이에 휘말려서 나아갈 방향도 제대로 잡지 못한 채 우왕좌왕 동분서주하는 현대인들에게 시사하는 바 적지 않으리라.

자연의 값없는 보배를 모르나니…

寒山頂上月輪孤
한 산 정 상 월 륜 고

照見晴空一物無
조 견 청 공 일 물 무

可貴天然無價寶
가 귀 천 연 무 가 보

埋在五陰溺身軀
매 재 오 음 닉 신 구

한산 꼭대기에 떠오른 외로운 달

맑은 하늘 두루 비추어 막힐 것이 없네

귀하디귀한 자연의 값없는 보배여

오음의 몸속에 파묻혀 보이질 않네

—— **한산** 寒山, 생몰년 미상

지은이의 성명은 알려진 바 없고 다만 천태산(天台山) 당흥현 서쪽 칠십 리에 있는 한암(寒岩)이라는 바위굴 속에 은거하여 살았기 때문에 '한산(寒山)'으로 불릴 뿐이다. 그가 읊은 시와 기이한 행적만이 전설로 전해질 뿐 자세한 행장(行狀)은 알 길이 없다.

한산이 가끔 찾았던 국청사에는 형제처럼 지내던 습득이 절 부엌에서 일하고 있었는데 평상시에 음식 찌꺼기를 대나무 통에 담아두었다가 한산이 오면 그것을 짊어지게 하여 보내기도 했다. 한산은 언제나 거리낌 없이 큰 소리로 외치거나 웃다가 그 절 승려들에게 붙잡혀 매질을 당한 후 쫓겨나는 곤욕을 치르기도 했지만, 그때마다 손뼉을 치며 껄껄 웃다가 돌아가곤 했다고 한다.

한산 꼭대기의 밝은 달과 같은 우리 마음속의 달이 허망한 속성을 벗어날 길 없는 육신 속에 파묻혀 전혀 빛을 발하지 못하는 세인들의 삶을 안타까운 연민의 정으로 바라보며 읊은 시이다. '내 안의 달'을 드러나게 하여 어둠을 밝혀 세상을 밝게 비추면 얼마나 좋겠느냐마는, 밝은 달을 제 몸의 무덤 속에 파묻어 버리고 어둠의 한 세상을 살아가는 게 일반적인 세상 사람들의 삶의 모습인 것을 어쩌랴! 오음(五陰)은 인간의 몸과 마음을 이루는 다섯 가지 기본 요소인 색(色), 수(受), 상(想), 행(行), 식(識)을 뜻한다.

百三十四

괴로움으로
괴로움 떨쳐버릴 수 있나

常飮三毒酒 昏昏都不知
상 음 삼 독 주 혼 혼 도 부 지

將錢作夢事 夢事成鐵圍
장 전 작 몽 사 몽 사 성 철 위

以苦欲捨苦 捨苦無出期
이 고 욕 사 고 사 고 무 출 기

應須早覺悟 覺悟自歸依
응 수 조 각 오 각 오 자 귀 의

언제나 세 가지 독으로 이뤄진 술을 마시어
정신이 어두워져 아무것도 모른다
돈으로 꿈같이 허망한 일을 하려 들지만
꿈같은 일은 쇠로 두른 산을 만들 뿐
괴로움으로 괴로움 떨쳐버릴 수 있나
괴로움 떨쳐버릴 날 기약조차 할 수 없네
응당 조속히 깨달아야 하리라
깨달아 내 안의 부처에게 귀의해야 하리라

—— 한산 寒山, 생몰년 미상

술은 음식이어서 질 좋은 술을 가려서 함께 있으면 행복한 사람들과 어울려 즐거운 기분으로 마시면 서로의 우정을 돈독하게 하고 마음속 응어리마저 녹여버릴 수 있는 약이 되겠지만 탐욕의 독과 분노의 독, 어리석음의 독으로 이뤄진 삼독(三毒)의 술을 마시면 몸과 마음이 다 같이 손상되고 혼미해짐을 깨닫게 되리라.
삼독의 술로 인해 혼미해진 마음으로 허망한 욕심을 발동해 많은 돈을 들여 꿈같은 일을 추진하다 보면 종내에는 자신을 가두어 밖으로 나올 수 없게 만드는, 쇠로 두른 산을 만드는 결과로 나타나게 된다. 고통의 원인이 되는 것으로 고통을 떨쳐버리려 하지만 고통에서 벗어날 수 있는 시기는 아무도 기약조차 해줄 수 없으리라.
다람쥐 쳇바퀴 돌듯이 끊임없이 돌아가는 생사윤회의 고통에서 벗어날 수 있는 길은 그 고통의 원인이 무엇인지를 조속히 깨달아 원인 행위를 그치고 새사람으로 거듭나서 생사윤회의 고통을 여읜 새로운 삶을 영위하는 것뿐이다.
어떤 계기에 의해 탐욕과 분노, 어리석음으로 일관해 온 제 삶을 청정 무욕과 안정적 심리, 지혜로움의 삶으로 바꾸어 내 안의 부처님께, 내 안의 하나님께 귀의하여 좀 더 훌륭하고 존귀한 존재로서의 삶을 살아갈 필요가 있다는 것을 이 시는 말해주고 있다.

百三十五

내 안의 '또 다른 나'와 만나려면

可貴天然物 獨一無伴侶
가 귀 천 연 물 독 일 무 반 려

覓他不可見 出入無門戶
멱 타 불 가 견 출 입 무 문 호

促之在方寸 延之一切處
촉 지 재 방 촌 연 지 일 체 처

爾若不信受 相逢不相遇
이 약 불 신 수 상 봉 불 상 우

참으로 존귀한, 내 안에 존재하는 또 다른 나
오직 홀로 존재할 뿐 그 어떤 동반자도 없네
아무리 찾아보아도 만날 수 없어라
대문도, 방문도 없는데 자유로이 들락거리네
가깝게는 바로 곁에 있고
넓게는 없는 곳 없이 모든 곳에 있나니
하나, 그 존재를 믿고 받아들이지 않는다면
만나더라도 진정으로 만나지 못한 것이라네

—— **한산** 寒山, 생몰년 미상

중국 당나라 때의 인물로 그 출생과 삶, 입적 시기 등이 세간에 잘 알려지지 않은 채 특이한 용모와 기이한 행적 등이 가지가지 전설로 승화되고 다양한 그림으로도 그려진 한산(寒山)의 시이다. 당시 기이한 행적을 거듭하는 한산을 세상 사람들은 석가모니 부처님의 제자 문수보살이 화현한 것이라 여겼지만 정작 그는 마치 고독의 화신(化身)인 양 홀로 자연을 벗 삼아 구름과 계곡물, 나무, 바위, 새들과 대화를 나누며 세인들에게 알려주고 싶은 이야기들을 담담한 시어(詩語)로 들려준다.

그러던 어느 날 한산은 문득 자연의 노래를 잠시 멈추고 '환상 속의 자아(自我)' 너머에 여여(如如)히 존재하는 '본래의 참다운 자아'를 망각하고 미망(迷妄)의 삶을 살아가는 세상 사람들에게 고정관념으로 굳어진 허망한 자아상을 깨뜨린 뒤 미망의 꿈에서 깨어나 참다운 자아로서, 무상(無相)의 실상(實相)으로서 무아(無我)의 거룩한 삶을 살아가라는 고차원의 법문(法門)을 잘 정제된 시어로 읊는다.

참으로 존귀한 존재인 내 안에 존재하는 '또 다른 나'를 아무리 찾아보아도 만나지 못하는 것은 무슨 까닭인가? 언제나 함께 지내며 늘 만나는 존재이지만 만나도 알아보지 못함으로써 만나더라도 진정으로 만나지 못한 채, 끝내 고정관념의 틀을 깨뜨리지 못한 채 인생의 종언(終焉)을 고하게 된다. 그리고 그것은 또 다른 윤회(輪廻)를 거쳐 새로운 삶의 출발점이 된다.

百三十六

바른 마음속의 참된 도道

貪愛有人求快活　不知禍在百年身
탐 애 유 인 구 쾌 활　부 지 화 재 백 년 신

但看陽焰浮漚水　便覺無常敗壞人
단 간 양 염 부 구 수　편 각 무 상 패 괴 인

丈夫志氣直如鐵　無曲心中道自眞
장 부 지 기 직 여 철　무 곡 심 중 도 자 진

行密節高霜下竹　方知不枉用心神
행 밀 절 고 상 하 죽　방 지 불 왕 용 심 신

쾌락을 좇아 애욕에 탐닉하는 사람아
백 년 몸 안에 화가 있는 줄 어이 알랴
부디 저 아지랑이나 물거품을 보시라
사람 몸 덧없이 무너짐을 깨달으리니
장부의 의지는 쇠꼬챙이처럼 꼿꼿하고
굽지 않은 마음의 도 참사람 갈 길이라
서리 눈에도 늘 푸른 대나무 같은 절개여
굽히지 않는 마음가짐 비로소 알겠네

—— 한산 寒山, 생몰년 미상

사람 발길 닿기 어려운 중국 천태산 한암굴에 유유자적 기거하면서 청빈한 가운데 높은 차원의 정신세계에서 자연과 인간을 노래한 당나라 때의 무애도인(無碍道人) 한산(寒山)의 시 300여 수 중 하나이다. 일부러 듣기 좋고 보기 좋으라고 꾸민 흔적이 전혀 없이 자신의 소회(所懷)를 단순 소박하게 읊은 것이어서 언제 어느 때 읽어도 늘 편안한 분위기를 자아낸다.

그의 단순 소박한 삶의 행적은 당대에 이미 전설이 되어 수많은 이에게 적지 않은 감동을 준 바 있으며 시공(時空)을 초월하여 1,000여 년의 세월이 흐른 오늘의 독자들에게도 여전히 잔잔한 감동의 명언(名言)으로 다가온다.

사람들은 한산이 머무는 청량한 선계(仙界)를 외면한 채 왜 서로 물어뜯고 피 흘리며 싸우는 아귀다툼의 생지옥으로 제 발로 걸어 들어가는가? 비록 욕심에 제 맑은 영성이 가려져 고정관념의 틀을 과감하게 타파하지 못해 스스로 지니고 있는 본래의 진면목을 잘 모르고 그렇게 산다는 것을 알면서도, 한산은 그들을 불쌍하게 여기는 비심(悲心)으로 고구정녕 참된 도리에 대해 설명을 아니 할 수 없다. 그는 세상 사람들에게 부디 백 년도 지니기 어려운 '덧없는 몸'에 탐착하지 말고 '영원한 자아의 밝은 빛'을 회복하여 광명의 세상을 살아갈 것을 권고하고 있는 것이다.

百三十七

유유자적한 한산寒山의 살림

久住寒山凡幾秋 獨吟歌曲絶無憂
구 주 한 산 범 기 추 독 음 가 곡 절 무 우

蓬扉不掩常幽寂 泉通甘漿長自流
봉 비 불 엄 상 유 적 천 통 감 장 장 자 류

石室地爐砂鼎沸 松黃柏茗乳香甌
석 실 지 로 사 정 비 송 황 백 명 유 향 구

飢飡一粒伽陀藥 心地調和依石頭
기 손 일 립 가 타 약 심 지 조 화 의 석 두

한산에 깃든 지 몇 해런가

홀로 노래하며 시름을 달래네

쑥대 사립 열린 채로 적막한 세상

단 이슬 샘솟아 쉼 없이 흐르는구나

돌집, 땅 화로 모래 솥에 끓여 만든 약

소나무꽃, 잣나무 싹, 유향 담긴 사발

배고픔에 한 알 아가타 약 먹고는

조화로운 마음으로 돌에 기대어

시공을 아득히 넘어 삼매에 든다

—— 한산 寒山, 생몰년 미상

세속을 아득히 초월한 특별한 지혜를 터득한 뒤 오탁악세(五濁惡世)와는 거리가 먼 천태산(天台山) 한암(寒岩)굴에 은거하여 유유자적 탈속의 삶을 살았던 한산(寒山)의 시이다. 한산의 시는 그가 살았던 당나라 때로부터 1,000여 년이 훌쩍 지난 오늘까지도 마치 깊은 산속에서나 맡을 수 있을 법한 짙은 풀꽃 향기를 풍기며 여전히 많은 사람에게 회자(膾炙)되고 있다.
아귀다툼이 끊이지 않는 속세와 뒤섞이지 않고 장강(長江)처럼 거대한 시류(時流)에 휩쓸리기 싫어서 길 찾기 어렵고 길을 알더라도 쉽사리 오르지 못할, 높고 깊은 산속 자연 바위굴 속에 기거하며 세인들을 깨우쳐주기 위한 법문(法門)을 시어(詩語)로 빚어 산중 도처(到處)의 바위나 나무판에 적기도 하고 노래로 읊기도 하면서 한 생애를 그는 바람처럼 살다가 떠났다. 흰 구름처럼, 흐르는 물처럼 살았던 한산의 모습이 이 시를 통해 다시금 눈에 선하게 비친다.
사정(砂鼎)은 신선들이 선약(仙藥)을 끓일 때 사용한다는 솥이고 유향(乳香)은 신선들이 벽곡(辟穀)을 할 때 먹는다는 약을 뜻한다. 가타 약은 아가타 약(阿伽陀藥)의 줄임말로 산스크리트어 'Agada'의 음역어이다. 온갖 병을 고친다는 불로불사(不老不死)의 영약(靈藥)으로서 강력한 해독(解毒)작용으로 모든 번뇌를 없애는 영묘한 힘이 있다고 전해온다. '아가타'는 술의 이칭(異稱)으로 쓰이기도 한다.

흙탕물에서 연꽃이 피어나네

盤陀石上坐　谿澗冷凄凄
반 타 석 상 좌　계 간 냉 처 처

靜玩偏嘉麗　虛巖蒙霧迷
정 완 편 가 려　허 암 몽 무 미

怡然憩歇處　日斜樹影低
이 연 게 헐 처　일 사 수 영 저

我自觀心地　蓮華出於泥
아 자 관 심 지　연 화 출 어 니

너른 바위에 홀로 앉았노라니

계곡물 소리에 가슴 시리네

고요한 풍광 눈부시게 아름답고

안개 속에 희미하게 바위 드러나네

편안한 마음으로 쉬노라니

지는 해에 나무그림자 낮아졌네

내 스스로 마음자리 들여다보니

흙탕물 속에서 연꽃이 피어나네

—— **한산** 寒山, 생몰년 미상

평생 절애(絶崖)의 고독을 가슴에 안고 전설처럼 살다가 바람처럼 세상을 등지고 선계(仙界)로 떠난 당나라 때의 시인이자 승려, 한산(寒山)의 시이다. 세상에 사람들이 없는 것은 아니지만 가슴 터놓고 격의 없이 웃고 얘기하며 향내 나는 곡차를 마시면서 도담(道談)을 나눌 만한 사람다운 사람, 인간미 넘치는 그런 길동무를 만난다는 것이 그리 쉽겠는가?

한산은 군중 속의 고독을 넘어 '참사람'을 찾기 어려운 무인지경(無人之境)의 세상을 홀로 거닐다가 너른 바위에 앉아 쉬면서 계곡물 소리에 실려 들려오는 고준한 법문을 듣기도 하고 곁에 서서 삼매(三昧)에 든 나무를 깨워 고정관념의 틀에 갇히지 않은 탈속(脫俗)의 정담(情談)을 나누기도 한다.

바람과 짝하고 구름을 벗 삼아 세상 사람들에게 '별천지로 가는 이정표'가 될 만한 깨달음의 노래 300여 수를 천태산 곳곳에 새겨 남긴 뒤에 한산은 어느 날, 그가 나온 '무(無)의 세계'로 표현하게 들어가 자취를 감춘다.

밝은 별에서 온 존재들은 오탁악세(五濁惡世)의 '사바세계'란 오래 머물 만한 곳이 못 된다는 생각을 하면서 가야 할 때라 여겨지면 아무런 미련 없이 그저 훌쩍 이승을 떠나 불생불멸(不生不滅)의 고장인 자신의 고향으로 돌아간다. 초연하게 귀거래사를 읊으면서….

한산寒山의 겨울 숲에서 적막을 노래하며

寒山寒　氷銷石　藏山青　現雪白
한 산 한　빙 소 석　장 산 청　현 설 백

日出照　一時釋　從玆暖　養老客
일 출 조　일 시 석　종 자 난　양 노 객

한산은 추워라

얼음이 바위를 뒤덮었네

산의 푸르름 감추고

하얀 눈을 드러내네

해가 떠올라 비치면

일시에 녹으리니

그 뒤로는 따스하여

늙은 구도자 살 만하리라

—— **한산** 寒山, 생몰년 미상

1,000여 년 전 당나라 때의 선객(仙客) 한산(寒山)이 살았던 천태산의 겨울은 노 수행인의 몸을 움츠러들게 하고 시간과 공간의 벽을 넘어 우리 앞에 잘 그려진 진경산수화처럼 그 아름다운 정경을 펼쳐낸다. 주위에 아무도 없는 그야말로 적막한 산속에 사는 늙은 구도자에게 예외 없이 추위는 닥치고 눈보라 휘날려 세상은 온통 흰 눈 속에 파묻혀버렸다.

배부르고 등 따신 이들에게야 그런 광경이 무척이나 아름답고 낭만적으로 느껴지겠지만 노 수행인에게는 긴긴 겨울을 날 일이 보통 난감한 일이 아니었을 것이다. 그러나 한산이 누구인가?

비록 육신은 늙고 힘없는 몸이라고는 하지만 그래도 물과 불, 더위와 추위에 아랑곳하지 않는 불멸의 법신(法身)을 이룬 존재 아니겠는가. 사는 곳이 몹시 춥고 온통 얼음과 눈으로 뒤덮인 건 사실이지만 순백(純白)의 그 청량한 세상으로 일시에 탈바꿈한 신천지의 극락세계에 든 기쁨을 만끽하지 못할 이유가 없는 것이다.

게다가 추위를 녹여 세상을 따뜻하게 해줄 대일여래(大日如來)가 하늘 높이 솟아오르면 추위에 일시적으로 움츠러들었던 늙은 수행인의 몸은 오랜만에 기지개를 켜고 청량한 대기(大氣)를 마음껏 호흡하며 세상을 활보할진대 못난 생각을 하거나 그런 생각을 시어(詩語)로 표출할 가능성이 있겠는가?

百四十

'시름의 해' 가고 새해 밝았네

歲去換愁年　春來物色鮮
세 거 환 수 년　춘 래 물 색 선

山花笑綠水　巖樹舞靑煙
산 화 소 록 수　암 수 무 청 연

蜂蝶自云樂　禽魚更可憐
봉 접 자 운 락　금 어 갱 가 련

朋遊情未已　徹曉不能眠
붕 유 정 미 이　철 효 불 능 면

해가 가면서 시름도 몰고 갔네
봄이 오매 만물의 빛도 고와라
산에 핀 꽃은 푸른 물 보며 웃고
바위의 나무는 푸른 연무 속에 춤춘다
벌, 나비는 마냥 즐겁다 노래하고
새, 물고기는 더욱 사랑스러워 보이네
벗 삼아 노는 정 끝이 없나니
밤을 지새우며 잠들 줄 모르네

—— **한산** 寒山, 생몰년 미상

새해맞이 때면 떠오르는 시로, 중국 당나라 시절 전설적인 은자(隱者)로 알려진 한산자(寒山子)가 지었다. 그는 천태(天台) 시풍현(始豊縣)에 있는 한암(寒岩)의 깊은 굴속에 기거하며 시를 지어 숲속의 석벽과 마을 인가의 마루 벽에 적어놓았는데 그것이 세상에 전해지면서 그 이름이 알려지게 됐다. 이 시문은 한 해가 가면서 그해에 있었던 온갖 시름까지 몰고 가니 온 천지가 광명과 온기로 가득해져 새해에 대한 기대와 기쁨이 더없이 드높아짐을 노래하고 있다.

매해 인류를 태운 거대한 수레인 지구는 태양을 중심으로 타원형 곡선의 궤도를 그리며 9억 4,000만㎞ 거리를 시속 10만 7,160㎞, 초속 29.79㎞로 한 바퀴 돌아서, 처음 출발했던 본래의 자리로 되돌아와 다시금 운행을 시작한다.

사람이 누리는 자연의 흐름과 지구의 운행은 시작도 끝도 없이 순환무단(循環無端)으로 이어져 있지만, 유한한 삶을 사는 우리는 편의상 세상의 셈법으로 시간의 흐름을 계산해 시작과 끝을 설정하고 나이를 세어 올해 몇 살인지를 헤아린다.

배우고 터득한 지식으로 그간의 생활에 의해 형성된 고정관념을 뛰어넘지 못해 영원한 삶으로 승화할 수 있는 삶의 기회를 살리지 못한 건 아닌지, 절반에도 못 미치는 삶을 살고도 명이 다했다 하는 건 아닌지….

새해 아침, 마음의 눈을 크게 뜨고 다시 한번 우리 자신의 지나간 시간과 미래를 살펴볼 일이다. 어떻게 하면 다이아몬드처럼, 결코 부서지거나 파괴되지 않는 몸으로 거듭날 수 있을 것인가?

'옛 선현이 들려주는 진리의 노래 140수'를 읽는 독자께

전체 8장으로 구성된 이 책에는 한산(寒山)과 두보(杜甫), 야보 도천(冶父道川), 동방규(東方虯) 등 당송 시대 명문장가의 시문(詩文)을 비롯해 이인로(李仁老), 김시습(金時習), 김병연(金炳淵), 휴정(休靜) 등 고려와 조선 시대 문인, 고승의 율시(律詩)와 절구(絕句) 140수가 담겨 있다. 부처의 인본과 노자의 도리를 재해석하는 일에 매진해 온 인산가 김윤세 회장이 이번엔 동양 시문학의 근간인 옛 선현의 노래를 편역(編譯)하며 우리에게 삶과 자연을 사랑하는 법을 전한다. 읽다 보면 어느덧 거품처럼 허망하고 분망한 삶에서 벗어나 평온과 고요가 깃들여진 삶을 사는 지혜를 깨닫게 된다. 어리석게도 우리는 잊을 만하면 뒷덜미를 낚아채 길바닥에 내동댕이치고 달아나는 미친바람과 같은 생애 풍파에 시달려 봐야 비로소 삶에 대한 질문을 갖게 되고 스스로 그 답을 찾아 나선다. 난처한 일을 겪어봐야 식견이 깊어지고, 대하기 어려운 사람을 겪어봐야 성품을 단련할 수 있으며, 그 과정에서 마음공부와 인생 수업이 이뤄지는 것이다.

입으로 눈으로 마음으로 읽는 책

김윤세 회장이 가려 뽑아 번역한 고전 한시 140수는 수많은 시련과 갈등 속에서 생각의 중심추를 바로 세우게 하는 지혜와 용기가 된다. 욕망과 원망으로 달아났던 마음을 되찾아 지금의 시간에 다시금 집중하게 만든다.

표제작 「빈 배에 달빛만 가득 싣고 돌아오네」는 시적 서정성과 함께 140수의 시문에 담긴 각각의 주제를 아우른다. 만선(滿船)에 실패한 안타까운 결과, 그러나 그 자리를 달빛으로 채울 수 있는 것은 바깥으로 쏠리는 마음을 거두어 지켜내는 도(道)를 통한 내공(內功)의 축적을 의미한다.

고향으로 돌아가지 못한다 해도

토머스 울프(Thomas Wolfe)의 『천사여 고향을 보라』의 울림처럼 사람은 고향의 정든 산야를 떠나 산세가 더 험한 타향의 산줄기에서 고행하다 자연으로 회귀하는 결말을 맞곤 한다. 140수 시문 속 화자가 동경하는 안식의 세계를 따라가다 보면 우리 인간의 순수 모태는 고향과 자연이라는 사실을 다시 한번 확인하게 된다.

'자연 속에서 발견하는 도(道)'를 주제로 하는 제4장 낙천(樂天)에 수록된 도연명(陶淵明)의 「전원(田園)으로 돌아와 사는 즐거움」의 해설면에는 김윤세 회장의 '귀거래사(歸去來辭)'가 간략하게 언급된다. '전원에 풀이 무성한데 어찌 돌아가지 않고 머뭇거리랴(田園將蕪胡不歸)!' 천명(天命)을 받아들이고 자연이 베푸는 넉넉한 정을 고대하는 심정이 새뜻하게 다가온다. 창가에서 지저귀는 새에게 숲속에 진달래가 만개했는지를 넌지시 묻는 방랑 시인 김병연의 천진함(3장·「산에는 진달래꽃 만발했겠지」)은 봄의 햇살만큼이나 밝고 명랑하다. 얼굴이 붓는 것같이 언짢을 때면 일부러 이 시문을 찾아 읽게 된다.

고향의 가을을 더 생각하게 하는 시문도 있다. 자정을 알리는 산사의 종소리를 뱃전에서 듣는 가을밤의 운치를 서늘하고 쓸쓸하게 기록한 장계(張繼)의 칠언절구 「풍교에 배를 대고 잠을 청한다」(4장 낙천·樂天)는 묘한 정감을 불러일으킨다. 천공에 떠 있는 외등을 올려다보다 절 마당에서 넘어오는 고고한 타종 소리에 놀라움과 편안함을 느끼던 일을 떠올리게 한다. 그래서 서리가 내리는 날씨임에도 시문의 화자처럼 까마귀가 우는 낚시터로 성큼 향하게 한다. 계절이 지나가는 하늘에 대한 동경과 경외의 압권은 제5장 선문(禪門)에 수록된 경허(鏡虛) 선사의 시문「섣달그믐 밤, 천 갈래 이는 생각」에서 발견할 수 있다. 닭 우는 소리에 잠에서 깨어 눈 덮인 겨울밤의 외로움에 빠져드는 화자의 모습은 어둡고 추운 겨울을 홀로 견디는 우리 모두의 자화상이다.

건강한 삶을 위한 시문 140수

이 책은 제1장 도문(道門)을 시작으로, 2장 양생(養生)·3장 풍류(風流)·4장 낙천(樂天)의 바르고 건강한 삶을 지나, 5장 선문(禪門)·6장 오도송(悟道頌)·7장 열반락(涅槃樂)으로 이어지는 진리와 구도의 세계를 노래하고 있다. 선(善)을 행하고 인(仁)을 숭상하며 자연의 이치를 따르는 수련의 삶을 통해 생의 본질을 깨닫는 현자(賢者)의 경지가 펼쳐진다. 더욱이 마지막 8장 한산도(寒山道)에선 평생을 천태산 한암굴에 칩거하며 세속의 욕망과 근심을 떨쳐내는 한산의 혜안과 법문을 담아 안식과 해탈에 다다르는 시어와 운율을 목도하게 한다.

한산의 오언율시「한산에 깃들어 사는 낙」(8장 한산도)은 초야에 묻혀 세속으로부터 잊히는 일이 조금도 두렵지 않음을 표명한다. 세상의 시간은 '흐르는 강물처럼'이 아닌 '쏟아지는 폭포처럼' 정신없이 지나가지만 산속 바위굴 속에서 정좌해 봄을 맞고 여름을 보내는 터라 마음속 고요가 깨지지 않는다는 것이다. 만산홍엽(滿山紅

葉)에 의해 두 눈에 붉은 물이 차오를 때도, 흰 눈이 하염없이 떨어지며 천지를 뒤덮을 때도 한산의 마음은 고요하다. 길고도 한순간 같은 영원을 자연의 품속에서 느끼는 것이다.

조관빈(趙觀彬)의 시문 「단풍나무 숲속 산길을 간다」(3장 풍류)를 읊조리다 보면 천 그루, 만 그루의 단풍나무가 숲을 이루는 산속에서 자신의 키가 한 뼘 더 커짐을 경험하게 된다. 붉은 잎새 위로 뻗어 있는 겨울이 드리워진 하늘과 그 속을 빠르게 유영하는 구름을 보면서 차가운 북풍을 얼마든지 이겨낼 수 있는 성숙한 마음이 자라게 된다. 이처럼 자연의 진경(眞境)과 드넓은 도의 세계에서 비롯되는 시정(詩情)은 마음속 굳은살을 베어내며 우리를 한창때의 청년으로, 한층 깊어진 중장년으로 나아가게 한다. 삶의 지혜, 깨달음의 노래 140수에 담긴 힘은 이처럼 크고 원대하다.

「빈 배에 달빛만 가득 싣고 돌아오네」를 비롯한 깨달음의 노래 140수를 읽는 것은 달아난 마음을 되찾는 일에 해당한다. 마음은 있어도 병, 없어도 병이라지만 문제는 마음의 있고 없음이 아니라 어떤 마음을 갖고 있느냐에 달렸다. 쓸데없는 생각만 많으면 몸과 마음이 함께하지 못해 혼란스럽고 병이 들기까지 한다. 가방과 신발을 잃어버리면 여기저기 묻고 살피며 찾으려 하지만 잃어버린 마음을 되찾는 노력은 하지 않는다. 내가 누구이고 어디서 왔으며, 무엇을 이루고, 어느 방향으로 가야 하는지를 정하게 하는 마음. 밤하늘의 별처럼 무수히 많은 마음속에서 우리를 이롭고 건강하게 하는 그 마음을 이 노래들과 함께 찾아봄이 어떨까.

편집부

빈 배에 달빛만
가득 싣고 돌아오네

초판 1쇄 발행 2025년 2월 11일

저자 김윤세

발행인 이동한
편집인 전범준
기획·편집 이일섭
디자인 김유희
유통·마케팅 박경민, 신은영
발행처 조선뉴스프레스
출판등록 2001년 1월 9일(제301-2001-037호)
주소 서울시 마포구 상암산로34 DMC디지털큐브 13층(03909)
문의 02-724-6797(마케팅), 02-724-6754(편집)
인쇄 타라티피에스

가격 25,000원
ISBN 979-11-5578-362-7 03800

인산가 간행물

神藥 | 인산 김일훈 구술 · 김윤세 지음 | ₩20,000

단순한 의학 서적이 아니라 우주 만물의 이치에 따른 자연물의 약성과 그 약성을 활용하여 치유할 수 있는 질환별 처방을 적어두고 있다. 1986년 발간된 이래, 지금껏 의학 서적 역사상 전무후무한 판매량을 기록하고 있는 인산의학과 그 철학의 교본서.

神藥本草 전 · 후편 | 김일훈 구술 | ₩30,000/25,000

인산 선생의 힘찬 숨결과 인산의학의 모든 것을 엿볼 수 있는 인산의학의 완결판으로 선생이 평소 틈틈이 써놓은 육필 원고와 사석에서 행한 말씀을 그대로 옮겨 적었다. 각종 난치 질병에 관한 선생의 마지막 처방전도 공개한다.

죽염요법 | 김윤세 지음 | ₩15,000

죽염을 통해 암·난치병을 치유한 사람들의 사례와 각종 죽염활용법이 소개된 책. 암·난치병으로 고통받는 인류에게 매우 손쉬우면서도 효과가 뛰어난 실용 민간요법의 핵심을 수록해 놓았다. 죽염을 복용하실 분들의 일독을 권한다.

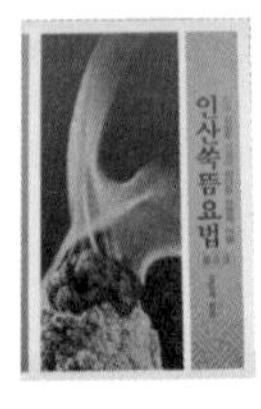

인산쑥뜸요법 | 김윤세 지음 | ₩15,000

인산쑥뜸법은 물에 빠져 숨이 넘어간 사람, 제초제를 마시고 죽어가는 사람, 심지어 백혈병, 에이즈까지 현대의학이 손쓰지 못하는 중증 환자를 구해낸 신방(神方) 중의 신방이다. 누구나 쉽게 배우고 실행할 수 있는 인산쑥뜸법을 소개한 책.

自然치유에 몸을 맡겨라 | 김윤세 지음 | ₩35,000

노자老子의 도덕경을 자연 의학으로 풀이한 인산가 김윤세 회장의 역작. 무위자연의 거산 노자와 자연치유의 거산 인산의 자연사상을 동시에 탐독할 수 있다. 2,500년의 세월을 뛰어넘어 한뜻으로 통하는 두 위인의 만남이 큰 울림을 준다.

한 생각이 癌을 물리친다 | 김윤세 지음 | ₩12,000

공해 독으로 생기는 암·난치병을 다스리고 치유하는 법을 적고 있다. 총 14장으로 된 이 책은 한 장 한 장마다 체내에 쌓인 공해 독을 풀어주고 거기에 원기를 돋워 병마를 이길 수 있도록 하는 해독보원(解毒補元)의 방약을 제시하고 있다.

HOLY MEDICINE | 인산 김일훈 구술 · 김윤세 지음 | ₩30,000

인산의학의 세계화에 발맞춰 출간된 《신약》의 영어판. 인산의학의 철학과 자연치유 방안이 모두 영어로 수록돼 세계인의 접근성을 높였다. 자연치유, 신약, 신방, 죽염요법 등 네 편으로 구성되어 있다.

내 안의 自然이 나를 살린다 | 김윤세 지음 | ₩25,000

공해 시대 암·난치병 극복을 위한 묘방을 담은 또 한 권의 비법서. 《내 안의 의사를 깨워라》 이후 김윤세 회장이 쓴 글과 강연 내용을 정리해 인산 선생의 자연치유 사상을 되짚은 책. 나를 살리는 것은 결국 내 몸 안의 자연치유력이라는 인산의 철학이 담겨 있다.

東師列傳 | 범해선사 편저 · 김윤세 한역 | ₩30,000

아도(阿度)의 이성, 의상(義湘)의 도리, 회광(晦光)의 인식…. 한국에 불교가 전래된 고구려 소수림왕 시대부터 조선의 고종대(代)에 이르기까지, 1,500여 년의 역사 속에서 이 땅의 불교를 성장시킨 200명 불교도의 단아한 삶이 독자에게 깊은 깨달음을 전한다.

양생 의학 천자문 | 김윤세 지음 | ₩33,000

1997년 초판 출간된 《김윤세의 수테크-심신(心身) 건강 천자문》을 일부 수정하고 편집·디자인을 새롭게 해 25년 만에 재출간한 책. 총 1,080자로 구성된 인산식 천자문이 빼곡하게 담겨 있어 한 권의 책으로 한자 공부는 물론, '참의료' 이론과 신양생학의 원리를 깨달을 수 있다.